ECHTE

VAN NATSUO KIRINO ZIJN VERSCHENEN:

DE NACHTPLOEG*

GROTESK*

ECHTE WERELD*

*Ook in POEMA-POCKET verschenen

NATSUO KIRINO

ECHTE WERELD

VERTAALD DOOR YOLANDE LIGTERINK

POEMA POCKET

Eerste druk april 2009
Tweede druk oktober 2010

Oorspronkelijke titel: *Real World*
Vertaling: Yolande Ligterink
Omslagontwerp: Wouter van der Struys/Twizter.nl
Omslagfotografie: © istockphoto/eefee

ISBN 978 90 210 7110 7
NUR 313

www.poemapocket.com
www.watleesjij.nu
www.kirino-natsuo.com

In Japan begint het schooljaar in april en eindigt het in maart van het jaar daarop. Het bestaat uit drie trimesters, gescheiden door korte vakanties in de lente en winter en een maandlange zomervakantie. De leerlingen gaan zes jaar naar de basisschool, drie jaar naar de tussenschool en drie jaar naar de middelbare school.

IK ZIT net mijn wenkbrauwen bij te tekenen als de smogsirene gaat loeien. Dat gebeurt elke dag sinds de zomervakantie is begonnen, dus het komt niet als een verrassing. 'Uw aandacht, alstublieft,' klinkt een lijzige vrouwenstem over de luidspreker. 'Er is zojuist een waarschuwing afgegeven voor luchtverontreiniging,' en de sirene blijft doorloeien, als een soort vriendelijke oude dinosaurus.

De meeste waarschuwingen worden 's morgens afgegeven, meestal net als ik op het punt sta naar bijles te gaan. Niemand trekt zich er iets van aan. Iedereen heeft zoiets van: o, daar gaan we weer. Ik zou wel eens willen weten waar ze die luidsprekers hebben verstopt. Voor mij is die vraag enger en vreemder dan smog.

Ik woon in een drukke woonwijk aan de rand van Suginami-ku in Tokio. Vroeger was het een mooie, rustige buurt, maar alle oude, grote huizen zijn afgebroken en vervangen door kleinere eengezinshuizen en flatgebouwen. Toen ik klein was, zijn er verschillende nette, maar piepkleine gebouwtjes neergezet op de plek waar vroeger boomgaarden met pruimenbomen en akkers waren. Ze hebben die wijkjes een mooie naam gegeven – *landgoed* of zo – om de huisjes makkelijker te kunnen verkopen. Er trokken nette gezinnen in en in het weekend zie je ze hun honden uitlaten of rondrijden in dure buitenlandse auto's. Maar de geplaveide wegen in de buurt, die vroeger gewoon boerenpaadjes moeten zijn geweest, zijn zo smal dat het gezin twee huizen verderop naar verluidt zo veel moeite had hun Mercedes-Benz in de garage te krijgen dat ze hem ten slotte maar hebben verkocht.

De sirene blijft loeien. Tussen twee uitbarstingen door hoor ik een hard geluid, alsof er in het buurhuis iets breekt. De huizen staan zo dicht op elkaar dat je de ouders tegen elkaar kunt horen schreeuwen of de telefoon kunt horen rinkelen als je het raam openzet. Misschien is er een raam kapotgegaan. Zeven jaar geleden heeft de jongen die schuin tegenover ons woont eens een voetbal door het raam geschoten van de kamer waar we ons boeddhistische altaar hebben staan. Het joch deed net alsof er niets gebeurd was en is later overgeplaatst naar een school in Kansai. Ik herinner me dat de voetbal nog een eeuwigheid eenzaam onder de dakbalken van ons huis heeft gelegen.

Hoe dan ook, het geluid dat ik heb gehoord, klonk net zo als die keer. Er wonen geen kleine kinderen bij de buren, dus het is vreemd om iets zo luid kapot te horen vallen en het hele geval was nogal alarmerend. Misschien was er wel ingebroken. Mijn hart ging als een razende tekeer. Ik spitste mijn oren, maar hoorde verder niets. Totale stilte.

De buren zijn twee jaar geleden hier komen wonen. We hebben zo goed als geen contact met hen. Soms breng ik de buurtnieuwsbrief naar hen toe en als ik dan op de bel van de intercom druk, komt de moeder naar buiten met zo'n gemaakte glimlach op haar gezicht. Ik weet alleen zeker dat er een moeder en een vader is, en een zoon van ongeveer dezelfde leeftijd als ik. Soms staat de moeder voor het huis de stoep te vegen met een bamboe bezem. Ze heeft een bril met een zilveren montuur en van die felrode lippenstift, waarvan je weet dat ze afgeeft op elk theekopje waaruit ze drinkt. Maar als ze die bril en de lippenstift niet op zou hebben, geloof ik niet dat ik haar zou herkennen.

Op een keer zag de buurvrouw me in mijn schooluniform en vroeg: 'Zit jij op de middelbare school?' Toen ik ja zei, zei ze: 'Onze zoon ook,' en ze noemde met een blije glimlach de prestigieuze middelbare school waar hij op zat. Toen ik dat aan mijn moeder doorvertelde, klakte ze met haar tong en keek ze minachtend. De vrouw was duidelijk aan het opscheppen over haar zoon en mam moet hebben gedacht dat ze ons daarmee beledigde, omdat ik naar een minder exclusieve particuliere meisjesschool ging. Maar ik vond de buurvrouw alleen maar een beetje simpel en naïef en het speet me voor de jongen dat hij zo'n genante moeder had.

De zoon was een slungelige jongen met een ronde rug en sombere ogen. Hij deed me denken aan een worm. Hij had een slome manier van lopen met zijn hoofd naar één kant; er zat geen enkele pit in. Zelfs als we elkaar tegenkwamen op het station meed hij mijn blik en ging hij me uit de weg. Alsof hij zich in de schaduw kon verbergen voor de wereld. In dat opzicht was hij net zijn vader, die eruitzag als een kantoorman. De vader deed altijd alsof ik niet bestond. Op een keer ging ik de avondkrant pakken toen hij net thuiskwam. Ik knikte tegen hem, maar hij staarde in de verte alsof ik onzichtbaar was.

'Ik vraag me af wat die man eigenlijk doet voor de kost,' zei mijn moeder een keer. 'Beetje verwaande kerel met die halsdoek van hem.' Wat kan mij die halsdoek nou schelen? was mijn reactie. Voor mij zijn de mensen verdeeld in twee groepen: aardige mensen en onaardige mensen. En het gezin naast ons viel beslist in de tweede categorie. Als mijn grootmoeder nog had geleefd, had ze allerlei roddeltjes over hen opgedoken, maar mijn moeder hield zich daar niet mee bezig, dus wisten we alleen dat hun zoon eruitzag als een worm, dat de moeder rode lippenstift droeg en de vader een halsdoekje, verder niets.

Ik kwam er maar niet achter wat dat geluid was geweest. Voor mijn part kon er ingebroken worden, maar ik wilde niet dat hij ons huis binnenkwam. Ik begon in paniek te raken. Mijn ouders waren allebei naar hun werk. Ik had uitgeslapen en wilde net een kom ramen nemen voordat ik naar de zomerschool ging – ik zat in het laatste jaar van de middelbare school – en het laatste dat ik wilde was dat een inbreker zijn toevlucht zocht tot ons huis. Pa zei altijd dat een dief die in een hoek wordt gedreven en gewelddadig wordt het engste is dat er bestaat.

Ik hoorde nog een klap, dit keer luider dan de eerste. Het geluid weergalmde in mijn oren en ik schrok en verknoeide mijn linker wenkbrauw. Misschien moest ik hem opnieuw doen, dacht ik terwijl ik in de spiegel keek, maar op dat moment ging de mobiele telefoon op de tafel.

'Yo!' Dat kon alleen maar Terauchi zijn. 'Dude, met mij.'

'Ik hoorde net zo'n vreemd geluid hiernaast. Misschien een inbreker of zo. Wat moet ik nu doen?'

Maar Terauchi hoorde me niet eens.

'Dat werkstuk over Mori Ogai dat we moeten schrijven, hè? Ik heb al meer dan honderd bladzijden af. Grapje... Maar ik geloof dat het wel goed wordt, snap je?' Ze bleef nog een minuut of zo doorratelen.

'Terauchi. Luister nou eens. Misschien wordt er hiernaast wel ingebroken.'

'Duuude!' Het drong eindelijk tot Terauchi door en haar gebruikelijke begroeting veranderde in een uitroep. Terauchi zag er heel leuk uit, maar haar stem was heel laag en kalm. Ze was de slimste en interessantste van al mijn vriendinnen.

'Ik heb net glas horen breken,' zei ik. 'Misschien wordt er wel ingebroken.'

'Het zal wel niet meer zijn dan een echtelijke ruzie.'

'Op dit uur van de ochtend?' zei ik. 'De buurman moet al lang op zijn werk zijn.'

'Nou, misschien is de buurvrouw over de rooie gegaan en heeft ze een theekopje of zoiets stukgesmeten. Dat moet het zijn,' verklaarde ze. 'Toen mijn moeder een keer ruzie kreeg met de moeder van mijn vader, werd ze helemaal gek en heeft ze allebei hun theekopjes en hun bordjes uit een raam op de eerste verdieping gegooid.'

'Jouw moeder is nogal een heftig type.'

'Dat is waar,' zei Terauchi. 'Ze gooide gewoon heel nonchalant de kopjes en bordjes naar buiten, en ze richtte precies op de stapstenen in de tuin. Zie je, pa gebruikte de bordjes die Yukinari als baby had gebruikt. Hoe dan ook, ik wilde alleen maar even horen hoe het met je werkstuk ging, Toshichan.'

Toshi-chan. Ik heet Toshiko Yamanaka; de karakters voor *Toshi* betekenen 'tien en vier', omdat ik op de vierde dag van de tiende maand ben geboren, in oktober dus. Er is duidelijk niet erg lang gezocht naar een naam voor mij, maar omdat ik nooit iemand heb ontmoet met dezelfde karakters, vind ik het niet zo erg. Terauchi heet Kazuko van haar voornaam, en dat vindt ze vreselijk. Haar opa in Akita heeft haar die naam blijkbaar gegeven. Mijn vriendinnen gebruiken altijd elkaars voornaam of een bijnaam, maar Terauchi staat erop dat we haar bij haar achternaam noemen.

'Om eerlijk te zijn, heb ik het nog niet gemaakt,' moest ik bekennen.

Toen we in het laatste jaar kwamen, had onze leraar Japans ons opgedragen een werkstuk te schrijven over Ogais verhaal 'Het dansende meisje'. Terauchi was altijd heel goed in examens en opdrachten. Als we een boekverslag moesten schrijven, kopieerde ze delen van een gepubliceerd essay over het boek, en de leraren hadden het nooit in de gaten. Ik was een beetje te eerlijk – ongezond eerlijk, zou je kunnen zeggen – om zoiets te proberen. Dus helaas kostte het me veel tijd om alle opdrachten te maken en waren mijn cijfers nooit zo goed als die van haar. Ik heb wat zij deed nooit oneerlijk gevonden, maar ik maakte me wel eens zorgen dat ze op een dag in de problemen zou komen door haar slimheid. Ik maakte me zorgen om haar omdat ik haar zo graag mocht.

Ze ging verder met haar grommende, lage stem: 'Ik dacht erover om een psychologische analyse te doen van de hoofdpersonen.'

'Ook van Elise?'

'Nee, niet van haar. Haar naam is in katakana. Maar van... hoe heet hij ook weer... Oda?'

Ik had geen idee waar ze het over had.

'Ze legt het helemaal verkeerd uit,' zei een andere stem. Nu had ik ineens Yuzan aan de telefoon. 'Ze doet een psychologisch profiel dat is gebaseerd op de Chinese karakters die worden gebruikt om hun naam te schrijven. Kun je je voorstellen dat iemand daarmee wegkomt?'

'Yuzan, ik wist niet dat jij daar was,' zei ik.

Ik moet een beetje teleurgesteld hebben geklonken. Ik was er niet echt blij mee om te horen dat zij en Terauchi met elkaar omgingen zonder mij erbij. Het gaf me het gevoel dat ik buitengesloten werd. Ik was enorm gesteld op Terauchi, maar Yuzan was moeilijker om mee om te gaan. Ze had zo'n extreme mening over van alles en nog wat. Zo had ze bijvoorbeeld een bloedhekel aan mensen die rookten. Smeerpijpen, vond ze dat. En dat was nogal oneerlijk als je het vanuit het gezichtspunt van rokers bekeek. Maar als ze iemand graag mocht, stond ze achter diegene, wat er ook gebeurde. Extreem en moeilijk te doorgronden, dat was Yuzan.

'Terauchi wilde samen huiswerk maken. Maar we zitten toch niet meer op de basisschool!'

'Ik wed dat het jouw idee was,' gaf ik terug.

Dat lachte Yuzan weg. Haar stem was nog lager dan die van Terauchi en in haar schooluniform zag ze eruit als een knul die zich heeft verkleed als meisje, maar er niet veel van gebakken heeft. Ze had een heel mannelijke persoonlijkheid en manier van spreken, maar haar naam, Kiyomi Kaibara, was heel vrouwelijk. De bijnaam Yuzan kwam uiteraard van Yuzan Kaibara, de vader in de manga *Oishinbo*. Toen ze op de tussenschool zat, was haar moeder overleden na een lang verblijf in het ziekenhuis. Sinds die tijd woonde Yuzan bij haar vader en haar grootouders. Yuzan en ik waren allebei enig kind, de enigen in ons groepje. Na de dood van haar moeder was Yuzan zich nog excentrieker gaan gedragen, nog meer alsof ze een man was. Terauchi zei dat Yuzan lesbisch moest zijn, maar dat zag ik niet. En zelfs als het waar was, zou ik er verder niets van merken, denk ik, want ik zou haar type niet zijn. Ik nam de telefoon over in mijn andere hand en hoorde een graaierig geluid toen Terauchi weer aan de lijn kwam.

'Zo zit het, dude.'

'Ik vind het best, maar moet ik dan maar gewoon niet reageren op wat er bij de buren gebeurt?' vroeg ik.

'Dat zijn hun zaken, niet die van jou. Vind je ook niet?'

Terauchi's koele antwoord stelde me gerust. 'Je zult wel gelijk hebben,' zei ik. 'Nou, ik moet naar school. Ik spreek je nog wel.'

'Tot kijk,' zei ze, en ze hing op. Ik zette de airco uit en bekeek mijn linker wenkbrauw nog eens in de spiegel. Hij stond me niet echt aan, maar ik had geen tijd hem opnieuw te doen, dus ging ik weg. Ik droeg een spijkerbroek en een zwart shirt zonder mouwen. Niet erg opzienbarend, maar ik voelde me er gemakkelijk in.

Buiten was het verblindend heet. Ik trok de nieuwe sandalen aan die ik in de goedkope schoenenwinkel op twee minuten lopen van ons huis had gekocht, en haalde het slot van mijn fiets, die ik naast de voordeur had neergezet. De handgrepen en het zadel hadden in de zon staan bakken en mijn hand siste gewoon toen ik ze aanraakte. Op dat moment sloeg de voordeur van de buren dicht en ging hun hek krakend open. Er kwam iemand naar buiten. Ik draaide me een beetje angstig, maar toch nieuwsgierig om. Het was Worm, in een spijkerbroek en een marineblauw T-shirt. Op de borst van zijn shirt stond de piepkleine witte haal van Nike. Hij had een zwarte rugzak om die ik eerder had gezien. Godzijdank. Er was toch niet ingebroken. Hij was thuis geweest. Ik keek hem opgelucht aan en onze blikken kruisten elkaar. Hij zag er blij en opgewonden uit, alsof hij een afspraakje had.

Dat paste helemaal niet bij hem, en ik wendde me snel af. Ik had een vreemd gevoel, alsof ik iets gezien had dat ik niet had mogen zien.

'Warm, hè?'

Het was de eerste keer dat hij iets tegen me zei. Ik knikte vaag. Dus zo iemand was Worm. Het type dat over het weer praat, en nog wel met iemand van zijn eigen leeftijd. Hij neuriede iets en tuurde naar de zon. Hij zag er zo gezond uit dat de bijnaam Worm niet langer bij hem leek te passen.

'Ik hoorde een paar minuten geleden een hard geluid in jullie huis. Ik schrok ervan.' Ik moest iets zeggen.

Hij tuurde nog steeds naar de hemel en hield zijn hoofd scheef. 'O ja? Je moet je vergist hebben.'

'Sorry,' zei ik.

Worm ging ervandoor alsof hij een schoolexcursie had. Ik stapte op mijn fiets, duwde mijn tas in het mandje aan het stuur en begon zonder ook maar een blik achterom te werpen naar het station te fietsen. Ik reed Worm al snel voorbij, maar ik zei niets.

Het bijlesinstituut is bij de zuidelijke uitgang van een groot station, dat verbinding biedt met de Chuo-lijn, vier haltes van het station bij mijn huis. Ik dacht nog steeds aan Worm, of eigenlijk aan het geluid dat ik bij de buren had gehoord, en werd aangeklampt door een van die mensen met klemborden, die willen dat je een enquête invult. Normaal gesproken zorg ik ervoor dat ik minstens dertig meter bij ze vandaan blijf, maar dit keer lette ik niet goed op. De man maakte een ernstige indruk in zijn witte overhemd en zwarte broek, en hij droeg een van die zwarte brillen die nu zo in zijn.

'Ben je student?' vroeg hij.

'Ik heb haast.'

'Het duurt niet lang. Zit je op de universiteit?'

'Dat klopt.'

'Een vierjarige opleiding of het gemeentelijke college?'

'Vier jaar. De faculteit onderwijs van de Universiteit van Tokio.'

Ik stond daar met een onverschillige uitdrukking op mijn gezicht. De man keek even verbaasd en krabbelde toen 'Universiteit van Tokio' in een belabberd handschrift. Er verscheen een spottende trek op zijn gezicht, alsof hij dacht dat ik opschepte. Alsof hij mijn leugen doorzag.

'Mag ik je naam opschrijven?'

'Ninna Hori.'

'Hoe schrijf je dat?

'Hori is het karakter voor "gracht" en Ninna schrijf je net zoals het *ninna* van de Ninna Tempel in Kyoto.'

'De Ninna Tempel?' mompelde de man, en ik maakte gebruik van zijn aarzeling om me uit de voeten te maken. Dit was de eerste keer dat ik had gezegd dat ik studeerde aan de Universiteit van Tokio. Meestal zei ik dat ik secretaresse was, maar mijn daagse kleren en mijn agressieve houding leken te passen bij een student. Als je je naam en adres moet geven voor een enquête of een klantenpas in een winkel, kun je het best een valse naam en een vals adres gebruiken. Dat heeft Terauchi me geleerd. De eerste keer dat ik het deed, werd ik er een beetje zenuwachtig van om te liegen, maar toen ik de naam een tijdje had gebruikt, leek Ninna Hori net een echte tweede naam. In ons groepje van vier meisjes hebben we allemaal een tweede, valse naam die we gebruiken als we een karaokehokje huren. Je moet voorzichtig zijn, waarschuwde

Terauchi altijd, anders kom je in een database terecht. Dan hebben de volwassenen macht over je.

De volgende die me probeerde aan te spreken, was een eng uitziende vrouw. Ik maakte vaart om weg te komen, maar de vrouw, die de kans om iemand te kunnen ondervragen niet wilde laten glippen, kwam haastig op me af en struikelde bijna. Ze had een dikke bos zwart haar, dat op één lengte was geknipt, en ze had geen make-up op. Haar bovenlip was helemaal bezweet. In de oksels van haar vale zwarte blouse zaten witte zweetvlekken. Het was bloedheet, dus dat kon ik haar niet echt kwalijk nemen, maar juist omdat het zo warm was, wilde ik haar het liefst opzij duwen.

'Neem me niet kwalijk,' zei ze. 'Ik doe de opleiding voor waarzegger en vroeg me af of je een momentje voor me hebt?'

Waarzeggers. Die kom je overal tegen. En het is nooit gratis. Ik trok het ondoorgrondelijke gezicht dat ik voor de spiegel had geoefend. 'Ik heb haast,' zei ik.

'Neem me niet kwalijk.' Toen ze mijn vastberaden gezicht zag, draaide de waarzegster zich om en ging ze op zoek naar haar volgende slachtoffer. Het is niet gemakkelijk voor een jong meisje langs de menigte voor een station te komen zonder dat er iets gebeurt. Toen ik dat eens tegen mijn moeder zei, antwoordde ze met een zucht: 'Zo was het niet in mijn tijd. Er zijn nu zoveel gevaren daarbuiten.' Daar heeft ze gelijk in. In Tokio worden jonge meisjes tegenwoordig gezien als gemakkelijke slachtoffers voor verkopers of als 'marktleiders' die bedrijven moeten helpen bepalen welke nieuwe producten goed in de markt zullen liggen. Ze willen gratis onze mening horen. En dat maakt ons tot gewillige slachtoffers, neem ik aan.

Dan heb ik het nog niet eens over alle stalkers en perverse kerels, al die geile mannen, zowel jong als oud, die naar je roepen: 'Hé, schatje, hoeveel?' Ik ben zelf nooit echt een seksmaniak tegengekomen, maar het verhaal gaat dat Terauchi al op de basisschool last van ze had; ze kwam ze tegen in de trein, op weg naar school. Terauchi is uniek en bijna eng slim, maar omdat ze ook heel knap is, wordt ze door iedereen, van volwassenen tot studenten, onderschat en proberen ze haar allemaal te versieren. Ik denk dat het door die lui komt dat ze geen belangstelling heeft voor mannen en dat ze soms zo somber kijkt, bepaalde dingen zegt en depressief wordt. Het is nu eenmaal zo: de wereld is slecht. En verrot.

Ik haastte me naar de les: Engels voor de beste particuliere colleges. Ik was een beetje laat. Het instituut had een regel dat je niet meer werd toegelaten als je te laat kwam.

Voor het bord stonden vier mensen die eruitzagen als studenten, twee jongens en twee meisjes, te glimlachen naar de leerlingen voor hen. Ik zag bij de eerste oogopslag dat het geen leraren waren en ook geen scholieren. Leraren zijn ouder en truttiger, scholieren jonger en minder zelfbewust. De leraren en de scholieren van deze school hadden één ding gemeen: ze misten elke genegenheid voor anderen. Daar was geen ruimte voor in een bijlesinstituut. Maar deze vier jongens en meisjes voor de klas glimlachten onafgebroken, alsof ze het warme levensbloed waren dat door dit wrede slagveld stroomde. Een van de meisjes, die de kraag van haar witte blouse over die van haar grijze pakje had getrokken, nam het woord:

'Het is al zomervakantie. Dit is het moment om je best te

doen en niet op te geven. Er is nog tijd. Het is pas begin augustus. Dus geen geklaag meer, doe gewoon je uiterste best. Geloof me, als je dat niet doet, zul je volgend voorjaar niet meer lachen. Toen ik in de hoogste klas van de middelbare school K kwam, werd er al bij het begin van het schooljaar tegen me gezegd dat ik de universiteit waar ik op hoopte wel kon vergeten. Dat lukt je nooit, zeiden ze. Maar ik overdrijf niet als ik zeg dat ik die zomer bloed, zweet en tranen heb vergoten. Ik heb mijn hele leven niet zo hard gewerkt. En ik werd aangenomen op de Japanse Kunstacademie. Zoiets geeft je enorm veel zelfvertrouwen, waar je de rest van je leven op kunt bouwen. Dus ik wil dat je alles geeft wat je hebt.'

Het meisje zweeg even en keek het lokaal rond.

'We komen bij elk van jullie langs, dus jullie kunnen vragen wat je maar wilt.'

Het bijlesinstituut had een systeem in het leven geroepen dat 'mijn mentor' heette en dat inhield dat er studenten in de klas rondhingen. Het zouden mensen zijn die hier ook bijles hadden gehad, maar daar geloofde ik niets van. Tijdens onze korte pauzes gingen ze de klas rond om iedereen een peptalk te geven. Het idee was dat we ons meer zouden inspannen voor de toelatingsexamens als we contact hadden met echte studenten. Die konden ons een hart onder de riem steken. Maar voor mij waren het net poppen met die gemaakte glimlach. Ik zat net toen het meisje met het grijze pakje naar me toe kwam.

'Jij bent... juffrouw Yamanaka, nietwaar?' zei het meisje met een blik op de lijst in haar hand. 'Engels is niet je sterkste vak, zie ik. Je gemiddelde is tweeënvijftig. Je moet harder werken als je wilt slagen. Doe je goed je best?'

Het ergerde me dat iedereen mijn gemiddelde te horen kreeg.

'Ik heet Ninna Hori.'

Het meisje keek argwanend.

'Sta je ingeschreven voor deze les, juffrouw Hori?'

'Jazeker.'

Ik hield mijn gezicht strak in de plooi en legde mijn elektronische woordenboek op het bureau.

'Echt? Hmmm. Dat is vreemd.' Het meisje wist niet wat ze met me aan moest. 'Ik moet de juiste lijst zien te krijgen. Welke universiteiten hebben je voorkeur?'

'Sophia, of Keio.'

'Dan zul je beter moeten worden in Engels. Wat is je gemiddelde?'

'Rond de achtenvijftig,' loog ik.

'Je moet minstens vijf punten hoger zitten,' zei het meisje, dat me nauwlettend aankeek. Ik zag de contactlenzen in haar licht uitpuilende ogen. 'Maar geef het niet op. Als je studeert alsof je leven ervan afhangt, lukt het wel. Vocabulaire, vocabulaire. Het vocabulaire in je hoofd stampen, dat is de enige manier.'

Hoe bedoelde ze, leren alsof je leven ervan afhangt? Ze zei dat ze bloed had vergoten, maar meende ze dat echt? Is het echt de moeite waard om te studeren tot je erbij neervalt? Dat kon er bij mij niet in, en ik denk dat dat een van mijn zwakke punten was. Een van de andere mentoren, een jongen met een wit overhemd aan en een das om, stond naast de vroegtijdig kalende scholier die voor me zat en gaf hem een klopje op zijn schouder.

'Je moet je gemiddelde iets omhoog zien te krijgen,' zei hij. 'Ik weet dat je het kunt.'

De kalende jongen gaf een verlegen, vaag positief antwoord.

'Ik studeerde twaalf uur per dag en mijn gemiddelde steeg met tien punten,' zei de mentor.

'Echt waar?'

Je studeert twaalf uur per dag en je gemiddelde gaat maar tien punten omhoog? Toen ik tegen wil en dank dat gesprek hoorde, raakte ik gedeprimeerd. Intussen ging degene die mij had aangesproken naar het stille meisje dat achter me zit. Het was een walgelijke vertoning. Dit was net zo erg als bij het station onderschept worden door iemand die een vragenlijst onder je neus duwt of je de toekomst wil voorspellen.

Ze glimlachen er op los, maar van binnen geven ze helemaal niets om mij. Ze doen het voor het geld. Of ze willen iemand versieren. In tegenstelling tot Terauchi is me dat nog nooit persoonlijk gebeurd, maar ik weet hoe het voelt om iemands doelwit te zijn. Als je erin trapt, kost het je geld en ben je de pineut. Het is net zoiets als gepest worden als je je niet gedeisd houdt en goed oppast. De wereld lacht om mislukkelingen. Maar betekent dat dat degenen die anderen belagen en pesten goede mensen zijn? Dat bestaat niet. Maar daar lijkt niemand aan te denken.

Het gevoel van gevaar dat we allemaal hebben, is iets dat mijn moeder niet kan begrijpen. Mensen van die generatie geloven nog in mooie dingen, zoals gerechtigheid en rekening houden met de gevoelens van anderen. Mijn moeder is vierenveertig en heeft samen met een vriendin een bureau voor thuiszorg. Ze gaat zelf naar mensen toe, dus heeft ze belangstelling voor dingen als sociaal welzijn en de problemen van ouderen. Het klinkt misschien vreemd uit mijn mond, maar ze is een heel aardig iemand. Ze is slim en weet hoe ze zich moet inzetten voor dingen die belangrijk zijn. Ze is oprecht en wat ze zegt is bijna altijd precies in de roos.

Pa werkt voor een softwarebedrijf en hoewel hij vaak in de kroeg zit, is hij een ernstige en goede man. Maar zelfs een aardige moeder en een redelijke vader kunnen niet echt aanvoelen hoe hun kind sinds haar vroegste jeugd wordt bestookt door de commercie, zodat ze altijd bang is dat die sukkels om haar heen haar levend zullen verslinden. Ze begrijpen het gewoon niet.

Mam zegt altijd dat ik niet bang moet zijn om gekwetst te worden, maar de enige pijn die zij zich kan voorstellen, is die ze zelf ervaren heeft. Ze heeft geen idee van de gevaren waaraan alle kinderen tegenwoordig blootstaan, hoe vaak we gepest worden, en hoeveel pijn dit doet.

We worden bijvoorbeeld van kleins af aan gebeld door mensen die ons proberen over te halen leraren in dienst te nemen of ons aan te melden voor bijlesinstituten na een zogenaamd gratis advies. Denk je dat je zo je cijfers kunt verbeteren? Mis. Dat moet je helemaal zelf doen. Als je in Tokio rondloopt, zie je voortdurend mensen die proberen je iets te verkopen. Als je even niet oplet, heb je zo iets gekocht. En als je de fout maakt je naam en adres te vertellen, sta je meteen op een mailinglijst. Een oude vent pakt je bij de schouder en voor je weet wat er gebeurt, bevind je je in een hotelkamer. De slachtoffers van stalkers, degenen tenminste die vermoord worden, zijn altijd vrouwen. In dezelfde tijd dat de media tekeer gingen over schoolmeisjes die in ruil voor seks oudere mannen tot suikeroompjes bombardeerden, werden scholieren als wij beschouwd als dure handelswaar.

Dat is klote. Klote met een grote K. Daarom ben ik Ninna Hori geworden. Het was de enige manier waarop ik de boel bij elkaar kon houden, waarop ik kon overleven. Het is niet veel, maar het is het minste dat ik kan doen om mezelf te wapenen. Al die gedachten gingen door mijn hoofd terwijl ik mezelf koelte toewuifde met het dunne lesboekje.

Op de een of andere manier wist ik wakker te blijven tot het eind van de les. Ik zocht naar mijn telefoon omdat ik Terauchi wilde bellen om zomaar even te praten, maar mijn mobiel zat niet in mijn tas. Ik had Terauchi gesproken voordat ik van huis vertrok, dus misschien had ik hem op tafel laten liggen. Ik was teleurgesteld, maar maakte me geen zorgen. Ik voegde me bij de horde scholieren die door de gang stormde om naar huis te gaan toen iemand me riep.

'Toshi-chan!'

Het was Haru, die op school bij mij in de klas zit. Ze zit in een van de weinige Barbie-groepjes bij ons op school. Nu het zomervakantie was, was ze nog bruiner dan daarvoor en haar haar was bijna helemaal blond geverfd. Haar nagels waren gemanicuurd en stralend wit. Ze had zware blauwe oogschaduw op en enorme valse wimpers, en ze droeg een opzichtig rood jurkje met spaghettibandjes en roze stippen. Op de tussenschool waren we vrij goed bevriend geweest, voordat ze een Barbie was geworden. In ons eerste jaar op de middelbare school nodigde ze me zelfs uit met een paar studenten karaoke te gaan zingen.

'Kom je helemaal uit Hachioji hiernaartoe?' vroeg ik.

'Ja,' zei ze, en ze ging langs het koordje van haar mobiele telefoon met nagels die je niet verwacht bij een scholier die aan het studeren is voor de toelatingsexamens van de universiteit. 'De meestercursus Kakomon hier zou heel goed zijn.'

Er liep een jongen voorbij bij wie het zweet over zijn voorhoofd droop en die Haru openlijk uitlachte. Idioot die je bent, dacht ik. Je hebt geen idee hoeveel lef Haru heeft.

'Ik doe de cursus opstellen schrijven en Engels voor eersteklas universiteiten,' vertelde ik.

'Succes,' zei Haru. 'Ik spreek je nog wel!'

Haru liep onvast op haar plateauzolen de trap af. De jongens gingen voor haar aan de kant. Ze liep als een timide koningin over het midden van de trap en toen ze beneden was, wuifde ze naar me. Haru's vermomming is haar wapen, net als de valse namen die mijn vriendinnen en ik gebruiken. Door een Kogyaru of Yamamba te worden, of hoe ze ze ook mogen noemen, had Haru volgens mij een plek gevonden waar ze helemaal geaccepteerd werd. Barbies gaan naar zonnebanken om hun huid lichtbruin te laten kleuren onder ultraviolette lampen, gebruiken stiften als eyeliner en doen lijm op hun wimpers om ze te laten krullen. Het zijn meisjes die meer dan alle anderen spelen met hun lichaam.

Mijn tweede zwakke punt is dat zulke opvallende kleren en make-up me tegenstaan. Ik wil gewone kleren dragen en niet opvallen.

Het zweet droop van mijn gezicht. In de fietsenstalling was mijn fiets nergens te zien. Hij was vast gestolen. Het was geen erg mooie fiets, dus waarom zou iemand van al die fietsen juist de mijne stelen? Hij stond ook nog op slot. Ik rende door de enorme fietsenstalling, maar zag hem nergens. Warm en boos dook ik een winkel in om af te koelen. Ik kocht een plastic fles *oolongthee* en ging op weg door de gloeiend hete straten. In de twaalf minuten die het me kostte om van het station naar huis te lopen, kreeg ik een enorme blaar van mijn sandalen. Toen ik er eindelijk was, was ik behoorlijk nijdig. Het raam op de eerste verdieping van het buurhuis weerspiegelde de oranje ondergaande zon. Vreemd, dacht ik, geen van de ramen is blijkbaar kapot. Ik dacht aan het geluid dat ik eerder had gehoord en bleef verward staan. Ik haalde de avondkrant uit de brievenbus, hield de koele fles thee tegen mijn brandende voorhoofd en keek nog eens naar het buurhuis. De schuifdeuren van de Japanse kamer op de begane grond stonden half open. Dat was nogal raar, want de buurvrouw was altijd bezig alles netjes te houden. Haar ramen glansden altijd en er lag nooit ook maar een stukje afval voor haar huis. Wat kan het mij schelen, dacht ik. Ik stierf van de dorst. Ik ging ons huis in, dat wel een sauna leek, zette in alle kamers de airco aan en dronk de oolongthee in een enkele slok op.

Ik spoelde de lege theefles af en toen ik hem in de recyclingbak gooide, viel mijn oog op de tafel en besefte ik dat mijn telefoon daar niet lag. Ik moest hem toch hebben meegenomen en hem ergens hebben laten vallen. Ik dacht rustig na over wat ik allemaal had gedaan sinds ik van huis was gegaan. Ik had de telefoon meegenomen en hem in mijn tas gedaan voordat ik op de fiets stapte. Daarna had ik de fiets in de stalling gezet, was naar school gegaan en had twee lessen gevolgd. Daarna had ik gemerkt dat de telefoon weg was, dus moest ik hem bij het station of bij de school hebben laten vallen. Of anders was hij in het mandje op de fiets achtergebleven. Ik belde het bijlesinstituut en vroeg of iemand een telefoon had gevonden, maar kreeg een kortaf nee te horen.

Daarna belde ik mijn mobieltje, maar niemand nam op. Mijn fiets en mijn telefoon. Wat een kleredag. Ik was doodop, dus sjokte ik naar boven, naar mijn bloedhete kamer. Ik liet me op het bed vallen, zette de airco voluit en deed mijn ogen dicht.

Ik sliep tot zeven uur. Toen hoorde ik de sirene van een politieauto of ambulance, maar die stopte ergens in de buurt. Het was een beetje eng dat hij zo opeens ophield, maar ik stond er verder niet bij stil. Hier in de buurt woont een chronisch zieke oudere, dus rijden er vaak ambulances door onze smalle straat. Daar kon ik me niet mee bezighouden. Straks kwam mam thuis en ik moest de luiken nog dichtdoen en het bad laten vollopen. Ik hoorde haar boze stem al als ze erachter kwam dat ik mijn klusjes niet had gedaan, dus sleepte ik me uit bed. Op dat moment ging de telefoon.

'Dude.'

'Terauchi. Ik ben mijn mobiel kwijt.'

'Ja, ik belde je en toen kreeg ik een of andere rare vent aan de lijn.'

'Wat voor vent?'

'Een jongen, eigenlijk. Toen ik "dude" zei, schreeuwde hij: "Hou op met die grapjes, sukkel." Ik was zo nijdig.'

Ik vertelde haar hoe ik mijn mobiel was kwijtgeraakt en dat mijn fiets was gestolen.

'De mobiel moet in je fietsmand hebben gelegen. Je moet het nummer meteen laten afsluiten. Vergeet de fiets maar, of probeer hem anders terug te stelen.'

Ze had gelijk. Ik hing op en rende naar beneden om de telefoonmaatschappij te bellen en het nummer te laten blokkeren. Ik was zo boos over het hele geval. Plotseling hoorde ik een sleutel in het slot en ging de deur open. Het was mijn moeder. Ze had een witte broek aan en een van mijn oude blauwe T-shirts, en de mand die ze in de zomer zo graag gebruikt hing over haar schouder. Ze had geen make-up op en haar gezicht was rood en bezweet.

'O, daar ben je. Godzijdank!'

Ze keek opgelucht. Maar ze was ook bleek en over haar toeren.

'Wat is er aan de hand?' vroeg ik.

'Weet je dat niet? Er staat een politieauto voor het buurhuis. Blijkbaar is de buurvrouw vermoord. Haar man heeft haar gevonden toen hij terugkwam van zijn werk. Ik was zo bang dat er met jou ook iets gebeurd zou zijn.'

Ik had sinds die morgen al een akelig gevoel, en nu leek het vreemd genoeg een tastbare vorm aan te nemen. Ik kreeg zin om tegenover iedereen op te scheppen hoe goed mijn zesde zintuig werkte.

'De politie zei dat er zo iemand komt om met ons te praten. Wat eng! Hoe kan zoiets gebeuren? En in onze buurt nog wel. Wat moeten we doen? Moeten we je vader bellen? Ik denk dat we het hem beter even kunnen laten weten.'

Mam hield altijd het hoofd koel, maar nu was ze beslist van streek. Ik ging op de bank in de woonkamer zitten en dacht na over het slechte voorgevoel dat ik had gehad toen ik de smogsirene had gehoord en daarna die klap hiernaast. Was dat het moment waarop de vrouw was vermoord? Kon Worm het gedaan hebben? Ik herinnerde me hoe opgewekt hij had geleken toen hij neuriënd naar de zon had opgekeken.

'Toshiko, de politie wil met je praten.'

Ik kwam overeind en daar aan de voordeur stonden een oudere man in een wit poloshirt en een vrouw van middelbare leeftijd in een zwart pak, die allebei het huis in keken. De blik in hun ogen stond me niet aan. Op dat moment besloot ik hen niets te vertellen over wat ik gezien en gehoord had.

Er leek geen eind te komen aan hun vragen. Ik zei dat ik om een uur of twaalf naar het bijlesinstituut was vertrokken en dat ik niets had gehoord en niets had gezien. Hun vragen wezen erop dat ze dachten dat ik gelijk had over het tijdstip waarop de vrouw was vermoord. Met andere woorden, het zag ernaar uit dat mijn getuigenis heel belangrijk was. Nog een laatste vraag, zeiden ze. Het was duidelijk dat de politie Worm verdacht.

'Heb je de jongen van hiernaast vandaag nog gezien?'

'Nee,' zei ik.

Ik bracht me Worms gezicht weer te binnen. De gelukkige, opgewonden uitdrukking. Waar sloeg dat op? Voelde hij zich bevrijd nu hij zijn moeder had vermoord? Of was hij gewoon gek? Ik was niet zozeer bang voor hem, maar eerder nieuwsgierig naar wat hij op dat moment had gedacht. Ik was er zeker van dat hij dat nooit aan een volwassene zou vertellen. Misschien wist hij niet eens hoe hij het moest uitleggen. En als hij het probeerde, was het misschien zo eenvoudig dat hij er niet graag op in ging. Ik denk dat ik weet hoe hij zich voelde. Waarschijnlijk vond hij zijn moeder maar lastig. Echt lastig. Als je een volwassene vertelde dat je daarom je moeder had vermoord, zou hij je niet geloven. Maar het is de waarheid. De hele wereld is lastig. Niet te geloven zo lastig. Maar het was toch stom om je daardoor zo te laten opfokken. Als meisjes van de middelbare school opgefokt raken, kunnen de mensen ons overmeesteren voordat we iets stoms doen, zoals een bus kapen of rondrennen met een mes. Daarom wapenen meisjes zich van tevoren, zodat ze niet in zoiets verzeild raken. Jongens zijn er waarschijnlijk niet zo goed in zichzelf te beschermen.

'Was je bevriend met de buurjongen?'

'Helemaal niet. We zeiden elkaar niet eens gedag als we elkaar tegenkwamen. Eigenlijk zijn we vreemden voor elkaar. Alsof we in twee verschillende werelden leven.'

'Verschillende werelden? Hoezo?' vroeg de vrouwelijke rechercheur in het zwarte pak. Ze had een witte sunblock op en haar haar was opgestoken alsof ze een kimono ging aantrekken. Het was vastgezet met een meisjesachtige strik van rood en paars lint met miljoenen piepkleine bloemetjes erop. Het zag er nogal dwaas uit, maar haar ogen waren scherp, alsof ze al mijn leugens doorzag. Ik werd nerveus en was ervan overtuigd dat ze wist dat ik loog.

'Ik weet niet,' zei ik.

Ik wilde helemaal niets weten van Worms wereld. Ik leef in een wereld waarin ik denk dat ik pas, een wereld die me bang maakt, en ik was sinds ik heel klein was al niet meer zo naïef geweest om te denken dat de werelden van andere mensen hetzelfde waren als die van mij. Toen ik op een keer uitstootte dat iedereen het daarmee eens moest zijn, kreeg ik de wind van voren. Mensen willen niet dat andere mensen anders zijn dan zij. Omdat ik een beetje anders ben dan andere mensen, was ik daar al vroeg achter. Op school vormen de leerlingen kleine groepjes van vier of vijf personen, maar ik wilde daar nooit bij horen of ze leren kennen. Eigenlijk kon ik dat helemaal niet. In mijn klas zitten allerlei soorten mensen, Barbies zoals Haru, nerds en kinderen die in gemakkelijk te onderscheiden groepen vallen omdat ze in een club zitten. Gelukkig voor mij kwam ik een paar meisjes tegen waarmee ik wel kon opschieten, zodat ik best kon genieten van mijn schooltijd, maar het moest verschrikkelijk zijn voor kinderen die niemand hadden. We zijn anders dan onze ouders en een heel andere soort dan onze leraren. En kinderen die ook maar iets anders zijn dan jij, bevinden zich in een heel andere wereld. Met andere woorden, we worden in feite omringd door vijanden en moeten het op eigen kracht zien te redden.

'Vertel eens wat je voor indruk hebt van de buurjongen. Jullie zitten tenslotte allebei op de middelbare school.'

'Hoe bedoelt u?'

'Is hij knap, het type dat populair is bij de meisjes?'

De vrouwelijke rechercheur glimlachte en ik zag haar witte, over elkaar staande, tanden tussen haar felrode lippen. Er zat lippenstift op die tanden. Ik dacht aan de buurvrouw met haar felrode lippenstift en merkte dat ik helemaal niets voelde als het om haar ging, en opeens werd ik bang van de gedachte dat Worm haar had vermoord. Ik kon niet begrijpen waarom hij zoiets zou doen en het gaf me een vreemd, angstig gevoel. Ik zat maar wat voor me uit te staren tot de vrouwelijke rechercheur een hand op mijn knie legde.

'Nou?' zei ze.

Het voelde akelig warm om iemands hand op mijn knie te hebben, dus ging ik opzij, zodat haar hand van mijn spijkerbroek gleed.

'Om u de waarheid te zeggen...'

'Ga gerust je gang. Hij is de zoon van het slachtoffer, dus

je hoeft je niet in te houden. We zullen vergeten dat we het van jou gehoord hebben.'

Als je het gaat vergeten, waarom vraag je het dan? dacht ik. Maar mijn moeder zat met een ongeruste frons naar me te kijken en de oudere rechercheur keek heel ernstig terwijl hij aantekeningen maakte, dus zei ik het maar.

'Nou, hij is nogal eng,' zei ik. 'Een echte nerd en zo somber, alsof je nooit weet wat hij denkt. Een teruggetrokken eenling die te hard studeert.'

Een teruggetrokken eenling die te hard studeert. Dat leek een snaar te raken. De twee rechercheurs wisselden een blik en stonden op. Door mijn woorden leken ze Worm te beschouwen als een typische nerd die te hard door zijn ouders werd gepusht om goede resultaten te halen op school en dus over de rooie was gegaan.

Ze ondervroegen mijn moeder ook, die aan de ander kant van de bank zat. Wat voor iemand was de buurvrouw? Hoe leken de gezinsleden met elkaar om te gaan? Enig teken van huiselijk geweld? Ik merkte dat de politie van tevoren een vast patroon van vragen had. Het was na negenen toen ze eindelijk klaar waren. In het buurhuis waren alle lampen aan, dus moesten ze nog steeds op zoek zijn naar bewijsstukken. Ik zag voor me hoe Worms vader geschokt de politie de ene kamer na de andere liet zien. Ik slaakte een diepe zucht. Hij deed altijd alsof ik niet bestond, maar toch leek het afschuwelijk dat dit hem moest gebeuren.

'Het is verschrikkelijk,' zei mijn moeder. 'De politie heeft niets gezegd, maar het is vrij duidelijk dat ze de zoon verdenken. Ze zeiden dat de vader arts is en in het ziekenhuis werkt.

Dat je dat niet eens weet van je buren. Ik vraag me af of ze hun zoon gedwongen hebben constant met zijn neus in de boeken te zitten zodat hij geneeskunde kon gaan studeren.'

Ik keek naar de tv-gids in de avondkrant en gaf geen antwoord.

'Hoe kun je zo kalm blijven bij zoiets afschuwelijks?' riep mijn moeder plotseling.

'Het heeft niets met ons te maken,' zei ik.

'Dat is waar, maar je kende de buurvrouw toch? En nu is ze dood. Of de zoon het nu gedaan heeft of niet, ik heb medelijden met hem en met de moeder. Ik heb zelfs medelijden met de vader, die verwaande vent met zijn halsdoekje. Zijn eigen zoon heeft zijn vrouw vermoord, kun je je dat voorstellen? Hoe hebben ze het zo ver kunnen laten komen?'

'Wat maakt het uit?'

Ik weet niet waarom ik tegen haar uitviel. Ze had gelijk, maar ergens klopte het niet en dat zat me dwars.

'Zo moet je niet praten,' zei mijn moeder.

Haar ogen stonden strak. De voordeur ging open en pa kwam binnen. Hij had een lelijk, lichtbruin jasje aan en een zwart koffertje onder zijn arm. Zijn marineblauwe poloshirt zat vol zweetplekken. Hij keek net zo angstig als mam. Ze moet hem hebben gebeld en toen was hij meteen naar huis gekomen. Hij zegt altijd dat hij het druk heeft, maar als het nodig is, komt hij meteen naar huis. Hij wendde zich eerst tot mam.

'Potverdorie, wat een schok,' zei hij. 'Ik ben hier voor de deur ondervraagd door de politie. Maar ik wist nergens van. Ze waren heel verbaasd toen ik zei dat ik niet eens wist dat ze een zoon hadden van dezelfde leeftijd als Toshiko.'

Mam keek hem aan met een blik die zei: jij zit ook altijd in de kroeg en bent nooit thuis, daar komt het van. Het werd me allemaal te veel, dus gooide ik de krant op tafel en maakte aanstalten naar mijn kamer te gaan. Pa keek verwijtend naar de krant, die helemaal uit elkaar lag.

'Toshiko, wat is er met je fiets gebeurd? Hij staat niet buiten.'

'Ja, wat is ermee gebeurd... Ik heb hem in de stalling bij het station gezet, maar hij is gestolen.'

'Waarom doe je geen aangifte? Het wemelt hier van de politie.'

Pa grinnikte om zijn grapje, maar werd meteen weer serieus.

'Het maakt niet uit,' zei ik. 'Ze zouden hem toch niet terugvinden. Soms gebruiken mensen gewoon een fiets en brengen ze hem weer terug naar de stalling. Degene die hem heeft meegenomen, zet hem wel weer terug.'

'Je zult wel gelijk hebben.'

Het leek pa niets te kunnen schelen. *Wat ben je toch slordig!* zou mam op dit punt normaal gesproken geroepen hebben. Maar ze was bezig noedels te koken en ham te snijden om een laat avondmaal voor ons te maken. Toen ik de trap op liep, hoorde ik mijn ouders praten. Ze deden het zachtjes, zodat ik niets kon horen. Ik bleef halverwege de trap staan om mee te luisteren.

'Het huis moet van binnen helemaal overhoop liggen,' zei pa. 'De glazen deur naar de badkamer is verbrijzeld toen de vrouw ertegenaan is gegooid en ze zat helemaal vol bloed.'

'Daar twijfel ik geen seconde aan. Ze zeggen dat haar schedel is ingeslagen met een honkbalknuppel.'

'Wat kan hem hier in vredesnaam toe gedreven hebben?'

'Hij moet gek zijn geworden. Hij heeft zijn bebloede T-shirt uitgetrokken en in de was gegooid, zeiden ze. Hij moet zich heel kalmpjes hebben omgekleed en is toen weggegaan. Ik kan het gewoon niet geloven. Zo'n slungelig joch als hij.'

'Jongens zijn sterk,' zei pa. 'Hij mag dan mager zijn, jongens van die leeftijd zijn veel sterker dan je denkt. En ze weten zichzelf niet in bedwang te houden. Ik ben maar blij dat wij een meisje hebben.'

'Wat verschrikkelijk om dat te zeggen. Nogal zelfzuchtig, vind je niet?'

Mijn vader zei boetvaardig: 'Je zult wel gelijk hebben. Sorry.'

Ik ging op mijn bed zitten en belde met het telefoontoestel in mijn kamer mijn mobiel. 'Hallo,' antwoordde een jongeman. Verdomme, dacht ik. Op de achtergrond hoorde ik treinen voorbijrazen. Hij was buiten.

'Jij bent de persoon die mijn mobiel heeft gevonden.'

'Ik weet niet of "gevonden" wel het goede woord is,' zei hij.

De jongen leek te aarzelen. Zijn stem klonk precies als de stem die gezegd had: 'Warm, hè?'

'Waar heb je hem gevonden?' vroeg ik.

'In het fietsmandje.'

Was dit de persoon die mijn fiets had gestolen? Mijn bloed begon te koken.

'Heb jij mijn fiets gestolen?'

'Gestolen, geleend... Ik weet niet goed hoe ik het moet zeggen.'

'Dat is mijn telefoon en ik wil hem terug. Als je hem niet teruggeeft, kun je hem toch niet meer gebruiken, want ik zet het abonnement stop. En ik wil mijn fiets terug. Ik heb hem nodig.'

'Neem me niet kwalijk,' zei de jongen verontschuldigend.

'En dan nog iets. Ben jij de jongen van hiernaast?'

Plotseling werd de verbinding verbroken. Ik toetste het nummer nog eens in, maar hij nam niet op. Mijn knieën trilden, maar ik bleef het proberen. Mijn vermoeden dat Worm degene was die mijn fiets en mobiel had gestolen, werd steeds sterker. Uiteindelijk sprak ik een bericht in.

'Met Toshiko Yamanaka. Ik wil dat je mijn mobiel en mijn fiets terugbrengt. Mijn telefoonnummer thuis staat onder "thuis" in de mobiel, dus bel me. Tussen negen en twaalf uur ben ik alleen thuis, maak je geen zorgen. Bel me alsjeblieft. Ik zal je nog iets anders vertellen, want ik denk dat jij de buurjongen bent. De politie zoekt je. Ik denk dat je wel weet waarom. Het gaat mij niets aan, maar het was een schok om het te horen van je moeder. Ik heb medelijden met haar. Ik zal waarschijnlijk niets tegen ze zeggen, maar ik weet niet goed wat ik moet doen.'

Ik liet deze boodschap op de telefoon achter en bleef met een depressief gevoel zitten.

Die nacht kon ik niet goed slapen. Soms doezelde ik weg en had ik vreemde dromen. De droom die ik me het best herinner, is deze:

De buurvrouw was in mijn huis eten aan het koken. Worm en ik keken tv in de woonkamer en lachten tot de tranen over ons gezicht rolden. Worm en ik waren blijkbaar broer en zus en de buurvrouw was onze moeder. Ver weg klonk een smogsirene. Worm zei: 'Het is warm, laten we gebakken rijst eten... Dat klinkt lekker.' Ik ging naar de keuken om de vrouw over te halen het voor ons te maken. Mam, zei ik, wil je gebakken rijst voor ons maken? De vrouw staarde me aan vanachter haar zilveren bril en toen pakte ze een wok en wees naar de badkamer. Hij heeft me tegen die deur geduwd, zei ze, dus ik ga niet voor jullie koken. Maar mam, de deur van de badkamer is niet van glas, dus dan geeft het toch niet? Er moest een vergissing in het spel zijn. Het leek dat ik in de droom wist wat Worm had gedaan, maar dat ik toch mijn best deed haar te kalmeren.

Ik werd helemaal bezweet wakker en keek mijn kamer rond om te zien waar ik was. Het was blijkbaar al een tijdje licht. De zon was zoals altijd opgekomen en de nieuwe dag begon. Zo te zien werd het weer enorm warm. Een dag zoals alle andere, maar sinds gistermorgen was mijn wereld ingestort. De klap die ik had gehoord toen de smogsirene ging, bleef in mijn hoofd weergalmen. Ik had het bebloede gezicht van de buurvrouw niet gezien, maar ik kon me voorstellen hoe verschrikkelijk het eruit moest hebben gezien en hoe haar bril eraf geslagen moest zijn. De droom die ik had gehad, suggereerde dat ik Worm hielp na de moedermoord. Misschien zou ik echt als medeplichtige beschouwd worden. Dat gegeven maakte me doodsbang. Zouden ze niet denken dat ik Worm mijn telefoon en fiets had geleend om weg te kunnen komen? Plotseling kreeg ik het gevoel dat Worm me iets afgrijselijks in handen had gestopt dat was gesmolten en tussen mijn vingers weg droop. Ik was doodsbenauwd – voor de politie en de hele volwassen wereld. Ik dacht weer aan de warme hand van de vrouwelijke rechercheur op mijn knie en huiverde.

Ik moest mijn ouders alles vertellen voordat dit helemaal uit de hand liep. Dat had ik net besloten toen ik mam beneden het ontbijt hoorde maken. Ze maalde koffiebonen. Precies zoals altijd. Ik stond opgelucht op. Misschien dacht mijn moeder anders over bepaalde dingen dan ik, maar ze was in ieder geval een buffer tussen mij en de politie en de wereld van de volwassenen. Ik was blij dat ik zo'n moeder en vader had. Op dat moment hoorde ik stemmen, dus deed ik het raam open en keek ik naar buiten. De smalle straat voor ons huis stond vol mensen. Mensen met tv-camera's, journalisten, een vrouw die eruitzag als een tv-verslaggeefster en politie. De vrouw was van een van die sensatieprogramma's. Ik rende naar beneden.

'Goedemorgen. Jij bent vroeg op.' Mijn moeder stond met een afgetrokken gezicht in de eieren te roeren.

'Mam, heb je al die mensen gezien voor het huis?'

'Die zijn van een televisieprogramma,' zei mijn moeder met een strak gezicht. 'Ik haat het dat al die mensen hier rond krioelen. Ze hopen zeker dat de zoon thuiskomt. Hoe vulgair. Ik wil maar zeggen, ze weten niet eens of hij het wel gedaan heeft. En bovendien is hij nog maar een kind. Ik word gek van die herrie. Sorry, maar kun jij even de krant pakken?'

Ik had geen beha aan en droeg een T-shirt en een korte broek die ik als pyjama gebruikte, maar ik zei dat het goed was. Ik wilde te weten komen wat de kranten over het incident schreven en zien hoe de mensen van het sensatieprogramma eruitzagen. Zodra ik een voet buiten de deur zette, hield het gegons van stemmen op. Ik liep naar de brievenbus naast de voordeur toen een verslaggeefster een microfoon in mijn gezicht duwde.

'Neem me niet kwalijk, maar ik heb wat vragen over de mensen hiernaast. Wat was het voor gezin?'

Dus dit was een verslaggever? De andere mensen hielden hun adem in en wachtten op mijn antwoord. Daar stond ik dan, in die kleren, op de nationale televisie. Ik kreeg de bibbers en deinsde met de krant in de hand achteruit. Zodra ik bij de deur was, sprong ik naar binnen. Op de tv in onze woonkamer stond dat programma aan. Pa zat met een dik gezicht voor het toestel in zichzelf te grinniken.

'Hé, je was net op de tv.'

Op het scherm was de weg voor ons huis te zien, met in witte letters het bijschrift: live ter plekke. Je zag ons huis en het buurhuis, verlicht door de ochtendzon. Ze leken tegelijkertijd klein en opzichtig. Ach, dacht ik verbijsterd, nu is het te laat. Nu het zulk groot nieuws was, moest ik wel zwijgen over wat ik wist. Dat onheilspellende geluid, de ontmoeting met Worm vlak daarna, de tevreden trek op zijn gezicht, het feit dat hij mijn fiets en mobiel had gestolen. Ik dacht niet dat ik er iemand over zou vertellen. Het woord *medeplichtig* schoot weer door mijn hoofd.

Mijn vader vouwde de krant op en zei: 'Ik vraag me af waarom dit gebeurd is. Toen ik nog jong was, wilde ik ook wel eens mijn vader en sommige van mijn leraren vermoorden, maar ik heb er nooit over gedacht mijn moeder te doden. Het was alsof ze deel uitmaakte van een heel andere wereld dan die van mij. Ik heb nooit gevonden dat mijn moeder mijn leven beheerste of zoiets. Heb jij dat ooit gedacht?'

'Nooit.'

Dat was een leugen. Ik denk het elke keer als ik ruzie heb met mijn moeder, en er zijn massa's mensen die ik zo erg haat dat ik ze graag om zeep zou helpen. Zelfs Terauchi en Yuzan; soms haat ik ze en kan ik ze wel vermoorden. Maar daar zou ik niets aan hebben – dat is de conclusie die ik altijd trek. Als ik er uiteindelijk voor moet boeten, kan ik ze net zo goed laten leven.

'De buurman werkt blijkbaar in het Kanto Fukagawa Ziekenhuis,' zei pa. 'Bij interne geneeskunde. Arme man. Hoe heette die zoon eigenlijk? Dat staat niet in de krant.'

'Natuurlijk niet. Hij is nog niet volwassen,' zei ik gedeprimeerd. Pa nam een grote slok koffie en ademde uit, zodat alles naar koffie rook.

'Het zal wel een tijdje groot in het nieuws blijven.'

Mam riep uit de keuken: 'Die mensen blijven daar staan tot de jongen thuiskomt. Wat moeten we doen?'

'Wat we altijd doen,' zei pa.

'Als dat kon, hadden we geen probleem.'

'We moeten ons er zo weinig mogelijk van aantrekken. We hebben er niets mee te maken.'

Maar je dochter wel! Ik vroeg me af hoe verbaasd mijn vader zou zijn als hij dat zou weten.

Toen mijn ouders naar hun werk waren gegaan, keek ik naar de nieuwsprogramma's op de tv. Ze waren allemaal hetzelfde. *Is hij betrokken bij de moord op zijn moeder? Tienerzoon verdwenen. Zomergekte – wat is er gebeurd met deze zeventienjarige?* Terwijl ik tv keek, kreeg ik twee keer mensen aan de deur. De eerste keer was het een echtpaar van middelbare leeftijd dat zei dat ze de oudere broer en schoonzus van de buurman waren. Het spijt ons zo dat we u zoveel problemen bezorgen, zeiden ze. Ze bogen voortdurend als knipmessen en gaven me een zware doos met zoetigheid. Ik maakte hem open en er bleken dertig *mizuyokan*-cakejes in te zitten.

De tweede keer waren het de rechercheurs die al eerder waren geweest. De oudere man veegde met een grote zakdoek het zweet van zijn voorhoofd en vroeg: 'Over de jongen van hiernaast... We hebben een getuige die hem gisteren rond twaalf uur naar het station heeft zien lopen. Jij hebt ons verteld dat je ongeveer op dezelfde tijd naar het station bent gegaan. Heb je hem niet gezien?'

'Ik was op de fiets.'

Verdomme! Zodra ik dat had gezegd, besefte ik dat ik dat niet had moeten doen. Ze zien vast dat mijn fiets er niet is. Ik sloeg onwillekeurig mijn ogen neer.

'Ben je hem op je fiets voorbijgereden?'

Die vraag kwam van de vrouwelijke rechercheur. Ze had die dag een witte blouse aan met een zware cloisonné-broche bij de kraag. Net als de dag daarvoor was haar haar losjes opgestoken. De kleur van haar gezicht verschilde vijf tinten met die van haar hals. Ik schudde mijn hoofd.

'Hij is me niet opgevallen,' zei ik.

'Ga je vandaag niet naar bijles?'

'Jawel.'

De telefoon ging. De twee rechercheurs gebaarden dat ik moest opnemen. Mijn hart bonsde toen ik de hoorn pakte. Het zou best Worm kunnen zijn. Degene aan de andere kant zei niets.

'Hallo? Hallo?'

De twee rechercheurs, die bij de deur stonden, keken me

argwanend aan. Ik keek van hen weg en begon gewoon te praten.

'O, Terauchi? Heb je dat programma gezien op tv? Sorry dat ik je ongerust heb gemaakt. We hebben nu mensen aan de deur, dus ik bel je nog wel terug.'

Eindelijk zei degene aan de andere kant iets.

'De politie is daar zeker. Ik bel later nog wel.'

Het was Worm. Ik hing op alsof er niets aan de hand was. Het was net iets uit een film.

'Bedankt voor het wachten.'

Ik ging terug naar de twee rechercheurs. De man, die blijkbaar bijziend was, tuurde in zijn aantekenboek. 'De persoon die de jongeman heeft gezien, zegt dat hij een marineblauw T-shirt en een spijkerbroek droeg,' zei hij. 'Hij had een zwarte rugzak om. De persoon die hem heeft gezien, was een huisvrouw die hierachter woont. Ze was met haar baby in de kinderwagen op weg naar een park hier in de buurt. Ze zei dat ze elke keer dat ze naar het station gaat langs het huis van de jongen loopt en dat ze hem dus al vaak gezien heeft. Deze huisvrouw heeft ook verklaard dat ze iemand die op jou leek voorbij zag fietsen. Weet je zeker dat je hem niet gezien hebt?'

'Echt? Nou, dat moet dan rond twaalven zijn geweest, want ik heb de trein van vijf over genomen.' Ik keek onschuldig terwijl ik dit zei en ze schreven alles op. Ik ben blij dat ik daar niet over hoefde te liegen. Zo stapelen feiten zich vaak op, het ene na het andere. Ze kwamen er snel genoeg achter dat Worm het slot van mijn fiets had opengebroken en de fiets had gestolen.

'Bel alsjeblieft dit nummer als er iets verandert of als je je nog iets herinnert. We komen elke dag even langs, dus je hebt altijd de gelegenheid om ons iets te vertellen.'

De vrouwelijke rechercheur gaf me haar kaartje, dat afgeronde hoeken had, en ik bedankte haar mompelend. Toen ze weg waren, was ik gespannen. De telefoon ging weer en omdat ik dacht dat het Worm zou kunnen zijn, nam ik met heel zachte stem op.

'Toshi-chan, ben jij dat? Wat is er? Je klinkt alsof je van streek bent.'

De stem was de tegenpool van die van Terauchi, helder en opgewekt. Dit was een vriendin die de bijnaam Kirarin had. Ik, Terauchi, Kirarin en Yuzan. Dat was het groepje waar ik op de tussenschool en de middelbare school bij hoorde. Kirarins echte naam was nogal vreemd, Kirari Higashiyama, en hoewel ze het niet leuk vond, noemden we haar allemaal Kirarin. Ze was leuk en opgewekt, een goed opgevoede jongedame. De naam Kirarin paste perfect bij haar, en ze was de enige in ons groepje dat overal waar ze maar kwam op haar plaats leek.

'Je bent je mobieltje kwijt, hè Toshi? De jongen die hem heeft gevonden, heeft me gisteravond gebeld.'

'Hoe laat was dat?'

'Om een uur of tien, misschien,' zei Kirarin luchtig. 'Ik was naar de film geweest en zat in de trein terug toen hij belde. Ik kon niet veel zeggen, maar het was leuk en we praatten over allerlei dingen. Neem me niet kwalijk. Dat had ik niet moeten doen. Die knul heeft wel lef.'

Ik was zo verbaasd dat ik niet wist wat ik moest zeggen. Kirarin ging verder. 'Ik heb hem gezegd dat je niet zonder je telefoon kunt en dat hij hem terug moet geven. En hij zei: sorry, ik begrijp het, ik geef hem zeker terug.'

'Ik heb er niets aan als hij sorry zegt tegen jou. Hij moet het tegen mij zeggen.'

'Nou en of.'

Kirarin lachte opgewekt. Nu ik erbij nadenk, is zij de enige van mijn vriendinnen die ik nooit heb willen vermoorden. Ik hoopte juist altijd dat ze net zo leuk zou blijven als ze was en was altijd degene die het bijlegde als er tussen ons iets was voorgevallen.

'Hé, waarom ben jij eigenlijk niet naar bijles?' vroeg ze.

'Dat vertel ik je later nog wel. Ik moet gaan. Ik moet Yuzan vragen of zij ook gebeld is.'

'Laten we met ons viertjes iets afspreken tijdens de zomervakantie,' zei Kirarin. Als Worm Kirarin had gebeld, had hij Yuzan misschien ook wel gesproken. Allebei hun namen stonden in mijn adresboek, en hij had ze gewoon voor de lol gebeld. Wat een zak. Ik nam meteen contact op met Yuzan.

'Ja, hallo...' De stem van Yuzan klonk zacht en op haar hoede.

'Ik ben het, Toshi.'

'Hé, Toshi. Er werd geen nummer vermeld, dus ik vroeg me af wie het was. Ik heb gehoord dat je je mobiel kwijt bent.'

'Heeft die knul jou gebeld?'

'Ja. Ik dacht dat jij het was, maar het was een jongen. Ik schrok ervan. We hebben misschien een halfuur met elkaar gepraat.'

Ik wist niet wat ik moest zeggen. Waar kon Worm een halfuur over gepraat hebben? En met mijn vriendin? Ik werd er behoorlijk boos om; ik kon niet geloven dat ze zo lang met hem aan de telefoon had gezeten. Dit was de jongen die zijn moeder had vermoord met een honkbalknuppel! De jongen die haar tegen een glazen deur gesmeten had! Die mijn fiets en telefoon had gestolen en ervandoor was gegaan! Ik kreeg er de rillingen van dat hij zich daar helemaal niets van aan leek te trekken. Toen ik weer iets kon zeggen, klonk mijn stem scherp.

'Nou ja, Yuzan. Hoe kun je een halfuur zitten praten met de jongen die mijn telefoon heeft gestolen?'

'Sorry, ik weet dat ik dat niet had moeten doen. Maar weet je, hij is best grappig. Hij vertelde me dat hij zijn moeder had vermoord, dus ik zei dat ik die van mij drie jaar geleden al vermoord heb en hij trapte erin. Daarna hebben we het gehad over examens en het leven en nog allerlei andere dingen.'

'Maar jouw moeder was ziek. Daarom is ze doodgegaan.'

Ik moet wat terneergeslagen hebben geklonken, omdat wat er met Yuzans moeder was gebeurd en wat Worm had gedaan niet met elkaar te vergelijken waren. Yuzan leek van streek en zei niets terug. Het verlies van haar moeder heeft haar meer pijn gedaan dan een van ons zich kan voorstellen en we wisten allemaal dat we er niet over moesten praten. En nu wreef ik nog eens zout in de wond. Dus hoe konden Worm, die zijn eigen moeder had vermoord, en Yuzan zoveel hebben om over te praten? Ik had het gevoel dat ik een stomme en zelfs komische rol speelde, omdat ik alles wist wat er gaande was en er zo door van streek was. Het was zo idioot. Ik had geen idee wat ik moest doen.

'Het spijt me echt, Yuzan. Maar ik wil dat hij mijn fiets en mijn telefoon teruggeeft.'

'Dat snap ik. Ik zie hem vandaag, dus ik zorg wel dat je ze terugkrijgt.'

'Waar is hij? Dan ga ik met je mee.'

'Nee, dat kan ik je niet vertellen. Dat heb ik beloofd.' Yuzan klapte dicht. Ik hield het niet meer, dus vertelde ik haar alles wat er sinds de vorige dag gebeurd was. Ze luisterde zonder iets te zeggen.

'Wat is nu het probleem?' zei ze. 'Het zijn onze zaken niet. Het feit dat Worm zijn moeder heeft vermoord, heeft niets met ons te maken.'

'Dat weet ik ook wel,' zei ik boos. 'Dat kan me ook helemaal niet schelen. Ik wil alleen mijn fiets en mijn telefoon terug.'

'Oké. Ik zorg ervoor dat hij ze teruggeeft.'

De verbinding werd verbroken. Toen ik de hoorn neerlegde, die helemaal kleverig was omdat ik zo lang gepraat had, dacht ik: verdomme! Mijn blik viel op een krantenkop: 'Huisvrouw op klaarlichte dag vermoord.' In het artikel stond niet veel over de vermiste zoon, maar iedereen die het las zou begrijpen dat hij verdacht werd. 'Het bebloede shirt van de zoon lag in de wasmand en de politie zoekt de jongen om hem over het incident te kunnen ondervragen.' Het incident? Dat kon me helemaal niets schelen. Ik wilde alleen mijn fiets en mijn telefoon terug. Maar verder werd ik geplaagd door de gedachte dat Worm zo lang met Kirarin en Yuzan had gesproken en niet met mij of Terauchi. Met andere woorden, hij vond niet dat ik of Terauchi de moeite waren om mee te praten. Ik raakte geïrriteerd toen ik besefte dat ik het gevoel had dat Worm me had verraden. Ik bedoel maar, wie geeft er nu iets om hem?

De smogsirene ging weer. Ik vroeg me af waarom ik de gebruikelijke, trage stem van de vrouw niet hoorde, dus keek ik naar buiten. Er waren nog meer verslaggevers dan eerst, die allemaal zwetend naar het buurhuis stonden te staren. Er kwam een gedachte in me op. Er zijn helemaal geen verborgen luidsprekers voor het smogalarm. Ze gebruikten vast een auto, die rondrijdt om iedereen op de hoogte te stellen.

Die avond om een uur of tien ging de deurbel. Mam had net een bad genomen en fronste toen ze naar de deur ging, omdat ze dacht dat het de politie weer zou zijn.

'Toshiko, het is Kiyomi. Een beetje laat, vind je niet?'

'Ik weet het, maar ze moet me iets vertellen.'

'Het is warm buiten, dus laat haar maar binnenkomen.'

Mam had een weifelende trek op haar gezicht terwijl ze wat koude gerstethee uit de koelkast haalde. Pa was er nog niet, zoals gewoonlijk. Het was nog maar één dag na de schokkende moord en hij had zijn normale routine al weer opgepakt. Ik ging naar buiten en werd overvallen door de verstikkende, bedompte lucht. Ik voelde het vocht op mijn huid, die koel was van de airco, kleverig worden. Er waren nu geen verslaggevers en de straat lag er verlaten bij. Yuzan stond voor ons hek met mijn fiets aan de hand. Ze had een T-shirt, een korte broek van Adidas en Nike-sandalen aan en een rugzak om. Als je haar van ver zag, had je haar voor een kleine jongen van de middelbare school kunnen houden. Ze hijgde zo hard dat duidelijk was dat ze hier helemaal naartoe was gefietst.

'Sorry dat ik zo laat ben,' zei ze buiten adem.

'Dat geeft niet. Bedankt dat je hem hierheen hebt gebracht.'

Ik zette de fiets achter het hek. Toen ik dat deed, raakte ik de blote arm van Yuzan aan. Die was helemaal bezweet. Ik trok geschrokken mijn arm weg en onze blikken kruisten elkaar.

'Is dat daar het huis van die knul?' Yuzan wees ernaar met haar kin. Het huis van Worm was donker en stil. Tot de vorige avond had het er gekrioeld van de rechercheurs, maar nu lag het er verlaten bij. Het was een afgedankte, lege huls.

'Ja, dat is het. Volgens mij is die kamer op de hoek, op de eerste verdieping, die van hem.'

Ik wees naar het inktzwarte raam. Yuzan bleef er even naar staan kijken, en toen zuchtte ze en wendde haar blik af.

'Yuzan, waar hebben jullie elkaar getroffen?'

'In Tachikawa. Het was wel een heel eind om hierheen te komen.'

'Wat doet hij in Tachikawa?'

Yuzan haalde een plastic fles water uit haar rugzak en nam een slok.

'Hij zegt dat hij zich daar in het park verborgen houdt. Volgens hem zwom hij daar in het zwembad toen hij klein was. Dat vond hij blijkbaar altijd leuk, en daarom wilde hij de plek nog eens terugzien. Hij moet de hele dag rond het zwembad hebben gehangen, want hij is ontzettend bruin.'

Ik probeerde me Worm bij het zwembad voor te stellen, met zijn moeder met haar zilverkleurige bril en zijn vader met zijn halsdoek, maar ik kon ze gewoon niet zo samen zien.

'Wat zei hij allemaal?'

Yuzan draaide de dop weer op de fles. 'Hij zei dat hij het gevoel heeft dat hij in een droom leeft. Alsof het hele verleden een droom is.' Ze keek nog eens naar het lege huis en ik besloot haar iets te vragen. 'Had jij dat gevoel ook bij je moeder?'

'Ja.' Yuzan knikte. 'Soms kan ik niet eens geloven dat ze ooit bestaan heeft.'

Ik merkte dat Yuzan en Worm dit gevoel met elkaar deelden, een gevoel dat ik nooit zou kunnen begrijpen. Het was niet zo dat het me verdrietig maakte; ik had eerder het idee dat mijn eigen wereld te eenvoudig was, te gladjes, te saai en waardeloos. Het beste wat ik kon doen, was me een andere naam aanmeten, Ninna Hori.

'O, ik heb nog iets voor je. Ik moest van hem zeggen dat het hem spijt.'

Ze haalde voorzichtig mijn mobieltje uit een vak van haar rugzak. Ik zette het aan en zag dat de batterij bijna leeg was.

'Nou, ik moet weg,' zei ze.

Yuzan ging op weg in de richting van het station.

'Wat zei hij dat hij ging doen? Blijft hij op de vlucht?'

'Ja. Ik heb hem mijn eigen fiets en mobiel gegeven, en hij zegt dat hij zo ver weg gaat als hij kan.'

Ik keek Yuzan verbaasd aan. Ze liep me voorbij en keek nog eens naar het verlaten buurhuis. Ik stond daar met mijn mobiele telefoon in de hand en vroeg me af of Worm nog contact zou opnemen. Opeens besefte ik dat ik hoopte dat hij dat zou doen. Ik wilde niet medeplichtig zijn, maar ik wilde wel even proeven van het avontuur, zoals Yuzan had gedaan. Nogal suf, ik weet het, maar zo ben ik soms. Dat besef bracht me voor de rest van de avond in een sombere stemming.

YUZAN

IK ZIE nog steeds Toshi's verbaasde blik voor me. Ze was geschokt omdat de buurvrouw was vermoord en omdat haar fiets en haar telefoon gestolen waren. Ik weet zeker dat ze nooit had gedacht dat ik zo ver zou gaan om Worm te helpen. Nou ja, ik geloof dat ik er zelf ook nogal verbaasd over ben.

Toshi doet altijd heel nonchalant en zorgeloos, maar ze heeft een Grote Muur om haar hart gebouwd. Het lijkt alsof je binnen kunt komen, maar dat is niet gemakkelijk. Dat komt omdat ze veel kwetsbaarder is dan andere mensen. Ze is in het verleden vaak gekwetst. Maar dat vind ik juist het leuke aan haar. Ze is timide, maar ze weet toch voor zichzelf op te komen. Volgens mij is ze eigenlijk de taaiste van ons alle vier. Dus toen ik haar vertelde wat ik gedaan had en ze me aankeek alsof ze wilde zeggen, waar heb je het over, voelde ik me niet op mijn gemak. Omdat ik door dit hele incident naar een universum ben overgeplaatst dat ver afligt van de wereld waarin Toshi leeft. Het is niet dat ik me van haar vervreemd voel of zo. Het is meer dat we vanaf dit moment heel verschillende paden afliepen.

Terwijl al die gedachten door mijn hoofd schoten, haastte ik me over de donkere weg. Het was stil in de buurt. Ik was bang dat Worms huis in de gaten zou worden gehouden door de politie, maar er kwamen alleen wat kantoormensen uit de richting van het station. De bomen die over de weg hingen, gaven een zware vochtigheid af, net als wanneer het net is opgehouden met regenen. De grond was nog steeds heet en ik had het gevoel dat mijn lichaam door de vochtige lucht sneed.

Bij natuurkunde hebben we geleerd dat slechts vijftig procent van de energie van de zon het aardoppervlak bereikt. Onze leraar had twee grafieken op zijn computer gezet om het ons uit te leggen. 'Dit is de borst van een jonge vrouw, en dat is die van een oude oma,' legde hij met een ernstig gezicht uit. De grafiek van de jonge vrouw moest laten zien hoe de warmte-energie zich ophoopt rond de evenaar, terwijl de grafiek van de oude vrouw plat was en liet zien dat de zonne-energie wegboog. Hoe stom kun je zijn, dacht ik, maar we zaten maar met zijn vijven in de klas, dus moesten we wel doen alsof het grappig was. De leraar zelf zei dat zijn uitleg gezien zou kunnen worden als seksuele intimidatie. Alsof dat mij iets kon schelen. De sukkel.

Hij ging verder met: 'Bij de evenaar is de hoeveelheid warmte die geabsorbeerd wordt groter dan de hoeveelheid die wegstroomt, dus is het een warmtebron. Bij de polen is het juist omgekeerd, dat zijn koude bronnen.' Een *koude bron.* Op dat moment ging de vage gedachte door mijn hoofd dat dat precies was wat ik toen was. Met *toen* bedoel ik toen mijn moeder overleed en er nog iets gebeurde. Al mijn warmte lekte weg, net als bij de polen, en ik zou mijn hele leven nooit meer warm zijn. Dat maakte me verdrietig en ik werd depressief.

Toshi, Terauchi en Kirarin hebben allemaal allebei hun ouders nog en komen uit vrij welgestelde families, en ik betwijfel of zij net zulke zorgen hebben als ik. Nadat mijn moeder was overleden, bleef ik achter met een onuitstaanbare vader en grootouders die zich overal zorgen over maakten. Ik denk niet dat ze enig idee hebben hoe ik me echt voel.

Soms beginnen mijn vriendinnen iets te zeggen over hun moeders, maar dan zien ze mijn gezicht en raken ze helemaal in de war. Maar voordat dat gebeurt, probeer ik iets te zeggen, iets stoms zoals mijn leraar zei. Of nog stommer. Of anders vul ik de stilte door iets te vragen over hun moeders, zoals: 'Hé, Kirarin, komt jouw moeder nog naar het schoolfeest of niet?' Is er nog een andere scholier die voortdurend over dun ijs moet lopen? Wat een mop.

Ik voel me zo alleen. En daar is een goede reden voor. De dood van mam heeft me alleen nog eenzamer gemaakt, eenzamer dan wie dan ook. Worm voelde zich ook een beetje eenzaam en toen heeft hij zijn moeder vermoord en zijn eenzaamheid nog groter gemaakt. Ik weet nog niet hoe ik het ga doen, maar ik wil die van mij ook groter maken. Misschien is het leven dan gemakkelijker. Ik heb hier alleen nog met Terauchi over gepraat. Niet omdat zij zo somber is, maar omdat haar somberheid en die van mij op elkaar lijken. Toshi en Kirarin zijn te zachtaardig en te vriendelijk om hierover te praten. Ik denk dat je gelukkig moet zijn om zachtaardig te wezen. Maar Terauchi is scherper. Ik hou van die scherpe, riskante types en ik voel me met haar meer verbonden. Maar ik heb haar nog niet over Worm verteld. Ik weet niet goed waarom.

De telefoon in mijn rugzak trilde tegen mijn rug. Ik bleef staan om hem eruit te halen en zag dat ik een sms had.

Bedankt voor de fiets en de telefoon. Ik ben nu in Iruma, maar ben zo moe dat ik een winkel in gegaan ben. Ik blijf hier een uur uitrusten, en daarna ga ik weer op weg.

Het was van Worm. Ik had gelogen toen ik tegen Toshi zei dat ik Worm mijn mobiel had gegeven. Daar komt ze nog wel een keer achter, maar ze keek zo verbaasd dat ik haar de waarheid niet kon vertellen. In werkelijkheid heb ik een nieuwe mobiel voor hem gekocht. Maar dat ik hem mijn fiets heb geleend is waar. Maak je er maar niet druk over, zei ik tegen hem, je kunt hem ergens achterlaten wanneer je maar wilt. Anders komen de mensen erachter dat ik hem geholpen heb.

Ik keek op mijn horloge met het idee om Worm te bellen. Het was al kwart over tien geweest. Ik moest naar huis, anders kreeg pa een beroerte. Sinds dat incident van vorige zomer bemoeit hij zich met alles wat ik doe. Ik houd mezelf voor dat ik gewoon vol moet houden tot ik mijn einddiploma heb. Ik bedacht dat ik Worm wel kon bellen als ik thuis was, dus stuurde ik hem voorlopig alleen een sms.

Heb de telefoon en fiets weer aan Toshi gegeven. Bel haar om je excuses te maken, goed? Zorg voor jezelf.

Ik staarde naar het bericht. Ik hielp die vent ontsnappen, een vent die zijn moeder had vermoord. Ik heb geen idee wat hem daartoe had gedreven, maar ik wilde dat hij vluchtte en nooit gepakt werd. Ik weet niet precies hoe ik het moet zeggen, maar het was alsof ik niet wilde dat hij terugkwam in deze stomme, saaie realiteit, maar een nieuwe realiteit voor zichzelf zou scheppen.

Ik hoorde het kleverige geluid van voetstappen, alsof er iets onder die voeten geplet werd, en ik duwde mijn telefoon in mijn zak. De punt van een sigaret gloeide in het donker als een vuurvliegje. Ik was een beetje gespannen, maar toen zag ik dat het maar een jong kantoormeisje was op klompsandalen. Het vreemde geluid werd veroorzaakt doordat haar blote voetzolen aan de sandalen bleven kleven en dan loskwamen. Toen het meisje me voorbijliep, gooide ze haar peuk op straat. Ik kreeg de sterke stank van nicotine in mijn neus.

'Je hoort je peuk niet zomaar weg te gooien!'

Ik zei het zonder erbij na te denken en de vrouw draaide zich om en keek me woedend aan. Het was een stevige meid van ongeveer een meter zeventig. Ze had groene lichtgevende oogschaduw op en een blauw topje aan dat amper om haar brede schouders paste. Een van die norse kantoormeisjes zonder een cent. Ze leek wel een onpopulaire travestiet wie het al een tijdje tegenzat. Ik moest er plotseling aan denken hoe een travestiet in het 2-chōme uitgaansdistrict in Shinjuku me vorig jaar in elkaar had geslagen en hield mijn adem in.

'Loop niet zo te zeiken, trut,' zei de vrouw met schrille stem en ze liep met ferme stap weg. Ik bleef verstijfd onder de straatlantaarn staan en dacht aan die avond vorige zomer in Shinjuku, toen ik in de tweede klas van de middelbare school zat.

In het 2-chōme district bevinden zich verschillende kleine bars, alleen voor vrouwen.

Ik had gehoord dat de Bettina daarvan de radicaalste was en dat daar iedereen werd weggestuurd die hetero was.

Ik had de gelegenheid op het internet gevonden en in de zomervakantie ging ik een keer kijken. Voordat ik erheen ging, had ik een vrij goed idee hoe het er zou zijn, maar ik wilde gewoon weten wat voor mensen daar kwamen. Ik denk dat ik er zeker van wilde zijn dat er meer mensen waren zoals ik.

Het was precies wat ik ervan verwacht had, een kleine,

goedkope gelegenheid waar amper tien mensen konden zitten. De eigenaar was een vrouw van middelbare leeftijd die eruitzag als een sushikok; een wit shirt met de kraag omhoog, kort, netjes gekamd, ruw haar met wat grijs erin. De meeste klanten waren onaangename carrièreheksen op de uitkijk naar jonge meisjes. Er waren ook een paar mensen zoals ik, die nerveus, maar nieuwsgierig rondkeken. We hadden allemaal kort haar, een T-shirt, een korte broek, een rugzak en sportschoenen, de normale kleding van een jongen van de middelbare school, dus. Er waren meisjes van de tussenschool en de middelbare school, die de bar net als ik op het internet hadden gevonden en die in de zomervakantie eens kwamen kijken. De mensen van de bar waren zich er heel goed van bewust dat er in de zomervakantie meer scholieren langskwamen en waren zo aardig hen toe te staan tot aan de morgen rond te hangen, alsof dit een belangrijke zomerervaring voor hen was, tegen de prijs van een blikje bier.

Ik leerde daar twee meisjes kennen. De ene heette Boku-chan; ze was uit Kochi naar Tokio gekomen en was van plan zo lang mogelijk te blijven. Het andere meisje heette Dahmer en kwam uit Saitama, waar ze een van de beste leerlingen van een elitaire middelbare school was. We hadden allemaal een pseudoniem, dus duurde het even voor ik erachter was hoe ze echt heetten en waar ze vandaan kwamen.

Boku-chan deed wat ze kon om een man te worden. Ze was een sukkel die dacht dat ze er als een man uitzag zolang ze zich ruw opstelde en haar schouders naar achteren trok. Het was haar droom om een leven te leiden als travestiet in het beruchte Kabuki-chō district. Het was maar al te duidelijk dat ze op zoek was naar een rijke oudere vrouw. Maar eigenlijk deed leeftijd er niet toe – ze zou een oudere vrouw, een vrouw van middelbare leeftijd of zelfs een jonge hoer hebben genomen. Boku-chan had het simpele idee in haar hoofd dat ze van vrouwen hield en dat ze daarom een aardige man wilde worden, en om dat te bereiken, moest ze zich mannelijk gedragen. En volgens haar betekende dat een diepe frons terwijl je je sigaret tussen duim en wijsvinger hield, je arm om de schouders van een meisje slaan en haar kin optillen met je vinger, een diepe, dreigende stem opzetten en alle poses en hebbelijkheden van knappe mannen in films overnemen. Ze was lang, had aan karate gedaan en ze was gespierd, dus met de maniertjes lukte het wel, maar het kwam toch altijd over alsof ze een grap maakte. Bovendien was ze geen erg groot licht. Dahmer en ik zeiden een keer tegen elkaar dat ze niet genoeg onderwerpen van gesprek zou hebben als ze travestiet werd en dat haar klanten haar saai zouden vinden.

Boku-chan had geen geld, dus sliep ze op straat of bij Dahmer. Maar de nachten bracht ze die zomervakantie grotendeels door in het 2-chōme district, totdat ze zou terugkeren naar Tosa Yamada in Kochi. Mijn vader wilde niet dat ze bij ons verbleef, maar dat leek ze niet erg te vinden. Ik krijg nu nog wel eens e-mails van haar. Ze staan altijd vol blije opmerkingen als: *ik heb net een paars pak gekocht. Ze hadden het alleen maar met dubbele knoopsluiting, dus heb ik dat genomen, maar eigenlijk vind ik een enkele sluiting beter staan.*

Dahmer was een veel gecompliceerder iemand, net als ik. Ze ontleende haar bijnaam aan de Amerikaanse seriemoordenaar. Ze had belangstelling voor wrede moorden en lijken, een soort obsessie met de dood. Sinds mijn moeder in de herfst van mijn laatste jaar op de tussenschool is overleden, haat ik dat soort dingen. Dat heb ik Dahmer een keer verteld, dat mensen die bang zijn voor de dood en er het verst van af staan, er het meest door worden geobsedeerd. Ze haalde haar schouders op. Ik denk dat Dahmer net zo vreemd tegenover me stond als Toshi toen ik haar vertelde dat ik Worm had geholpen. Dat was de enige keer dat we over de dood praatten en ik heb het nooit meer over mijn moeder gehad. Ik heb de pijn zo diep in mijn hart verborgen dat ik er zelf niet eens meer bij kan, en mijn lichaam blijft gewoon functioneren, alsof er niets is gebeurd.

Dahmers ouders zijn gescheiden en ze was net als ik enig kind. Ze was nu nog maar alleen met haar moeder en die had volgens haar allerlei baantjes en was niet veel thuis. *Die persoon* ziet er wel goed uit, zei ze soms. *Die persoon* is een luilak. *Die persoon* moet haar eigen leven leiden. Er waren overeenkomsten tussen de dood van mijn moeder en de manier waarop Dahmer over die van haar praatte. Bij beide is er een gevoel van afstand van de realiteit waarin we leven. Alsof het mensen zijn die in een of ander ver land wonen. Of ze nu dood zijn of leven.

Dahmer was verliefd op haar wiskundelerares van de middelbare school. De vrouw was zesentwintig en afgestudeerd aan een technische universiteit, een wijsneus die iedereen die geen wiskundig genie was voor gek zette. Dahmer hield van de arrogantie van de vrouw. Ze zei altijd dat ze beter wilde zijn dan zij, zodat ze niet voor gek gezet kon worden, of anders zou ze dood gaan. Toen haar cijfers een keer onder het klassengemiddelde kwamen, bezatte ze zich en voelde ze zich zo vernederd dat ze haar pols doorsneed met een mes. Ik heb het een keer gezien, dat dunne litteken op haar arm. Ze liep altijd rond met een wiskundeboek, maar nu Boku-chan steeds bij haar rondhing, zat ze voortdurend te klagen dat ze niet kon werken. Ze leende Boku-chan geld en zelfs haar T-shirts en korte broeken. Ik vond dat ze Boku-chan gewoon de deur uit moest schoppen als het haar teveel werd, maar Dahmer had een zwakte: ze liet zich intimideren door iemand die zo dom was, doordat ze wist dat zij zich nooit zo zou kunnen gedragen. Misschien was dat eenzelfde soort zwakte die haar liet zeggen dat ze zou sterven als mensen haar zouden uitlachen. Ik weet het niet.

Ik had ook zo mijn zwakke plekken en Dahmer en ik hadden hetzelfde gevoel van wanhoop omdat we een flitsend leventje willen hebben, maar dat niet kunnen zolang we met al die problemen opgezadeld zitten. Ik kan niet aan mijn pa vertellen dat ik lesbisch ben, ik krijg het niet voor elkaar een normale relatie te hebben met mensen van de middelbare school en ik weet zeker dat ik dat ook nooit zal kunnen. Dat zijn dingen waar ik de rest van mijn leven mee rond zal moeten lopen. Ik word zo bang als ik aan de toekomst denk dat ik er gek van word. Toch wil ik juist dat mijn vriendinnen op school denken dat ik een beetje een mannelijk type ben, meer niet, en ik wil voor geen goud dat de meisjes met wie ik bevriend ben, Toshi, Kirarin en Terauchi, te weten komen dat ik lesbisch ben. Door dit alles is mijn leven behoorlijk gecompliceerd en heb ik het gevoel dat ik vast zit, alsof ik nooit kan laten blijken wie ik echt ben.

Ik was blij dat ik Dahmer ontmoet had, omdat ik denk dat zij dat allemaal begrijpt. Ik denk dat zij ook zo is. Op dagen dat ze geen e-mailtje stuurde, voelde ik me echt somber. We probeerden elkaar elke dag te vertellen wat er gebeurde, alsof we minnaars waren. Maar eind vorig jaar kon ik opeens niet meer met haar in contact komen. Toen ik haar moeder belde, zei ze: '*Die persoon* is in Canada gaan studeren. Ze zal je zeker mailen als ze eenmaal een beetje gewend is.' Ze had een vreemd hoge stem. Ik vond het grappig dat ze allebei op dezelfde manier over elkaar spraken, maar de vrolijkheid van haar moeder had iets raars. Ik vroeg me af of Dahmer haar wiskundelerares soms had teleurgesteld door geen betere cijfers te halen en of ze echt dood was. Ik vroeg niet verder. Dat was het laatste wat ik over haar gehoord heb.

Het incident waar ik het steeds over heb, vond plaats op een avond, drie dagen voor het eind van de zomervakantie. Net zo'n klamme avond als deze.

Boku-chan had gezegd dat ze terugging naar Kochi, dus hadden we een afscheidsfeestje bij Bettina. We dronken wat, maar het feestje kwam niet erg op gang. We zeiden bijna niets en meden elkaars blik. 'Dit lijkt meer een begrafenis dan een afscheidsfeestje,' spotte de eigenaar van de bar.

Boku-chan had uiteindelijk vijfentwintig dagen door Tokio gezworven. Ze vond het vreselijk dat ze zo onaangenaam ging ruiken als ze in de openlucht sliep, dus verbleef ze de tweede helft van haar verblijf bij Dahmer, waardoor hun relatie erg verslechterde. De reden daarvoor was dat Boku-chan een sloddervos was en bovendien een onbeleefde boer. Ze bleef tot na twaalven in bed, at wat er ook maar in Dahmers koelkast stond, liet allerlei troep achter haar kont liggen en leende Dahmers kleren zonder het eerst te vragen. Als ze ging douchen, bleef ze er een eeuwigheid onder staan en vergat ze altijd de shampoo en de zeep op te ruimen. Dahmer maakte alles schoon en deed de was voor haar moeder en ze deed ook nog de boodschappen, dus ergerde ze zich rot. Ik denk dat ze zich vaag geïrriteerd en verdrietig voelde omdat ze wist dat haar jeugd voorbij was als er een eind zou zijn gekomen aan deze zomervakantie. We zaten aan de bar bier te drinken en te luisteren naar Tracy Chapman, die 'Fast Car' zong. De eigenaar hield van dat liedje, maar ik vond het afgrijselijk.

'Man, dit is niet wat ik verwachtte toen ik zei dat ik naar huis ging,' klaagde Boku-chan uiteindelijk, maar Dahmer en ik zwegen. We waren die idioot al lang spuugzat.

'De volgende keer dat ik kom, neem ik niet eens contact met jullie op.'

'Prima,' zei Dahmer, en ze keek op haar horloge. 'Het is bijna tijd voor de laatste trein. Ik ga.'

Ik keek verrast op. Dahmer bleef meestal de hele nacht en nam dan de eerste ochtendtrein naar huis, maar op deze laatste avond samen gedroeg ze zich heel koel. Ze haalde haar portemonnee voor de dag en betaalde. Haar haar hing over haar voorhoofd, maar daarachter stonden haar ogen somber en volwassen. Boku-chan wierp Dahmer een blik toe en zei toen heel gevat: 'Hé, Dahmer, je hebt zeker haast je leven als doodnormale scholier weer op te pakken? Wat kan het jou schelen, hè?'

'Daar heb je gelijk in,' zei Dahmer luchtig, en toen keek ze naar mij. 'Jij toch ook?' Nou en of, zei de blik die ze terugkreeg. En dat was echt mijn bedoeling. Als ik weer respect voor mezelf kon krijgen en een gewone scholier kon worden, zou ik dat graag willen. Maar ik wist dat geen van ons ooit nog een normale, serieuze leerling kon zijn. We waren meisjes die van meisjes hielden. Boku-chan zat zwijgend met een pakje Salem Lights te spelen.

'Nou, Boku-chan, tot kijk. Het was leuk.' Dahmer lachte naar haar en wuifde goedendag. Haar tengere witte arm zag er heel meisjesachtig uit en ik keek er somber naar.

'Lekker hartelijk,' gromde Boku-chan. Ze duwde zich als een oude vent met beide handen weg van de bar en stond op. 'Ik ga in mijn eentje drinken. Anders trek ik het niet meer.'

Ik had geen zin om achter een van hen aan te hollen, dus ik bleef gewoon zitten. De eigenaar stond er onbewogen bij, met een sigaret tussen haar lippen, en bekeek de hoes van een bossa nova-cd. Ik wachtte tot er geen treinen meer gingen en toen ging ik weg. Dit is de laatste keer, dacht ik. Ik was van plan helemaal van Shinjuku naar mijn huis te lopen, in Soshigaya in Setagaya-ku. Ik besloot dat dit die zomervakantie de laatste keer zou zijn dat ik bij het aanbreken van de dag thuis zou komen en mijn vader woedend zou maken. Ik had nog steeds medelijden met mijn oude heer omdat hij zijn vrouw had verloren en ik probeerde tegemoet te komen aan zijn verwachtingen. Het was leuk geweest om een vriendin als Dahmer te hebben, maar door ordinaire meiden als Boku-chan was ik teleurgesteld in het hele gebeuren in 2-chōme. Toen ik de bar uit liep, had ik het gevoel dat ik verder was gegaan met mijn leven en toen voelde ik me opeens eenzaam, maar ook een beetje trots op mezelf. Ik ging de trap af en liep een steegje door toen er abrupt een grote vrouw uit de schaduw tevoorschijn stapte.

'Hé, jij! Kom hier.'

Het was een diepe mannenstem met een accent uit Kansai. Hij had een zwart hemdje aan en een strakke witte rok. Hij droeg belachelijk hoge zilverkleurige sandalen, waardoor zijn hele lichaam naar voren helde. Onder zijn rok was de bovenkant van zijn panty zichtbaar. Hij had een grote, vierkante kont en een zwarte bos haar, duidelijk een pruik. Alleen zijn nagels waren fantastisch beschilderd met een groen ontwerp. Verder was hij een slordige, goedkope travestiet. Je zult je afvragen waarom ik me al die details zo duidelijk kan herinneren. Dat komt omdat hij me bij de mouw van mijn T-shirt pakte en me niet meer los wilde laten. Ik had alle tijd om alles in me op te nemen.

'Wat moet je?' vroeg ik.

'Tikkie brutaal, niet?'

Hij sloeg me met gebalde vuist tegen de zijkant van mijn hoofd en mijn linkeroor werd doof. Ik zou op de grond zijn gevallen als de travestiet mijn T-shirt niet zo strak had vastgehouden om me nog meer klappen te kunnen geven.

'Hoe durf je in het mannendeel van een stad te komen. Jij bent een vrouw die doet alsof ze een leuke vent is, juist het type dat ons een slechte naam bezorgt. Als je een vrouw wilt, laat je dat maar aan een man over. Idioot. Stom mokkel. Je bent zo dom dat een man je best in elkaar mag slaan, vind je ook niet?'

De travestiet greep ruw naar mijn borst. Ik was daar nog nooit eerder aangeraakt door een man en het was een hele schok.

'Je heb een stel van deze, en toch probeer je je voor te doen als man. Wat een lachertje. Je wilde zeker wel dat je een lul had, niet? Je bent nog erger dan stront. Probeer maar eens.'

Hij duwde me op een hoop afval. Mijn neus bloedde, dus ik rook niets. De eigenaar van de Bettina hoorde de commotie en kwam naar buiten rennen om me te helpen. Ik bloedde behoorlijk, maar was niet ernstig gewond en ze vond dat ze me niet zomaar kon laten gaan omdat ik nog maar een scholier was, dus zette ze me in een taxi. Ik was bij bewustzijn, maar ik was helemaal smerig en zat vol bloed toen ik ons huis binnen strompelde. Mijn gezicht bleef een tijdje dik en ik ging de eerste week van het tweede trimester niet naar school. Toen hij zag dat ik in elkaar was geslagen, was mijn vader met stomheid geslagen en bang dat ik verkracht was. Hij vroeg of iemand me iets had aangedaan. Ik ging op de vloer liggen lachen terwijl ik zijn bezorgde voetstappen door het huis hoorde gaan. Het was veel erger dan een verkrachting, pa, wat er met je dochter is gebeurd. Je hebt geen idee.

Ik heb dit nooit aan iemand verteld. Ik kon er niet met Toshi of Kirarin over praten, en ook niet met Terauchi. Zelfs niet met Boku-chan of Dahmer. Ik weet niet waarom. Ik heb nooit meer een voet in het 2-chōme district gezet. Niet zozeer omdat ik bang was voor de buurt, maar omdat ik bang was voor de wezens die zich daar als mensen voordeden. En ik werd bang voor mezelf, omdat ik zo'n haat opwekte in anderen. Ik wist dat ik van meisjes hield en ik kwam er maar niet achter wie ik was, maar die travestiet die me bij mijn borsten greep, liet me beseffen dat ik ook een vrouw ben. Die zomer raakte ik al mijn zelfvertrouwen kwijt. Misschien was het daarom niet zo'n schok toen Dahmer plotseling verdween.

Het was precies elf uur toen ik thuiskwam. Pa stond buiten op me te wachten en hij keek niet blij. Hij had een wijd groen T-shirt aan en een korte broek, droeg Nike-sandalen en rookte. Mijn oude heer is freelancefotograaf. Toen mam nog leefde, was hij bijna nooit thuis omdat hij altijd 'op locatie' werkte, zoals hij zei. Maar toen ze was gestorven, kondigde hij aan dat hij voortaan in zijn studio in Tokio zou werken. Hij ging niet meer zo vaak iets drinken en kwam nooit later dan elf uur thuis. Zijn inkomen daalde, waar hij over klaagde. Ik vond het maar lastig. Ik wilde dat hij me gewoon met rust liet, maar zelfs nadat ik in elkaar was geslagen, wist hij het verschil niet tussen me in het oog houden en me bewaken.

'Hé, waar is je fiets?'

'Die heb ik uitgeleend aan Toshi.'

'Hoezo dat?'

'Die van haar is gestolen. Het is alleen maar voor de zomer, zodat ze naar bijles kan.'

Ik glipte langs hem heen en ging naar binnen. Onze maltezer, Teddy, rende naar me toe en begon tegen me aan te springen. Teddy was de hond van mijn moeder en is nu de lieveling van de familie. Ik pakte hem op en liep naar boven. Opa en oma zag ik nergens. Die lagen zeker al in bed. Of anders luisterden ze met ingehouden adem het gesprek tussen mij en pa af. Het zijn de ouders van mijn moeder, dus geven ze niet veel om pa. Al hun hoop en medeleven is op mij gericht. En dat is ook verdomde lastig, en bovendien nogal walgelijk. Ik zei iedere avond een gebedje dat ze maar gauw dood mochten gaan.

'Toshi is toch dat meisje dat naast de jongen woont die zijn moeder heeft vermoord? Je kent hem zeker wel?'

Pa was duidelijk nieuwsgierig. Hij was het soort man dat het nieuws op de voet volgt en alles in de gaten hield. Dat vond ik ook maar lastig.

'Nah, ik ken hem niet.'

'Hoe bedoel je, "nah, ik ken hem niet"? Spreek je zo tegen je vader? De manier waarop jonge mensen tegenwoordig praten, staat me helemaal niet aan.'

'Sorry...'

Ik wist dat pa over de rooie zou gaan als dit te lang duurde, dus bood ik deemoedig mijn excuses aan. Ik wilde nog met Worm praten terwijl hij aan het pauzeren was.

Pa zei gelaten: 'Ga niet te laat naar bed.'

'Nee.'

Ik ging naar boven, zette Teddy neer, ging mijn kamer in en deed de deur op slot. Ik hoorde pa naar zijn eigen slaapkamer gaan. Toen ging ik op mijn bed liggen en haalde mijn telefoon voor de dag. Worm nam meteen op.

'Hallo, met mij.'

Worm slaakte een zucht van verlichting.

'Ben je nog in de winkel?'

'Nee, ik viel te veel op. Ik lig op de parkeerplaats aan de achterkant. Ik zie miljoenen sterren.'

'Ben je moe?'

'Ja,' zei hij. Hij klonk als een kind.

'Handig is dat sms, hè?'

Worm had nooit eerder een mobiele telefoon gehad.

'Nou,' beaamde hij. 'Maar dit is een oud model en je kunt er maar honderdachtentwintig karakters tegelijk mee versturen,' vervolgde hij toen.

'Ja, dat zal wel.'

Daarom was de telefoon zo goedkoop. Ik ergerde me een beetje, maar dat leek Worm niet te merken.

'Het geeft niet, jij bent de enige die ik ga sms'en.'

'Maar je hebt toch ook met Kirarin gesproken?'

'Wie is dat?'

'Een van mijn vriendinnen. Ze is helemaal te gek.'

'Echt,' zei Worm. Hij klonk niet erg geïnteresseerd.

'Ik ben bekaf nu ik in één dag naar Tachikawa en terug ben gegaan. Maar het is wel een goede lichaamsoefening.'

Ik was naar Tachikawa gegaan om Worm te ontmoeten en daarna was ik helemaal naar Toshi in Suginami gepeddeld, een ongelooflijk eind.

Het was hatelijk bedoeld, maar daar leek Worm zich niets van aan te trekken. Hij vroeg alleen: 'Hé, je moet me iets vertellen. Waarom praat jij als een man? Ik vond het al vreemd toen we elkaar gisteren door de telefoon spraken. Maar toen ik je vandaag ontmoette, zag je er best leuk uit, ook al kleed je je als een jongen. Hoe zit dat?'

De opmerking kwam totaal onverwachts en ik wist niet wat ik moest zeggen. Ik heb er nooit echt over nagedacht waarom ik dat deed. Ik zat op een meisjesschool en kreeg te horen dat ik een beetje mannelijk overkwam, dus was ik een beetje voor de grap gaan praten als een man tot ik het vanzelf zo deed. Dahmer en Boku-chan gebruikten ook altijd het ruwe woord *ore* voor 'ik' en voor mij is het het voornaamwoord dat het best bij me past. Als ik ergens over nadenk of iets voel van binnen, gebruik ik het vrouwelijke *atashi*, maar ergens ben ik ervan overtuigd dat ik ook dan *ore* zal gaan gebruiken. Worms directe vraag deed me denken aan dat incident waarbij de travestiet me bij mijn borsten had gegrepen, tegen me geschreeuwd had en me had geslagen. In het geheim was ik me met Worm verbonden gaan voelen, maar dat werd hierdoor de kop ingedrukt. Hij is tenslotte toch maar een man. Het soort dat vrouwen haat die zich kleden als mannen, dat hen afwijst. Was hij nu mijn vijand? Ik zweeg nors, maar Worm praatte door.

'Ik zag daarnet de avondkrant in die winkel. Er stond een artikel in over mij. Ik wilde zien wat de wereld erover denkt. Het leek helemaal niet echt. Het was alsof ik droomde. Ik keek op en daar op de tv zag ik de voorkant van mijn huis en een verslaggever die iets stond te brabbelen. "Wat voor onheilspellend iets houdt zich op in deze buitenwijk? Wat is er gebeurd met de verdwenen jongen? Ligt dezelfde duisternis die in deze jongen schuilt verborgen in deze schijnbaar rustige buurt?" Het voelde zo raar.'

'Wil je terug naar de echte wereld?'

'Dat kan niet,' zei Worm koeltjes. 'Dit is nu mijn realiteit.'

'Waarom heb je het dan realiteit laten worden? Dat heb je toch zeker zelf gedaan?'

Ik was een beetje geïrriteerd. Ik had meer geleden dan wie dan ook omdat mijn moeder is gestorven en omdat ik lesbisch ben, maar daar was ik niet zelf verantwoordelijk voor. En hier had je een vent die net een dag eerder een nieuwe realiteit had geschapen, waarin hij zijn moeder had vermoord.

'Dat weet ik niet.'

Worm wilde er niet over praten. Net als toen ik hem ontmoette.

'Ik wil dat je je vermant en me erover vertelt.'

'Waarom? Waarom moet ik het aan iemand vertellen? Het is persoonlijk,' zei hij.

'Ik wil het weten.'

'Waarom?'

'Ik wil geloven dat ik haar ook zou hebben vermoord als ik in jouw schoenen had gestaan.'

Worm zei niets. De stilte duurde een hele tijd. Ik keek naar het raam. Het gordijn was nog open. Mijn gezicht met de telefoon ertegen werd weerspiegeld in het glas. Het glas was volmaakt; er zat geen krasje op.

De eerste keer dat Worm me belde, was na het avondeten, toen mijn vader en ik ruzie aan het maken waren. Pa was zo boos dat hij bijna geen woord uit kon brengen, alleen omdat ik had gezegd dat ik geen toelatingsexamen wilde doen voor de universiteit.

'Wat wil je dan doen met je leven?'

Hoe moest ik dat weten? Als ik snel een antwoord moest geven, was bij Bettina werken het enige wat ik kon bedenken, of anders leren voor travestiet. Als ik dat zei, ging mijn vader beslist huilen. Pa is er trots op dat hij bij de media werkt, maar eigenlijk is hij een saaie piet en ook nog behoorlijk conservatief.

'Je wilt net als Winnie de Poeh worden, zeker? Hou toch op!' Hij was echt nijdig. 'Dat klinkt nu misschien goed, maar later? Doe niet zo kinderachtig.'

Ik deed niet kinderachtig. Ik had echt geen idee wat ik moest doen. Toen ik op de middelbare school zat en duidelijkheid kreeg over mijn seksuele geaardheid, kon ik nog maar twee dingen doen: iedereen voor het lapje houden of uit de kast komen. Maar ik had nog steeds niet besloten welk van de twee het moest worden, en dus had ik geen puf om over de universiteit na te denken. Er waren momenten dat ik blij was dat mam niet meer leefde. Ik zei niets en pa begon aan een van zijn preken. Oma bracht ons een paar geschilde perziken en sloop snel weer terug naar haar eigen kamer. Ik merkte dat pa zijn woorden zorgvuldig koos, wetend dat mijn grootouders meeluisterden.

'Je krijgt er spijt van als je niet gaat studeren. Ik ken veel jonge mensen die het niet hebben gedaan, dus ik weet waar ik het over heb. Als ze eenmaal op eigen benen staan, beseffen ze pas hoeveel geluk ze hebben gehad en hebben ze er spijt van dat ze die kans hebben laten lopen. Mijn assistente is ook zo iemand. Ze zegt dat ze niet weet waarom ze niet naar de afdeling Fotografie van de Japanse Kunstacademie is gegaan. Ze is een keer gezakt voor het toelatingsexamen en heeft het nooit meer geprobeerd. Maar ik heb bewondering voor haar. Ze heeft een baan en ze doet haar best. Ze heeft haar weg gevonden in het leven en is toch fotograaf geworden. Maar dat heb jij niet eens. Je hebt nog niet goed om je heen gekeken in de wereld. Als je dat eenmaal gedaan hebt, zal het je spijten dat je deze kans niet gegrepen hebt. Maar dan is het te laat.'

Het is niet te laat. Ik weet al precies wat er te koop is in wat jij *de wereld* noemt. Een wereld vol emoties die anders zijn dan waar mijn oude heer het steeds over heeft. Ik wilde hem dit zeggen, maar dat zou betekenen dat ik moest vertellen dat ik lesbisch was, en daar was ik nog niet klaar voor. Dus kon ik alleen maar gaan zitten mokken.

'Je houdt van kunst, dus je zou ergens heen moeten gaan waar je dat kunt studeren.'

'Het is te laat,' zei ik bij wijze van compromis. Het was mijn manier om tijd te winnen. Ik vond het zo stom van mezelf. Pa's gezicht lichtte meteen op.

'Het is niet te laat! Je kunt nog bijles nemen. Ik zoek wel uit welk instituut het beste is.'

In de aangrenzende kamer schraapte mijn opa opgelucht zijn keel. Het was niet gemakkelijk om hier te wonen. Zelfs als pa had willen verhuizen en vrij had willen zijn nadat mam was gestorven, had hij dat niet gekund. Hij heeft een hypotheek van twintig jaar en het huis is gebouwd voor dubbele bewoning. Zelfs als opa en oma zouden overlijden, zou de grond waarschijnlijk naar de eerste erfgenaam gaan, naar mij dus. Als het zover kwam, zou ik pa het huis uit kunnen schoppen, een gedachte waar ik me meteen beter door voelde. Op dat moment ging mijn telefoon, die in de zak van mijn korte broek zat, en mijn vader wees ernaar.

'Je telefoon gaat.'

Volgens het schermpje was het Toshi.

'Het is Toshi.'

Pa pakte met een ietwat vermoeid en ongelukkig gezicht zijn sigaretten. Hij leek opgelucht dat het geen jongen was.

'Hé. Wat is er?'

'Sorry dat ik je stoor.'

Ik hoorde tot mijn verbazing dat het wel een jongen was. Met de telefoon tegen mijn oor liep ik langzaam naar boven. Beneden waren mijn grootouders voor de dag gekomen en ik hoorde hoe pa alles aan hen uitlegde. 'De laatste klas van de middelbare school is een moeilijke tijd,' zei hij. 'Je weet soms niet of ze volwassen zijn of nog kinderen.'

'Wie ben jij in godsnaam?' vroeg ik aan de vent die ik aan de telefoon had. 'En wat doe je met Toshi's telefoon?' Ik had gewacht tot ik veilig in mijn kamer was.

'Jij bent Kiyomi, nietwaar?'

'Ja, dat klopt.'

Ik wist instinctief dat die vent Toshi's telefoon ergens te pakken had gekregen en gewoon alle meisjesnamen erop belde. Mijn stem was zo laag dat bijna niemand over de telefoon kon horen dat ik een meisje ben. Bovendien kon de naam Kiyomi zowel van een meisje als van een jongen zijn. De man verontschuldigde zich zwakjes en wilde ophangen.

'Wacht even, vriend,' zei ik. 'Ik ben een meisje. Maar hoe kom jij aan die telefoon?'

'Ik heb hem gevonden en wil hem teruggeven.'

Ik zei dat hij dan alleen maar het nummer onder 'thuis' hoefde te bellen. 'Ik begrijp het,' zei hij, en toen zei hij: 'Hé, als jij een meisje bent, waarom praat je dan zo ruw?'

Dat maakte me nijdig, dus ik vroeg: 'Hoe oud ben jij, verdomme?'

'Zeventien. Ik zit in de laatste klas van de middelbare school.'

'Je bent een echte sukkel, weet je dat?'

Ik wilde net ophangen toen hij dit zei:

'Ik eh... ik heb vandaag mijn moeder vermoord.'

Ik dacht dat het een grap was, dus ik speelde mee.

'Je meent het. Ik heb mijn moeder drie jaar geleden al vermoord.'

Dat was geen leugen. Ik had het misschien niet met mijn eigen handen gedaan, maar van binnen voelde het wel zo.

Ze kwamen erachter dat mam eierstokkanker had toen ik in april net naar de tussenschool was gegaan. Ze overleed in oktober van mijn derde jaar, dus het was net alsof die hele tijd op de tussenschool in het teken stond van de ziekte van mijn moeder. Het duurt lang voordat je aan kanker overlijdt, dus het is heel moeilijk voor je verwanten. En ze kreeg er ook niet echt vrede mee. Er waren dagen dat ze er rustig onder bleef, geloof ik, maar andere keren jankte ze over haar lot alsof er een kwade geest in haar was gevaren. Ze was pas achtendertig en het laatste kwam het meest voor. Pa was nooit thuis – ik ging bijna denken dat hij een verhouding had – en mam was in emotioneel opzicht zo labiel dat niemand wist hoe we met haar moesten omgaan. De ene keer omhelsde ze me onstuimig en had ze spijt, en de volgende dag duwde ze me weg. En wij moesten daar maar tegen kunnen, tegen die heftige stemmingswisselingen. Ik trok me ervan terug. Ik was doodmoe en had geen idee wat ik er mee aan moest. Daarbovenop kwam nog het doorbrekende besef dat ik lesbisch was. Ik wist dat mijn moeder veel te veel bezig was met haar ziekte om iets om mijn problemen te geven en ik werd eenzaam, somber en behoorlijk depressief. Nadat ik er een tijdje over had lopen piekeren, besloot ik uiteindelijk me niets meer van haar aan te trekken. In mijn hart beschouwde ik het moment dat ze ziek werd als het moment dat ze was gestorven. De persoon in het bed was een levend lijk en verder niets.

Toen mijn moeder op sterven lag, kwam mijn vader me halen, maar ik weigerde mijn kamer uit te komen.

'Kom op. Je moeder wil je zien.'

'Ik ga niet,' zei ik.

Ik hield Teddy tegen me aan en bleef mijn hoofd schudden.

'Ik weet dat je bang bent, maar dat is niet erg. Ze is stervende en je moet even naar haar toe gaan.'

Pa was bijna in tranen, maar daar trapte ik niet in. Stel dat ik naar haar toe ging en gemaakt glimlachte alsof alles goed kwam, zou ze daar iets aan hebben? En mijn gevoelens dan? Er gingen allerlei schandelijke gedachten door mijn hoofd.

'Maar mam zal er verdriet van hebben,' zei pa.

'Wat zou dat? Iedereen heeft verdriet.'

'Vind je het niet erg voor haar dat ze doodgaat? Je bent haar enige dochter.'

Nou, zij is mijn enige moeder, had ik tegen hem willen zeggen. Ik heb dit ook niet verdiend. Het was niet mijn bedoeling om wraak te nemen, maar ik wilde mijn moeder aan het denken zetten over haar relatie met mij, ook al lag ze op haar sterfbed. Mijn vader gaf het op en liep de kamer uit, en niet lang daarna hoorde ik een tinkelend geluid bij het raam. Er zat een barst in het glas. Er moest een kiezelsteen tegenaan zijn gekomen. Teddy was geschrokken en trilde. Ik deed het raam open en keek naar buiten. De zon was allang onder en de straatlantaarns waren aan. De straat lag er verlaten bij. Niet lang daarna ging de telefoon met het nieuws dat mijn moeder was overleden.

'Dus je wilt zeggen dat die kiezelsteen je moeder was?' vroeg die vent aan de telefoon nadat hij mijn verhaal had gehoord.

'Ik weet het niet. Het klinkt te erg als een spookverhaal, dus heb ik er niemand over verteld. Jij bent de eerste.'

'Waarom heb je het aan niemand verteld?' vroeg hij.

'Dat wilde ik niet. Als ik ze de waarheid had gezegd, dan...'

Ik zweeg. Waarom zei ik dit allemaal tegen een vent die ik helemaal niet kende?

'Als je de waarheid had gezegd, dan wat? Vertel het maar. Ik wil het horen.'

Hij had zijn geheimen met me gedeeld, dus misschien moest ik hem die van mij vertellen. Ik zocht naar de juiste woorden.

‘Ik dacht dat mijn moeder het me verweet,’ begon ik. ‘Dat ze me haatte. Als je iemand zo erg haat, blijft je geest rondhangen en kan hij niet behoorlijk overgaan. Ik werd bang. Niet bang voor mijn moeder of haar geest of zoiets. Bang voor hoe sterk de band tussen mensen kan zijn. Dus toen ik besloot mijn moeder in de steek te laten, voelde dat alsof ik haar had vermoord.’

‘Ik begrijp wat je bedoelt,’ zei de jongen instemmend. ‘Het is hetzelfde met mij.’

‘Is je moeder echt dood?’

‘Dat heb ik je toch al verteld,’ schreeuwde hij geïrriteerd.

‘Vertel me hoe het gebeurd is.’

‘Dat doe ik pas als ik het allemaal voor mezelf op een rijtje heb. Het is moeilijk uit te leggen. Het was alsof het gewoon... gebeurde. Maar ik herinner me wel één heel raar iets. Toen ik mijn moeder bij haar haar pakte, dacht ik: wauw, haar haar is net als van een vrouw. Zo voelde het echt; hé, ze is een vrouw. Maar de persoon die ik voor me had was niet meer dan een zure, klagende oude heks die altijd onzin praatte. Het was alsof ik dacht: houd toch je bek! en gewoon de uitknop van een apparaat indrukte.’

Er ging een rilling over mijn rug. Zijn stem klonk alsof hij uit een donkere draaikolk omhoog kwam. Ook al heeft hij haar niet vermoord, dacht ik, dan wed ik dat hij zijn moeder wel in elkaar heeft geslagen.

Hij maakte een eind aan ons gesprek. ‘De bewaker doet zijn ronde in het park.’

‘Waar ben je?’

‘In Tachikawa Park.’

‘Kun je daar de hele nacht blijven?’

'Als ik me verstop wel,' zei hij. 'Maar het wemelt van de muskieten.'

We spraken af voor de volgende dag bij de McDonald's in station Tachikawa. Hij aarzelde een beetje, maar ik drong aan. Ik moest de rest van zijn verhaal horen.

Door het telefoontje van Toshi wist ik van tevoren dat wat hij zei waar was, maar ik had ook meteen vanaf het begin het gevoel dat hij de waarheid vertelde. Anders zou ik hem nooit over mijn moeder hebben verteld.

Toen ik hem de volgende dag dan eindelijk ontmoette, was hij zonverbrand en zijn rode gezicht stond enorm somber. Hij was ook mager als een lat. Zijn marineblauwe Nike T-shirt was een beetje vies en er zat gras op. De andere mensen keken hem raar aan toen hij in de McDonald's naar me uit stond te kijken, want hij stonk. Ze kunnen hem elk moment oppakken, dacht ik, en ik probeerde te bedenken hoe ik hem kon helpen ver weg te komen.

'Je bent precies zoals ik verwacht had,' zei ik tegen hem. De beschrijving van Toshi was vreemd genoeg precies raak.

'Wat zei Toshi dan?'

'Dat je eruitziet als een worm.'

'Wat erg!' Hij lachte. Als hij lachte, was hij wel leuk.

'Je ruikt smerig,' zei ik. 'Je moet schone kleren aan.'

'Ik heb maar één ander stel kleren bij me en daar wil ik zuinig mee zijn. Het is zo warm dat ik dacht dat ik net zo goed deze aan kon houden.'

'Lijkt logisch.'

Worm leek me niet te horen. Hij staarde met niets ziende ogen naar buiten. De zon ging onder, maar het asfalt was nog steeds gloeiend heet.

'Is het waar dat je op middelbare school K zit?'

Worm knikte zonder zijn blik van het raam af te wenden.

'Wil je naar de Universiteit van Tokio?'

'Ik denk niet dat dat nog gaat.'

Je denkt niet dat dat nog gaat? Daar zou ik maar van uit gaan. Ze nemen eerst een hele massa psychiatrische tests af en maken een soort proefdier van je, en daarna kom je in de jeugdgevangenis terecht. De maatschappij wist je gewoon uit, jongen. Die toelatingsexamens van de Universiteit van Tokio kun je gevoeglijk vergeten. Wat een sukkel! Toch leefde ik mee met die knul, ook al had hij een plaat voor zijn kop.

'Heb je het nu allemaal op een rijtje, wat er gebeurd is?'

'Nog niet,' zei hij, en hij keek weer naar buiten. 'Ik heb mijn geweten nog niet echt onderzocht, dus ik denk dat dat ook niet kan.'

'Dat zal wel niet.'

Worm liet me schrikken door plotseling rechtop te schieten op zijn stoel.

'Ik moet weg. Ik weet niet waarom, maar ik heb het gevoel dat ik moet opschieten.'

'Waar ga je heen?'

'Dat weet ik niet. Ergens. Ik voel gewoon dat ik ergens heen moet, en wel nu meteen.'

'Dan kun je maar beter gaan ook. Maar laat je fiets hier staan. Ik moet hem terugbrengen naar Toshi. Neem jij de mijne maar.'

Ik wees met mijn kin naar mijn fiets, die buiten stond. Worm keek een beetje verlegen.

'Ben je alleen voor mij dat hele eind hierheen gereden?'

Ik haalde een gloednieuwe mobiele telefoon voor de dag

en legde hem op het smalle tafeltje.

'Je mag deze ook hebben,' zei ik. 'Maar je moet die van Toshi teruggeven.'

Worm haalde Toshi's telefoon uit de zak van zijn smerige spijkerbroek en hield zijn hoofd schuin.

'Bedankt. Maar waarom doe je dat allemaal?'

Ik had geen idee. Ik hoopte dat hij zijn zaakjes op een rij zou krijgen en me iets belangrijks zou vertellen, iets wat ik moest weten.

'Ga nu maar,' zei ik.

Worm duwde de nieuwe telefoon inclusief gebruiksaanwijzing en oplader in zijn rugzak en stond op. Hij keek me aan met zijn norse oogjes. Soort zoekt soort, dacht ik, en ik zwaaide naar hem. Worm liep onhandig naar buiten en botste tegen de tafeltjes.

Ik nam een slokje van mijn ijskoffie en keek naar buiten. Worm ging naar mijn zilverkleurige fiets, zette de standaard uit, ging zitten en deed het zadel omhoog. Toen ging hij weer zitten en keek mijn kant uit. Er lag een wanhopige blik in zijn ogen. *Ik voel gewoon dat ik ergens heen moet, en wel nu meteen.* 'Ik begrijp het helemaal. Zorg dat je niet gepakt wordt,' mompelde ik, en ik slurpte mijn beker leeg.

IK HEB op de tv eens een vreemde scène gezien waarin een Japanse soldaat met een hamer op zijn hoofd werd geslagen. Hij werd helemaal in elkaar getremd; behalve geslagen werd hij gestoken met een scherp gesneden stok en helemaal verrot geschopt.

De mensen die hem te grazen namen, waren een uitgemergelde oude Filippijnse man en vrouw, die waarschijnlijk wraak namen voor wat de Japanners hun in de oorlog hadden aangedaan. Nu de kansen waren gekeerd, sloeg de oude vrouw de soldaat met al haar kracht waar ze hem maar raken kon, alsof dat de enige manier was om de haat die ze voelde kwijt te raken. De soldaat had een smerig T-shirt aan en een lendendoek om. Vreemd genoeg had hij zijn pet nog op. Zijn handen waren op zijn rug vastgebonden en hij stond op wankele benen in de brandende zon. Als hij in elkaar zakte, trok iemand buiten beeld aan het touw waarmee hij was vastgebonden, zodat hij rechtop moest blijven staan.

Mijn vraag is nu wat iemand denkt op zo'n moment. Ik zat op de basisschool toen ik deze scène zag, en ik vond het raar dat de soldaat er zo slaperig uitzag, alsof hij op het punt stond in te dommelen. Hij had een lege blik in zijn ogen, die halfdicht waren alsof hij ieder moment in slaap kon vallen, dus je kon niet zien of hij pijn had. Als ik hem geweest was, zou ik doodsbang zijn geweest en zou ik gehuild en gesmeekt hebben dat het mocht ophouden.

Ik moet hieraan denken omdat ik zo'n slaap heb dat ik het

amper uithoud. Het is gewoon abnormaal. Ik zit op mijn fiets, maar kan elk moment in slaap sukkelen. Misschien ligt het aan het weer, maar het is vreemd om me zo te voelen terwijl ik over het brandende asfalt van de weg fiets, op enkele centimeters van de langsrazende vrachtwagens. Het is niet dat ik moe ben of zo. Ik heb sinds gisteren niets anders gedaan dan rondrijden op een meisjesfiets. Tot dusver is het een gemakkelijke tocht geweest. Als ik een winkel zie, ga ik naar binnen om af te koelen, wat water te drinken en een paar manga te lezen. Dus er is geen enkele reden om zo slaperig te zijn.

Misschien bevind ik me nu in eenzelfde situatie als die Japanse soldaat. Het kan zijn dat ik me er niet van bewust ben dat mijn onderbewuste probeert te ontsnappen aan de realiteit. Dus er zal wel iets zijn om bang van te zijn.

Moedermoordenaar. Ik had nooit kunnen denken dat ik zoiets zou doen, maar ja. Dat nieuwsprogramma dat ik gisteravond in een winkel heb gezien, was zo'n schok dat ik er helemaal nerveus van ben. Toen ik dat artikel zag in de krant, dacht ik alleen: hé, moet je nou eens zien! Maar die tv was eng.

Wat voor onheilspellend iets houdt zich op in deze buitenwijk? Wat is er gebeurd met de verdwenen jongen? Ligt dezelfde duisternis die in deze jongen schuilt verborgen in deze schijnbaar rustige buurt?

De opmerkingen van de journalist sloegen nergens op, maar toen ik het zag, besefte ik voor het eerst wat een rotzooi ik ervan had gemaakt. Kranten tellen niet, maar als iets eenmaal op tv komt, is het voorbij. In nieuwsprogramma's en talkshows zijn mensen eindeloos die 'duisternis' in mijn hart aan het analyseren. Ze zagen eensgezind door over mijn geestelijke toestand, commentators en nieuwslezers, en ze zitten allemaal met een wijsneuzig gezicht te kletsen alsof ze weten waar ze het over hebben. Is dat geen smaad? Maar ook al zeggen ze iets dat er compleet naast zit, dan kan ik er niet om lachen. Omdat het over míj gaat.

Net als Sakakibara en die andere moordenaars zal ik dagenlang in de kranten staan en ze zullen deskundigen zoeken om eindeloos te praten over veranderingen in het jeugdrecht. Er zullen artikelen worden gepubliceerd met mijn foto erbij en wat ik in het jaarboek van school heb geschreven, een klasgenoot zal een foto van mij op het internet zetten en dat zal allemaal nog meer munitie zijn voor de geruchtenmolen. Mensen die me niet mochten, kunnen zeggen wat ze willen. 'Hij was een beetje somber, maar hij viel nooit zo op in de klas, dus ik weet niet veel van hem af.' 'Ik zei hem altijd gedag, maar ik heb horen vertellen dat hij de katten uit de buurt martelde.'

Als ik eraan denk dat ik heel Japan door moet vluchten met iedereen in het land achter me aan, krijg ik het gevoel dat het mijn lot is om voor altijd op de vlucht te zijn. Niet dat er een plek is waar ik naartoe kan. Taxichauffeurs en winkelbedienden gaan de politie bellen en zeggen dat die vent op de tv net bij hen was, net als in *Vlucht naar de top* van Stephen King.

Over Stephen King gesproken, ik houd echt van zijn boeken. *Vlucht naar de top* en *Carrie. De marathon* heb ik twee keer gelezen. *Battle Royale* is niet van King, maar dat heb ik ook twee keer gelezen. De meeste kinderen die ik ken, hebben alleen manga gelezen, maar ik heb liever romans. Romans staan dichter bij het echte leven dan manga; het is alsof ze je de echte wereld laten zien met één laag er afgepeld, een realiteit die je anders niet opmerkt. Ze gaan meer de diepte in, dat probeer ik te zeggen. En dat maakt me een vreemde vogel in de klas. De jongens in mijn klas zien alleen de buitenkant. Hetzelfde geldt voor hun ouders. Ik denk dat ze het leven zo gemakkelijker vinden, alsof dat de slimme manier is om te leven. Wat een stel sukkels.

Ik moet bezig blijven, ik heb zo'n slaap. Half slapend concentreer ik me op het voorbijtrekkende landschap. Een saai landschap langs een hoofdweg. Een *pachinko*-hal, een karaoke-hal, een terrein vol tweedehands auto's. Een ramen-winkel, een familierestaurant. Allemaal met de ramen potdicht en de airco voluit. Het golfplaten dak van een garage reflecteerde de felle zon, zo heet als een braadpan.

Maar het is alsof niets hiervan nog deel uitmaakt van mijn wereld. Het gewone landschap heeft een andere gedaante gekregen. Als ik een pachinko-hal of een karaoke-hal inga, weet ik dat ik daar niet hetzelfde gevoel bij zal hebben als vroeger. Ik zal nooit meer dezelfde gevoelens hebben als vroeger. Snap je wat ik bedoel? Als iemand me dit allemaal van tevoren verteld had, had ik gezegd: waar heb je het over? Maar er bestaat nu een kloof tussen mijn wereld en die van andere mensen. En ik ben helemaal alleen.

De mensen maken nu ook deel uit van het landschap. De vrachtwagenchauffeur die zit te praten in zijn radiozender als hij me passeert, de man van middelbare leeftijd die geeuwend achter het stuur zit van een witte bestelbus. De vrouw met het kleine kind naast zich, de basisschoolleerling die de weg oversteekt. Het is alsof al deze mannen en vrouwen zich in een andere wereld bevinden dan ik. In hún wereld strekt de tijd zich eindeloos uit. Vandaag is hetzelfde als gisteren, morgen hetzelfde als vandaag en de toekomst hetzelfde als morgen.

Ik heb het gevoel dat ik in mijn eentje door een woestijn op een verre planeet als Mars rijd. Alles is anders dan twee dagen geleden. Alles is nu verdeeld in *voor* en *na*. Voor en na de dag dat ik mijn moeder heb vermoord. Mijn daden hebben een keerpunt veroorzaakt, een kruising in mijn leven. En nu begrijp ik eindelijk hoe bang die Japanse soldaat geweest moet zijn. Mensen die op een dergelijke kruising belanden, zijn bang. En ze hebben zoveel slaap dat ze het gewoon niet uithouden.

Terwijl deze gedachten net zo traag voorbij gingen als ik de pedalen ronddraaide, werd ik zo slaperig dat ik het echt niet meer uithield. Ik vroeg me af of ik gewoon kon stoppen en aan de kant van de weg een dutje kon gaan doen. Ik keek om me heen naar een goede plek, maar die was er niet, alleen goedkoop uitziende huizen en winkels, niet wat ik wilde; een bank of een stukje gras. God, wat heb ik een slaap! *Zo'n slaap*. Ik wilde het liefst in mijn bed kruipen en voor altijd blijven slapen.

Mijn kamer is op de hoek aan de zuidoostkant van het huis. Een achtmats kamer met een houten vloer en een twijfelaar met een boxspring. En mijn eigen tv. Het is de grootste en beste kamer in het huis – niet dat ik hem zelf gekozen heb of zo. Twee jaar geleden, toen die probleempjes zich voordeden, kondigde mam aan dat we weggingen uit de flat en dit eengezinshuis zouden betrekken.

Bij de verhuizing zei ze: 'We geven Ryo die zonnige kamer

op de eerste verdieping.' Ze zei altijd van die 'lieve' dingen, alsof ze goed voor haar kostbare zoon wilde zorgen.

Dat stond dus vast, dus zei mijn oude heer dat hij de Japanse kamer op de eerste verdieping zou gebruiken als studeerkamer. Studeerkamer? Laat me niet lachen. Hij heeft alleen een paar stoffige verzamelwerken. Dat zijn geen boeken, dat is *meubilair*. En die platen die hij sinds zijn studietijd heeft verzameld? Hij luistert er nooit naar. Hállo! Wel eens van cd's gehoord? We hebben ook de mp3 en dvd's, als je het nog niet wist. En begin niet te zeuren dat analoog zo prachtig klinkt, oké? Je weet er geen bal van, maar toch loop je constant op te scheppen, sukkel. Waar heb je al die nutteloze dingen geleerd? Van een barmeid? De vrouwen vallen niet meer voor elke dokter die ze zien. Oké, je hebt een computer gekocht, maar gebruik je hem ooit? Je probeert gewoon modern te lijken. Wist je dat ik stiekem op jouw kamer over het internet surf en pornosites bekijk? Zo lang je dat niet weet, kun je er niets tegen beginnen. Hou op met dat gepoch, lul. Zie je dan niet dat ik je een grote zak vind? Je gaat er prat op dat je dokter bent, maar je werkt in een kliniekje van niks. Niet beter dan een kantoor. Als dat je niet aanstaat, waarom word je dan geen directeur van een groot ziekenhuis en gebruik je het geld dat je daarmee verdient om mij op Harvard te krijgen? Omdat je dat niet kunt, daarom.

Mam heeft geen eigen kamer. Ze gebruikt de zitkamer, maar dat is anders, dat is een openbare ruimte. Betekent dat dat we een openbaar park in ons huis hebben? Een openbaar toilet? Ik heb geen eigen kamer nodig, zei ze, want ik heb de bijkeuken. Hou toch op. 'Bijkeuken', wat is dat in godsnaam voor iets? 'Bijles' ken ik wel, maar 'bijkeuken'? Wat? Je zegt dat ik het moet opzoeken in een woordenboek? Dat had je gedacht. Ik wil alleen een elektronisch woordenboek gebruiken. En dan niet zo'n beknopt ding, maar een volledige met een encyclopedie erbij. Snap je het niet? Ik zeg je dat je er een voor me moet gaan kopen!

Toen ik dat zei, rende ze meteen naar buiten om er een voor me te halen. Ik was het zo zat om bij haar te moeten wonen. Als je me alles wilt geven, wat dacht je dan van je leven? wilde ik zeggen. Ik heb er niet bepaald om gevraagd om je zoon te zijn, dus geef me je leven. Wist ze hoe ik haar verachtte? De gedachte dat ik de rest van mijn leven met die oude heks moest omgaan, maakte me depressief, alsof mijn leven al voorbij was. Weet je hoe dat voelt? *Een totale depressie.*

Ik voel me opgelucht nu mijn moeder er niet meer is, ook al ben ik degene die haar vermoord heeft. Ik word nog steeds kwaad als ik aan haar denk en dat maakt het moeilijk om slaperig te blijven. Dus is het misschien een goede manier om de slaperigheid te bestrijden die me overvallen heeft.

Mijn moeder was een complete idioot. Ik weet niet wanneer ik tot dat besef gekomen ben. Waarschijnlijk in het jaar nadat ik met bijlessen begonnen was, in de vijfde klas van de basisschool of zo. Ze gaf me elke dag een stomme preek.

De meest uitnemende mensen op de wereld, preekte ze, zijn niet alleen intelligent, maar ook doorzetters. Het is gemakkelijk om andere woorden in deze formule in te brengen. Laten we het eens proberen, het is leuk. Niet alleen intelligent, maar ook doorzetters. Niet alleen stijlvol, maar ook doorzetters. Niet alleen sportief, maar ook doorzetters. Niet alleen uit een goede familie, maar ook doorzetters. Niet alleen rijk, maar ook doorzetters. Niet alleen mazzelaars, maar ook doorzetters. Met andere woorden, je moest eerst die eerste goede eigenschap of kwaliteit hebben voordat je als uitnemend kon worden beschouwd.

En dat doet de vraag rijzen of mam zelf een uitnemend persoon was. Toen ik in de vijfde klas zat, begon ik er mijn twijfels over te hebben of zij ook maar één hindernis had weten te overwinnen op de weg om een uitnemend persoon te worden. Laten we eerlijk zijn; ze was niet bijzonder slim of mooi. Ze had absoluut geen gevoel voor stijl. En sportief was ze al helemaal niet. En doorzetten? Vergeet het maar. Dus wat gaf haar het recht om tegen me te preken? Maar eindelijk drong er iets tot me door. Mam was ervan overtuigd dat zij een uitnemende persoon was. Ze was ervan overtuigd dat ze slim en knap was en uit een goede familie kwam. En bovendien was ze getrouwd met een dokter en had ze een slimme zoon en werkte ze elke dag hard. Ik was nog maar een kind, maar ik was toch geschokt. Ze speelt vals, die oude taart. *Ongelooflijk.*

'Gelukkig ben je slim, Ryo, dus ik wil dat je doorzet. Het is belangrijk om je best te doen.'

Ik weet niet hoe vaak ik dit wel niet gehoord heb. Maar op een gegeven moment drong het tot me door. Ik ben eigenlijk helemaal niet zo slim. Dit gebeurde vlak nadat ik op tussenschool K was aangenomen, die beschouwd wordt als een van de beste particuliere tussenscholen die er zijn. Bij het eerste examen dat ons daar werd afgenomen, behoorde ik van de tweehonderdvijftig kinderen in mijn jaar niet eens tot de beste tweehonderd. Dat is vreemd, dacht ik. Maar bij de volgende toets gebeurde hetzelfde. En bij de toets daarna. De vijf jaar dat ik op de tussenschool en de middelbare school heb gezeten, is het steeds zo gebleven.

Mam raakte in paniek. Ik ook, maar zij eerder. Je snapt wel waarom, zeker? Omdat dit de theorie die ze in mijn hoofd bleef stampen totaal weerlegde. Als ik zoveel moeite deed en nooit beloond werd voor mijn doorzettingsvermogen, dan moest de basisaanname van haar theorie verkeerd zijn. Ik was niet zo slim als mijn moeder en ik hadden gedacht. Had mam maar beseft hoe dom ze zelf was, dan had ze veel eerder begrepen dat ik niet het grootste licht was.

En daarom geeft ze mij de schuld, omdat ik dom ben. Op een keer staarde ze me scherp aan met die ogen achter haar bril en bekeek me alsof ze me nooit eerder had gezien. Uiteindelijk wist ze uit te brengen: 'Ryo, ben je populair bij de meisjes?' Dat kon ze toch niet menen? Ik had geen meisje meer gesproken sinds ik op een jongensschool zat. Ik was ook niet gebeld door een meisje en had ook geen brieven gekregen. Ik ben tenslotte het kind van mijn vader en mijn moeder. De nakomeling van een boerenkinkel en een heks. En was mijn moeder niet degene die me op een plek had neergepoot waar geen meisjes zijn? En dan vraagt ze of ik meisjes aantrek.

Ze vroeg het omdat ze besefte dat haar opvoeding mislukt was. Ze begreep dat ik niet heel slim ben en ook niet heel knap, en dat ik misschien toch niet zo'n gelukkig leven zal hebben. Wat een ezel. Kijk eens in de spiegel, wilde ik tegen haar zeggen. Wat dacht je ervan om je eigen belabberde leventje eens onder de loep te nemen voordat je over mij begint te zeuren?

Door al deze herinneringen werd ik boos en raakte ik van streek, en mijn slaperigheid verdween totaal. Aan de linkerkant zag ik een winkel. Winkels zijn mijn stations. Ik kan niet zonder. Ik zette opgewekt mijn fiets weg en ging naar binnen.

Na de brandende hitte buiten voelde de koude lucht meer dan goed; ik kwam weer helemaal bij. Het was een nieuwe winkel en hij was heel ruim opgezet. Achter de kassa zat een vrouw van middelbare leeftijd met een pet op en een schort voor dat haar niet stond. Ze keek boos naar de klanten die bij het rek met tijdschriften stonden en de bladen doorkeken. Een oude kerel, waarschijnlijk de bedrijfsleider, stond gebukt over een paar planken en deed zijn best om de *bento*-afdeling netjes te maken. Ze zagen er niet uit alsof ze aan het werk gewend waren. Iemand die al lang in een winkel werkte, zou nooit boos worden op mensen die gratis tijdschriften en manga stonden te lezen.

In dergelijke winkels is de ingang de koelste plek, omdat ze daar de airco op volle kracht laten draaien en droge, koude lucht laten blazen om de hitte op afstand te houden. Dus bleef ik een tijdje bij de ingang staan om mijn oververhitte lichaam af te laten koelen. De koude lucht liet mijn zweet opdrogen. Ik had het idee dat mijn hele huid bedekt was met een dunne laag glinsterend wit zout. Met mijn zoutpak aan was ik beter dan alle andere aanwezigen. Ik ben tenslotte een moedermoordenaar. En ik ben op de vlucht! Slechts een piepklein percentage van de mensheid kon doen wat ik had gedaan. Ik kom overal mee weg.

Ik pakte een anderhalve literfles water uit de koeling en nam hem mee naar de kassa. Ik betaalde en dronk gretig. Ik was zo uitgedroogd dat ik niet kon stoppen met drinken. Ik had de helft al op voordat ik de dop er weer op deed. Toen keek ik naar de vrouw achter de kassa, die me bezorgd aankeek en haar hand voor haar neus hield.

'Mag ik even gebruikmaken van het toilet?' vroeg ik.

De vrouw keek naar de man van middelbare leeftijd. Hij gooide de bento's opzij en draafde naar ons toe.

'Het spijt me, meneer,' zei hij. 'We hebben geen toilet.'

'Wat is dat dan?'

Ik weet waar de toiletten zijn in winkels, bijna altijd naast de koeling, en wees naar een deur.

'Dat is een opslagruimte.'

De man hield ook al zijn hand voor zijn neus. Twee van de drie winkels weigeren als ik naar het toilet wil, dus was ik niet al te teleurgesteld. Vijf andere gelegenheden op een rij hadden nee gezegd, dus ik dacht alleen dat het percentage omhoogging. Maar die oude vent moest er zo nodig iets aan toevoegen:

'Het spijt me, meneer, maar ik zou graag willen dat u buiten gaat drinken, want u valt de andere klanten lastig. En gaat u alstublieft ergens anders naar het toilet. Mijn verontschuldigingen.'

Ik val andere mensen lastig? Wat bedoelde hij daarmee? Ging het om mijn zoutpak? Ik rook aan mijn T-shirt en het stonk inderdaad een beetje, een zure, vreemde geur. Het was twee dagen geleden sinds ik van huis was vertrokken. Ik had het shirt niet gewassen en mezelf ook niet. Was dit het resultaat daarvan? Ik had in een zwembad gezwommen, maar ik denk dat dat niet geholpen had. De brandende zon had me veranderd in een stinkende kerel die mensen wilden mijden. Als ik thuis zou zijn, zou ik nooit gaan stinken. Die gedachte maakte op een vreemde manier indruk op me. Ik had mijn handen en gezicht gewassen in een park, maar ik kon niet mijn T-shirt of spijkerbroek wassen. Ik krabde op mijn hoofd.

'U wilt dat ik wegga?'

'Nee, we hebben alleen liever dat u hier niet drinkt of het toilet gebruikt. Dus als u het niet erg vindt...'

Dus hij gebruikte het toilet als smoesje om me weg te krijgen. Ik negeerde de oude man en drentelde met de fles water in mijn hand naar het rek met tijdschriften en boeken. Toen ik daar kwam, keek een dikke vent die verdiept was in een pornoblad me vreemd aan en gooide het blad opzij. Twee tienermeisjes trokken een gezicht en maakten ook dat ze wegkwamen. Ik sloeg opgewekt het nieuwste nummer van *Jump* open en begon het door te bladeren. De dikke man ging de winkel uit, dus sloeg ik het pornoblad open dat hij had staan lezen. Het stond vol knappe meisjes met gespreide benen. Ik wilde het tijdschrift hebben, maar ik wilde er geen geld voor uitgeven, dus staarde ik naar de foto's om de beelden in mijn hersenen te branden. 'Hij stinkt,' fluisterde een meisjesstem uit het volgende gangpad. De tienermeisjes. Op zulke momenten wil ik altijd zeggen: 'Hé, ik zit op middelbare school K, als je het maar weet!' Wat een idioot ben ik toch. Maar ik denk dat jongens op school K die echt goed kunnen leren nooit zo zouden opscheppen. Daar zijn ze veel te slim voor.

Dus het komt erop neer dat het enige nut van de opleiding waar mijn moeder zo'n prijs op stelt is dat ik er tegenover anderen over kan opscheppen. Niemand buiten school K weet dat ik de slechtste van mijn klas ben, of dat de leraren de draak met me steken. Het was een rotsituatie. Maar ik moest wel blijven. Tussenschool en middelbare school; zes jaar! 'Je gaat binnenkort studeren voor de toelatingsexamens van de universiteit,' zei mijn moeder steeds, 'dus hou nog even vol.' Waarvoor? Ze begreep helemaal niets van me. Mijn geduld was lang geleden al opgeraakt.

Ik zag iets en draaide me om. De bedrijfsleider stond achter me en probeerde timide te besluiten of hij iets moest zeggen. Ik dacht eraan dat ik op de vlucht was en besloot weg te gaan. Het was niet verstandig om teveel op te vallen. Mijn telefoon ging toen ik net buiten was. Het was Yuzan, het meisje dat me had geholpen.

'Hallo. Met mij.'

Ik zou dit waarschijnlijk niet moeten zeggen, maar als je met haar praat, is het net alsof je het tegen een man hebt. Het doet me niets. Meisjes horen een hoge, lieve stem te hebben. Waarom? Omdat ze een andere levensvorm zijn, daarom. Dus als ik met die Yuzan praat, heb ik altijd zin om te gaan klagen. Maar ik denk dat ik dan net zo erg ben als mijn moeder, die ook altijd wilde dat dingen op haar manier gingen. Hebben we toch nog hetzelfde bloed. Ik glimlachte bitter.

'Wacht even,' zei ik.

Ik keek om me heen, op zoek naar een schaduwplekje, maar voor de winkel was niets. Alleen het gebrul van de vrachtwagens en de brandende zon. Ik werd overmand door de hitte die het beton uitstraalde. Mijn zoutpak smolt, liep over mijn huid en bleef eraan plakken. Ik liep naar een vrachtwagen op de parkeerplaats en ging in de schaduw ervan zitten.

'Wat moet je?' vroeg ik.

'Gaat alles goed?'

'Ja, hoor. Ik heb gisteravond op de parkeerplaats van een

winkel geslapen. Maar er zijn buiten teveel muskieten. Ik heb een paar rijstballen uit de winkel gegeten en ben al sinds vanmorgen op weg.'

'Waar ben je nu?'

'Ik weet het niet. In een of ander gat,' zei ik, en ik keek om me heen. 'Ergens in de prefectuur Saitama. In de buurt van Kumagaya, denk ik.'

'Daar moet het echt warm zijn. Is alles goed met je?'

Yuzan sprak heel snel. De hitte moest mijn hersenen aantasten, want ik kon niet normaal praten.

'Best. Maar wat is de politie aan het doen?'

'Toshi zegt dat ze elke dag langskomen. Maar wat had je dan verwacht? Ik heb je vader gezien. Vanmorgen is je moeder begraven. Het was verschrikkelijk, je oude heer zat te huilen.'

Is hij ingestort? Ik had het gevoel dat ik er niets mee te maken had. Mijn moeder vermoorden, mijn vader later ook willen vermoorden – onder deze brandende zon voelde het allemaal even onwerkelijk, als een mythe uit een ver land. Waren deze mensen echt mijn ouders? Daar had ik al eerder over gedacht, terwijl ik aan het fietsen was. Die hele kwestie van *voor* en *na*. Als ik nadacht over mijn haat voor mijn moeder, voelde het alsof ik het *na* heel ver achter me had gelaten en was overgegaan naar een heel andere wereld. Wat gaat er in godsnaam met me gebeuren? Ben ik met dit zoutpak aan geen mens meer? Voor het eerst begon ik me zorgen te maken.

'Ik vraag me af wat er met me gaat gebeuren.'

'Dat zie je vanzelf,' zei Yuzan koeltjes. Dat trekje in haar staat me tegen, dacht ik. Ik weet niet waarom, maar het is alsof ze meteen heel kil en afstandelijk wordt als ik een beetje dichterbij probeer te komen. Maar ze is wel nieuwsgierig naar me. Ik snap haar niet, en ik hou niet van mensen die ik niet snap.

'Is er nog iemand van mijn school naar de begrafenis gekomen?' vroeg ik.

'Geen idee. Ik geloof niet dat er scholieren bij waren.'

'Ik was voor hun niet meer dan een stuk afval dat ze nooit opmerkten.'

Yuzan grinnikte. 'Cool om afval te zijn.'

Haar woorden waren mijn redding en ik voelde me opeens heel sterk.

'Dus op de vlucht zijn is cool?' vroeg ik.

'Ja. Wat ik bedoel is... Wat ga je nu doen?'

Er klonk medeleven en nieuwsgierigheid door in haar stem. Het was alsof ze wilde dat ik haar stand-in was in een groot avontuur.

'Ik moet gewoon blijven vluchten.'

'Waarheen?' vroeg ze.

'Ik heb geen idee.'

Ik wist het echt niet. Yuzan slaakte een diepe zucht, als een klein kind.

'Ik wil samen met jou ergens naartoe gaan.'

'Ik kan nergens heen.'

Nu was het mijn beurt om kortaf te doen. Yuzan had me geholpen, maar ik had helemaal niet het gevoel dat ik met een meisje te maken had. Bovendien was ze het gecompliceerde type, nogal ongenaakbaar. Een somber iemand vol schuldgevoelens, omdat ze ervan overtuigd was dat de ziekte en dood van haar moeder haar schuld waren. Terwijl ik met haar praatte, dacht ik: jij en ik zijn heel verschillend. Ik ben veel killer.

'Je zult wel gelijk hebben,' zei ze. 'Hé, vind je het goed als ik mijn vriendinnen jouw telefoonnummer geef? Ze willen je allemaal bellen.'

'Geen probleem,' zei ik.

Ik weet niet waarom, maar ik vond het een opwindend idee. Toen ik de fiets en de telefoon van die Toshi had gestolen, was het feit dat ik met al die meisjes van wie de nummers in het adresboek stonden kon praten nog het leukste. Ik zou best dat meisje willen ontmoeten dat Kirarin heette.

Yuzan deed heel koel, alsof ze recht door me heen kon kijken. 'Aha, dus je bent toch een gewone jongen. Goed, ik zal het ze geven.'

Verdomme, dacht ik, en ik zweeg. Als Yuzan de politie een tip geeft, zit ik in de problemen. Ik hing op en nam nog een slokje water. Ik had honger, maar ik had geen zin de winkel weer in te gaan. Ik liet me naast een van de wielen van de vrachtwagen vallen. God, wat *yakiniku* zou nu wel lekker smaken.

'Hé, ga aan de kant.'

De stem kwam van boven en toen ik mijn ogen opendeed, stond er een jongeman voor me. Met blond haar, een zonnebril, sportschoenen en een korte broek. De vrachtwagenchauffeur. Een harde kerel, zo te zien.

'Sorry.'

De man trok een vies gezicht toen ik opstond.

'Ik ga haast over mijn nek, zo stink je.'

'Sorry,' zei ik weer. Het ergerde me dat ik me moest verontschuldigen tegenover een kerel die ik helemaal niet kende. Ik ging naar het fietsenrek. Er stond een oude damesfiets, een zwarte. Ik zag dat hij niet op slot stond en sprong erop. Yuzans zilverkleurige fiets zag er mooi uit, maar viel te veel op. Bovendien voelde het goed de fiets van die opdringerige meid te dumpen.

De damesfiets was zwaar. Ik fietste weer over de hoofdweg en vond dat ik beter kon nadenken over de dag dat mijn wereld helemaal veranderd was, anders werd ik misschien weer slaperig. Op dat moment ging de telefoon. Ik stopte aan de kant van de weg en nam op. Maar eerst verstopte ik de fiets in de bosjes, zodat niemand hem zou zien, en ging op mijn hurken zitten.

'Met mij. Toshi. Je buurmeisje.'

Yuzan had mijn nummer wel heel snel doorgegeven.

'O, hallo. Yuzan heeft me verteld dat mijn moeder vandaag begraven is.'

'Dat klopt,' zei Toshi een beetje somber. 'Ik bel nu vanuit het bijlesinstituut, maar je vader en familieleden moesten allemaal huilen bij de begrafenis. Mijn ouders ook, en ik ging vanzelf meedoen. Hé, ik kan begrijpen dat je wilt vluchten, maar zorg dat je Yuzan niet in de problemen brengt, oké? Dan zou ze medeplichtig zijn.'

Wie denkt die meid wel niet dat ze is? Ze klinkt precies zoals mijn moeder. Ik was enorm teleurgesteld. Ik bedoel maar, ik heb mijn moeder zo'n beetje voor haar vermoord. Daarom was ik zo gelukkig toen ik haar buiten tegenkwam, meteen nadat ik het gedaan had. Ik heb mijn moeder voor je afgemaakt, wilde ik lachend tegen haar zeggen, dus wat ga jij nu voor mij doen? Het was allemaal voor jou, wilde ik haar vertellen. Maar ik kwam niet verder dan: 'Warm, hè?' Zielig, gewoon.

‘Neem me niet kwalijk, maar het is hier enorm warm. Kan ik je later terugbellen?’

‘Dat is nogal onbeschoft. Ik heb nog wel de moeite genomen je te bellen. Je ziet maar.’

Ze hing op. Even was ik bang dat ze me zou verlinken en iedereen zou vertellen wat er die dag gebeurd was, maar toen bedacht ik dat iedereen inmiddels al wist dat ik mijn moeder had vermoord, dus wat kon het schelen. Ik zat daar in de bosjes met mijn armen om mijn knieën. Gek dat al die rare meiden zoals Yuzan en Toshi zoveel belangstelling voor me hadden. Was ik hun held? Die gedachte vrolijkte me weer op.

Een *moedermoordenaar*. Ik wist dat ik iets enorms had gedaan, maar ik kreeg een heel vreemd gevoel als ik er zo over nadacht. Hoe verder ik vluchtte, hoe vreemder ik me voelde. Ik ging op het gras naar de hemel liggen kijken. Terwijl ik daar lag, vroeg ik me af wat Toshi uitspookte op dat bijlesinstituut van haar. Bij de gedachte aan haar kreeg ik een stijve.

Vanaf de oostelijke veranda van mijn kamer kan ik net Toshi’s kamer zien. Haar bureau staat bij het raam, en als ik geluk heb, zie ik haar door een kier tussen de gordijnen studeren. Als dat zo is, doe ik alle lampen in mijn kamer uit en kijk ik naar haar. Ik zie haar gezicht van opzij, verlicht door de lamp naast haar. Soms lacht ze hardop, waarschijnlijk als ze manga leest, en soms fronst ze. Jij bent niet zo slim, wil ik dan tegen haar zeggen, dus waarom doe je al die moeite? Wat heeft het voor zin om zo hard te studeren? Je bent een meisje, dat is meer dan genoeg! Daar kom je het leven toch wel mee door? Wie kan het iets schelen of je het goed doet op school? Dat spookte allemaal door mijn hoofd. Ik had lange tijd heel gemengde gevoelens ten opzichte van meisjes. En waarom niet? Meisjes hoeven hun best niet te doen. Alleen al het feit dat het meisjes zijn, betekent dat jongens alles voor ze zullen doen.

Sinds ik erachter ben gekomen dat ik niet zo heel slim ben, denk ik steeds dat meisjes misschien wel veel slimmer zijn dan ik. En vooral de gedachte aan Toshi gaf me een minderwaardigheidscomplex, want ze zag er niet slecht uit en was waarschijnlijk veel gelukkiger dan ik. Ik weet niet waarom, maar zo voelde ik dat. Als ik haar tegenkwam op het station, knikte ze naar me, maar om een of andere reden kon ik niet terugknikken. Jullie zullen dat wel niet erg opzienbarend vinden, maar ik begon het gevoel te krijgen dat ik minder waard was dan zij. Een slimmere jongen had haar beter kunnen leren kennen, maar iedere keer dat ik iets tegen haar wilde zeggen, wierp ze me zo'n onverschillige blik toe en dan verdween ze weer.

Ik hoorde altijd mensen lachen in haar huis, alsof ze plezier hadden. Als dat gebeurde, dacht ik dat huizen met jonge meisjes de blije huizen waren, en dat maakte mijn minderwaardigheidscomplex nog erger. Ik mocht dan op school K zitten, maar dat betekent helemaal niets voor andere mensen. Toch is mijn moeder, die sukkel, ervan overtuigd dat het heel wat betekent. Het resultaat is dat ik klem zit tussen de mening van de wereld en die van mijn moeder. Het is alsof dat de plicht is die ik moet vervullen.

Vlak nadat we waren verhuisd, ontdekte ik dat je vanaf de veranda van de studeerkamer van mijn oude heer de badkamer van Toshi's huis kunt zien. Als het raam openstaat, zie je het bad. De eerste keer dat ik dit zag, zat haar vader helaas in het bad. Haar moeder was altijd veel voorzichtiger en deed het raam stevig dicht. Maar Toshi was een beetje laks en soms nam ze een bad zonder het raam dicht te doen, vooral als haar vader eerst in bad was geweest en het open had gezet.

Toen ik daar eenmaal achter was, begon ik me erop te verheugen om naar haar te kunnen kijken als ze studeerde, en als ze in bad ging, ging ik vol verwachting op mijn hurken op de veranda zitten. De kans op succes was maar één op de twintig. En het werkte alleen in de zomer, als het raam openstond en als haar vader voor haar in bad was geweest. Zelfs als alles goed ging, kon ik het vergeten als mijn oude heer in de studeerkamer zat.

Op die dag moest alles van hogerhand beschikt zijn, want het verliep precies goed. Toshi deed de lamp naast haar bureau uit en leek naar de badkamer te gaan. Ik liep snel naar het raam, stak mijn hoofd naar buiten en keek naar de badkamer. Er kwam stoom uit het raam, dus ik wist dat het raam open stond. Haar vader was zeker net in bad geweest. Fantastisch! Ik liep helemaal opgewonden mijn kamer uit en de trap half af om te kijken wat er beneden gebeurde. Pa was al thuis, maar ik hoorde dat hij nog zat te eten.

Ik glipte stilletjes zijn studeerkamer in en sloop naar de veranda. Beneden riep Toshi iets. Ze was zeker nijdig omdat haar vader een puinhoop had achtergelaten in de badkamer. Ik hoorde water plenzen. Ik zat hoopvol te wachten, en probeerde in de gaten te houden wat mijn vader aan het doen was. En toen kwam het moment waarop ik gewacht had. Toshi stapte naakt in het bad en even gingen haar benen wijd uit elkaar. *Yes!* Ik trok me snel af en op dat moment greep iemand me van achteren bij mijn haar.

'Wat denk jij dat je aan het doen bent?'

Het was mijn moeder, die me fluisterend toesprak. Met beide handen in mijn haar trok ze me de studeerkamer weer in, waarbij ze probeerde zo min mogelijk geluid te maken. Daarna sleepte ze me mee naar mijn eigen kamer.

'Niets bijzonders,' zei ik.

'Je zat naar binnen te gluren! Wat walgelijk. Wat ben je toch een viezerik. Tuig van de onderste richel.'

Mijn moeder had haar make-up verwijderd en had haar pyjama aan, een lichtblauwe pyjama die ze bij Peacock had gekocht. Zonder haar getekende wenkbrauwen zag ze er vreemd kaal uit, en bovendien stak haar buik naar voren. Je bent zelf walgelijk, wilde ik tegen haar zeggen, en bovendien, waarom moet ik me laten uitschelden door iemand zoals jij?

'Het spijt me dat ik een ploert ben.'

'Dat mag dan ook wel. Dit doe je dus in plaats van studeren. Wat haal je je in godsnaam in je hoofd? Denk je dan helemaal niet aan de toelatingsexamens? Je bent een misdadiger, weet je dat? Waarom doe je dit?'

'Een misdadiger?'

'Precies,' zei ze. 'Een gluurder. Je deed precies hetzelfde waar we eerst woonden en daarom moesten we verhuizen. We moesten weg voordat de mensen erachter kwamen, en dat was heel zwaar voor je vader en mij.'

'We zijn alleen verhuisd omdat jij een eengezinswoning wilde.'

Het gezicht van mijn moeder verstrakte.

'Hoe kun je dat zeggen? De mensen begonnen te vermoeden wat jij in je schild voerde, dus moesten we weg. Je vader en ik waren doodsbenauwd dat je toekomst in gevaar zou komen. Het ging niet om mij. Er is iets mís met jou. Wat moeten we nu doen? Wat haal je in godsnaam in je hoofd? Wat moeten we nu doen?'

Wat moeten we nu doen? Wat moeten we nu doen? Wat moeten we nu doen? Mijn moeder keek me woedend aan en eiste een antwoord. De ogen achter haar zilverkleurige bril puilden uit en brandden van woede en afkeer. Het was een schok voor me om te bedenken dat een idioot als zij afkeer voor me voelde. Haar boosheid was eigenlijk jaloezie, besefte ik plotseling. Ik bedoel, ze was zo in en in boos. Houd je bek, ouwe taart! *Misschien moet ik haar gewoon vermoorden.* De gedachte kwam opeens bij me op. Stel je eens voor hoeveel vrijheid ik zou hebben als zij er niet meer was. Zolang zij er was, zou ik nooit vrij zijn. Ze zou beslissen naar welke universiteit ik moest gaan, iemand uitzoeken met wie ik moest trouwen en ten slotte mijn kinderen commanderen. Daar kon je op rekenen.

'Ik ga je vader vertellen wat er gebeurd is,' zei ze, en ze ging de kamer uit. Niet dat de oude heer iets kon zeggen. Van hem word ik niet bang. Ik ben groter dan hij en ook sterker. Zoals te voorspellen was geweest, kwam de ouwe na een tijdje naar boven en sloot zich zonder een woord te zeggen op in zijn studeerkamer. Morgen vermoord ik mijn moeder, als die ouwe naar zijn werk is. Met de metalen honkbalknuppel die in de hoek van mijn kamer staat. Dan ben ik echt een misdadiger. Uitstekend. Een drievoudige ploert: een misdadiger, een perverse gluurder en een moedermoordenaar. Ik stelde me voor hoe de knuppel naar het hoofd van mijn moeder zou zoemen. Ik maakte een paar oefenslagen. Maar wat ze net had gezegd, spookte nog steeds door mijn hoofd.

De mensen begonnen te vermoeden wat jij in je schild voerde, dus moesten we weg.

Het zit zo. Voordat we naar Suginami-ku kwamen, tot aan mijn eerste jaar op de middelbare school, woonden we in een stadje van ongeveer 150.000 inwoners. In een groot nieuwbouwproject met zo'n tweehonderd andere gezinnen. Het soort flatgebouwen dat je overal ziet, met lange galerijen vol driewielers.

Maar dat is waar ik ben opgegroeid, dus ik hield van die stad en van die flat. Er waren nog wel grasvelden bij onze flat en mijn vrienden en ik speelden daar honkbal tot het donker werd. Op regenachtige dagen zaten we elkaar achterna door het gebouw. De meeste van mijn vrienden woonden in de flat, dus we hadden allemaal zo'n beetje dezelfde achtergrond.

Maar ma haatte de flat. Ze zei dat hij slecht gebouwd was, dat je de mensen door de muren heen kon horen praten en dat je geluidsoverlast had van onderen en van boven. Maar haar echte klacht luidde dat deze flat niet voldeed aan haar idee van een goed leven. Voor haar was dat een eengezinshuis binnen de stadsgrenzen van Tokio. Je bent dokter, zei ze tegen pa, maar moet je ons nou eens zien. We wonen in hetzelfde gebouw als de mensen die in de plaatselijke fabriek werken. De enige reactie van pa was een tevreden lachje. Wat een stom stel. Toen ik voor het toelatingsexamen van school K was geslaagd, ging ma steeds meer klagen. 'Ik haat deze flat, ik haat hem!' zei ze.

Omdat ik daar heel gelukkig was, wilde ik niet dat ze haar zin kreeg. Bovendien was er een jong stel naast ons komen wonen, zodat ik opeens helemaal niet meer wilde verhuizen.

Ik kon ze elke nacht namelijk horen kreunen en zuchten.

Mijn kamer en hun slaapkamer lagen naast elkaar. In de meeste appartementen was de zesmats kamer die van de kinderen en de Japanse kamer ernaast, die even groot was, de ouderslaapkamer. Dat betekende dat de kinderkamer in een normale flat met drie slaapkamers slechts door één muur gescheiden werd van de ouderslaapkamer van de buren. Over gewaagd gesproken. Zodra ik hoorde dat ze begonnen te kreunen, zat ik met mijn oor tegen de muur. De jonge buurvrouw was heel vriendelijk en ze had een leuk gezichtje, net een lief klein poesje. Haar haar hing recht naar beneden als bij een scholiere, precies waar ik van hou. Stel je voor dat zo'n jonge meid zo kon kreunen!

Het was niet genoeg voor me om ze te horen. Ik wilde ze bezig zien. Dus deed ik stilletjes de deur naar het balkon open en keek naar buiten. Ons balkon werd door een hechthouten schot gescheiden van dat van hen en dat schot was niet erg stevig, zodat het in geval van brand gemakkelijk kapotgeschopt kon worden. Ik hoefde er alleen maar omheen, dan kon ik in de slaapkamer van het echtpaar kijken terwijl ze bezig waren. Verdomme, dacht ik, wat zou ik er niet voor geven om de Onzichtbare Man te zijn.

Het duurde niet lang voor ik helemaal warm en opgewonden raakte, niet alleen door die nachtelijke bedrijvigheid, maar ook doordat ik er steeds aan moest denken wat de buurvrouw overdag deed, als haar man weg was en zij alleen. Zou ze masturberen? Dat zou ik graag willen zien, dacht ik. Op een dag spijbelde ik en toen ma boodschappen was gaan doen, ging ik het balkon op en gluurde ik om het schot heen. Maar de gordijnen waren dicht en ik zag niets. Ik was teleurgesteld, maar op dat moment zag ik dat ze haar was te drogen had gehangen. Haar slipjes hingen aan een rond droogrekje. Ze waren zo mooi dat ik mijn hand ernaar uitstak. Ik kon er niet helemaal bij, dus ging ik weer naar binnen en haalde een plumeau. Maar ik kon er nog steeds niet bij. Mijn arm werd moe en net toen ik even pauzeerde, dwarrelde er een losse draad naar beneden. Ik keek naar boven en twee verdiepingen boven me hing een mevrouw haar futons te luchten. Ze was een vriendin van mijn moeder, volgens mij, iemand die ze kende van de buurtwinkel. De vrouw trok zich niets van mij aan en ging door met het kloppen van haar futon. Verdomme. Ik ging weer naar binnen.

Die avond kwam mijn moeder met een angstig gezicht naar me toe.

'Wat was jij vandaag in godsnaam aan het uitspoken hier? Biecht maar op.'

'Niets,' zei ik.

'Je probeerde iets te pakken van de buren, waar of niet?'

'Nee, helemaal niet. Ik had een antwoordblad laten vallen en probeerde het terug te krijgen.'

Daar dacht mijn moeder even over na. Ik dacht dat ze erin zou trappen, maar ze schudde haar hoofd.

'Je had gewoon bij ze aan kunnen kloppen. Dat ga ik nu meteen doen.'

'Als je het maar laat!' riep ik, maar ze ging toch. Ik wachtte een halfuur, een uur, en ze kwam nog steeds niet terug. Ik begon me zorgen te maken. Eindelijk verscheen ze weer, met rode en opgezette ogen van het huilen.

'We kunnen hier niet blijven wonen,' zei ze.

Wat kregen we nou? Zoiets ergs had ik niet gedaan. Ik hield

me gedeisd, maar ma huilde met veel misbaar.

'Misschien ben ik een slechte moeder. Ik kan bijna niet geloven dat je zoiets gedaan hebt.'

'Wat zeiden ze dan?'

'De buurman kwam aan de deur en hij zei dat er nergens een antwoordblad te vinden was. Hij zei dat hij het niet kon bewijzen, maar dat het leek alsof je de slipjes van zijn vrouw probeerde te stelen. Hij zei dat er een op de grond lag en dat hij het maar verdacht vond. Stel je voor dat je school erachter komt? Wat dan? De buurman zei dat ze er geen ruchtbaarheid aan zouden geven vanwege je leeftijd, maar ik kan hier niet blijven wonen!'

'Ik kan het niet geloven, ik kan het niet geloven, we kunnen hier niet blijven,' herhaalde ze steeds weer, en ze huilde hysterisch. Het gevolg was dat we niet lang daarna hiernaartoe verhuisden. In het begin, vlak na de verhuizing, leek ma de hele zaak te zijn vergeten en was ze gelukkig. Ze was verrukt over de supermarkt bij ons in de buurt. 'Ze hebben hier mijn favoriete saladedressing! De klanten zijn van een veel betere klasse.' Maar toen ze erachter kwam dat Toshi naast ons woonde, werd ze geleidelijk voorzichtiger.

'Je kunt haar kamer niet zien vanuit die van jou, hè Ryo?' vroeg ze. Hoe dom kon je wezen, dacht ik. Jij bent degene die heeft besloten dat dit mijn kamer moest worden! Ik deed niet de moeite antwoord te geven. En toen kregen we dat incident met Toshi in het bad. Begrijp je hoe zat ik mijn moeder was? Ze zat me constant op de huid. Als ik zelf bijvoorbeeld in het bad zat, bleef ze naast de wasbak zitten en kon ik er niet eens uit als ik klaar was. God, ik haat haar!

Op die noodlottige dag lag ik tot elf uur in bed, met de airco op vol vermogen. Dat was ongeveer de tijd waarop mijn ma ging proberen me uit bed te krijgen. Maar ik was er klaar voor. De wens om haar te vermoorden was sinds de vorige dag niet minder geworden, dus stapte ik uit bed en greep ik mijn aluminium knuppel. Ik had een oud T-shirt aan in plaats van een pyjama voor het geval er veel bloed zou zijn. En een boxershort. Ik had erover gedacht om het in mijn blootje te doen, maar dat zou er dwaas uitzien. Ik hoorde iemand naar boven komen, luidruchtiger dan gewoonlijk. Ma zou wel weer ergens nijdig over zijn. Heel goed. Ze klopte op mijn deur en deed hem open.

'Blijf je de hele dag in bed?' zeurde ze.

Ze bleef verbaasd staan toen ze merkte hoe koud het in mijn kamer was. Toen ik de knuppel hief, slaakte ik een kreet en keek ze naar mijn handen. Ze begon ook te roepen. 'Niet doen!' gilde ze.

Ik zwaaide de knuppel naar beneden en ze sprong de kamer uit. *Eerste slag*. De knuppel sloeg tegen de bovenkant van mijn boekenplank, kwam terecht op de stapel manga die erop lag en verbrijzelde de lamp naast mijn bureau. Ma rende de trap af. Hé, niet slecht, dacht ik. Ze was behoorlijk snel. Ik kwam langzaam mijn kamer uit en ging achter haar aan. Toen ze zag dat ik de knuppel nog in mijn handen had, liet ze de telefoon die ze gepakt had los. Ik legde hem netjes weer op zijn plek en greep haar bij het haar. Ze stribbelde tegen en wist zich los te rukken. Ik sloeg met de knuppel op haar achterhoofd. Het klonk vrij heftig, maar ik raakte haar niet goed. *Foutbal*. Het bloed droop langs haar hoofd en ze wankelde naar de badkamer. Ze dacht waarschijnlijk dat ze zich daar kon opsluiten. Ik rende achter haar aan en gaf haar nog een mep op haar achterhoofd. Klets! Dat klonk goed, maar het was nog steeds niet helemaal raak. Nog een foutbal. Ik kreeg bloedspetters op mijn gezicht. Ma viel voorover door de glazen deur naar de badkamer. Ze leefde nog. Haar haar zat vol bloed toen ze naar de keuken kroop.

'Je... zal een misdadiger zijn...' kreunde ze.

'Dat weet ik. En het kan me geen donder schelen.'

Ze knikte, maar ik zag haar verbleken. Ze leek wel dood. Dus die laatste klap was toch geen foutbal, maar een mooie slag. Eindelijk was de vrouw die me had gebaard, die me had opgevoed, die me had gecommandeerd en tegen me had geschreeuwd en die een seksmaniak van me had gemaakt dood. En ik ben degene die haar heeft vermoord. Ik voelde me opeens heel licht en luchtig, als een ballon. Dik. Gezwollen. Ik gooide de knuppel opzij en liet me uitgeput op de vloer zakken.

Ik hoorde het zachte, elektrische gezoem van insecten in het gras. Er moest iets aan de hand zijn met mijn hersenen, dacht ik. Misschien is er echt iets mis met me. Ik voel me absoluut niet schuldig. Met mijn hoofd tussen mijn handen stond ik op. Het stuur van de fiets moest gloeiend heet zijn geworden in de zon. Die willekeurige gedachten ging door mijn hoofd toen de telefoon ging. Het moest Toshi zijn.

'Ja?'

'Hallo, ik ben Kirari Higashiyama. We hebben elkaar al eerder gesproken.'

Ze had een hoge, heldere stem. Heel anders dan de rustige stem van Toshi of Yuzans pogingen om als een jongen te klinken. Of die Terauchi met haar sombere stem. Hier werd ik blij van.

'Ja, dat weet ik nog.'

'Yuzan heeft me dit nummer gegeven. Wat ben je aan het doen?'

'Gewoon aan het denken. Of dagdromen. Over allerlei dingen.'

'Echt? Hé, zit de politie achter je aan of kunnen we even praten?'

Ze klonk meelevend. Dit meisje leek me niet erg lastig. Ik zag de buurvrouw in onze oude flat voor me. Als dit meisje op haar leek, zou dat prachtig zijn.

'Ik weet niet. Hé, schatje, zullen we...'

'Iedereen noemt me Kirarin.'

Kirarin. Ik vond het maar niets om die rare naam te gebruiken.

'Kunnen we ergens afspreken?' vroeg ik.

'Weet je het zeker?'

Ze aarzelde, maar ik merkte dat ze nieuwsgierig was. Misschien was ik echt een held geworden voor die meisjes. Blij en opgewonden veegde ik het zweet van mijn voorhoofd.

'KUNNEN WE ergens afspreken?'

Worm klonk net als de mannen die me bellen nadat ik ze via sms heb leren kennen. Een beetje kruiperig, maar toch uitdagend, alsof ze precies weten wat ik wil. Alsof ze alleen maar aan seks kunnen denken.

'Weet je het zeker?' vroeg ik aarzelend, maar ik was teleurgesteld, zoals gewoonlijk. Hmmm... dus zelfs een opgefokte jonge moedermoordenaar als Worm wil iets met meisjes. Ik had gehoopt dat hij wat meer ruggengraat zou hebben. Toch begonnen mijn vingers onbewust te bewegen alsof ik een tekstbericht stuurde. *Ja hoor, ik wil jou ook graag zien. Ik ben de hele dag alleen en een beetje eenzaam.* Van a tot z gelogen.

Ik ben pas begonnen met chatrooms. Ik typ een bericht als: *ik wil nu meteen iemand ontmoeten. Ik ben zestien en zit op een particuliere middelbare school.* In een flits krijg ik dan wel honderd reacties. Van mannen die er vrij zeker van zijn dat ik niet echt een scholier ben, maar die maar al te graag met me willen afspreken. Idioten.

Ik wil je graag ontmoeten. Ik ben achttien, een meter vijfentachtig en ik doe aan karate. Soms krijg je van die types. En dan antwoord ik: *wat ben je lang. Cool. Ik ben maar een meter zevenenveertig. Houd je van kleine meisjes?* Het is een spelletje waarin de leugens heen en weer schieten. Ik vroeg me af of Worm dit spelletje met me wilde spelen. Als hij dat wil, dacht ik, is hij een volslagen idioot. Ik besloot hem een beetje te plagen.

‘Waar kunnen we afspreken?’

Worm aarzelde. ‘Het is niet dat ik je niet vertrouw of zo, maar je zegt het toch niet tegen de politie, hè?’

‘Dat klinkt alsof je me inderdaad niet vertrouwt.’

Dit zei ik met een opzettelijk hoog, zwak stemmetje, alsof hij me echt had gekwetst. Ik ben er aardig goed in geworden om mijn stem zo te gebruiken. Het gaat tenslotte om een telefoongesprek, dus je kunt elkaars gezicht niet zien. Mannen vallen allemaal op een lieve, hoge stem. En Worm was niet anders. Hij werd een beetje onzeker.

‘Nee, ik vertrouw je wel,’ zei hij. ‘Maar ik moet gewoon voorzichtig zijn. Ze zitten achter me aan.’

Ze zitten achter me aan – hij klonk bijna trots. Wat ben je toch een sukkel, wilde ik tegen hem zeggen. Je hebt toch je eigen moeder vermoord? Wat had je dan verwacht? Natuurlijk zitten ze achter je aan. Je bent een misdadiger!

‘Nou... oké dan.’

In zulke situaties doe ik altijd een beetje teleurgesteld, maar ik houd het kort en lief. Ik ga er niet verder op in, want meisjes hebben altijd mannen achter zich aan, dus ik weet hoe het voelt om op de huid te worden gezeten. Als je het te gemakkelijk voor ze maakt, krijg je er spijt van. Het soort mannen waar ik voor val graaft ook niet al te diep.

‘Kumagaya. Weet je waar dat is?’

‘Hoe ben je zo ver weg gekomen?’

‘Het is superheet.’ Worm zuchtte. ‘Ik sjouwde het liefst een airco mee.’

Nou, jij bent degene die op de loop is gegaan, had ik het liefst gezegd. Ik voelde me een beetje kil en wreed. Doe effe normaal. Je hebt je eigen moeder vermoord. Dus nou moet je niet klagen over een beetje warmte.

'Kom naar het station,' zei hij. 'Ik ben op de fiets, dus ik kom niet ver in deze hitte.'

Zo Worm, jij denkt heel wat van jezelf, hè? Om een meisje dat je nog nooit ontmoet hebt te vragen helemaal naar Kumagaya te gaan. Er zullen niet veel mannen zijn die je dat nadoen. Ik gaf hem een van mijn vaste leugentjes.

'Ik kom er meteen aan. Ik bel je wel als ik op het station ben.'

'Cool. Ik wacht op je.'

Helemaal naar Kumagaya bij vijfendertig graden? Niet in deze hitte. Maar toch, je krijgt niet veel gelegenheid om met een moedermoordenaar te praten. Dit zou mijn enige kans kunnen zijn. Bovendien lijkt Worm Toshi en Yuzan niet erg te mogen. Ik zou me misschien vereerd moeten voelen als ik de enige ben die hij wil ontmoeten. Plotseling werd ik helemaal opgewonden over deze kans en ik besloot dat ik Teru om advies moest vragen voordat ik iets deed.

Teru is een goede vriend van mij. Een ander soort vriend dan Toshi, Terauchi of Yuzan. We hebben altijd een heleboel om over te praten, dus het is leuk om bij hem te zijn. Zo leuk dat ik zelfs wel eens gedacht heb dat we een nephuwelijk zouden moeten sluiten. Teru is homoseksueel. Hij is eenentwintig en freelancer. Tot een tijdje geleden reed hij in een bestelwagen, maar toen kreeg hij werk als ontwerper van websites. Ik wist dat hij aan het werk zou zijn, maar ik belde hem toch.

'Hé Teru, hoe is het?'

'Ik ben bezig met de homepage van een kunstenaar die heel vreemde geverfde stoffen maakt. Met sojabonenmeel en inktvisinkt. Ik heb iets van zijn werk gezien en ze hadden echt een misselijkmakende kleur.'

'Maar je hebt geluk dat je werkt hebt,' zei ik.

'Jij hebt nu toch zomervakantie? Dan ben jij degene die geluk heeft.'

Ik hield van Teru's ietwat hulpeloze, trage, maar lieve manier van spreken. Ik heb hem ontmoet toen ik op een dag rondliep in Shibuya. Hij sprak me aan en ik was er zeker van dat hij iets met me wilde.

'Ik wil een meisje zoals jij zijn,' zei hij tegen me. 'Je bent heel mooi. Kunnen we vrienden worden?' Op zijn manier wilde hij toch iets met me.

Teru leek wel wat tijd te hebben, dus vertelde ik hem wat er allemaal was gebeurd. En of hij verbaasd was! Ik zag zijn wijdopen ogen voor me, met de groene contactlenzen waar hij op het moment dol op is. Ik vind zijn ogen prachtig. Ze zijn heel anders dan de ogen van de meeste Japanners, of het nu mannen zijn of jonge mensen. Het zijn eerder de vreemde ogen van een ruimtewezen. Net als in de advertentie, weet je wel? Ik geloof dat hij voor ACOM was.

Hoe dan ook, Teru deed me niets als man, maar ik wilde voortdurend naar hem kijken. Het is alsof ik meteen rustig word en niet meer bang ben als ik hem zie. De meeste mannen willen seks; je weet niet wat ze gaan doen en diep in mijn hart jaagt dat me angst aan. Misschien vertrouw ik ze niet helemaal. Maar Teru is heel aardig, kwetsbaarder dan Toshi en de anderen en een heel lieve man. Hij heeft zo'n lieve, gekwetste blik in zijn ogen. Teru doet aan rollenspellen en ook dat vind ik fantastisch. Ik geloof niet dat hij het de laatste tijd gedaan heeft – het is veel te warm – maar dit voorjaar was hij altijd gekleed als personages uit *Battle Royale.* In een schooluniform met zo'n hoge ronde kraag.

'Kirarin, bedoel je die moord waar gisteren alle kranten van vol stonden? Is dit de jongen die zijn moeder heeft doodgeslagen en er toen vandoor is gegaan?'

Teru leek bang te zijn dat iemand hem kon horen en sprak zachtjes.

'Dat is hem. Hij woont naast Toshi. Toen hij op de vlucht sloeg, heeft hij Toshi's telefoon en fiets gestolen. Het is een heel raar joch en hij belde alle meisjes in haar adresboek. Yuzan vond hem blijkbaar aardig, dus heeft ze hem geholpen door hem een fiets en een nieuwe telefoon te geven. Hij heeft mij ook gebeld. En toen ik hem belde, was hij helemaal blij en hij zei dat hij graag met me wilde afspreken.'

'Maar waarom heeft Yuzan hem geholpen?'

'Ik denk omdat haar moeder ook dood is. Daarom voelt ze met hem mee. Hij heeft mij ook gebeld, maar ik heb hem gewoon aan het lijntje gehouden.'

'Dat is behoorlijk riskant, Kirarin,' zei Teru bezorgd. 'Dat joch moet inmiddels behoorlijk wanhopig zijn.'

Maar zou een wanhopige jongen klinken als die geile kerels die mij e-mailen?

'Dat geloof ik niet,' zei ik. 'Het is meer alsof hij zich vrij voelt en seks wil.'

'Waar heb je het over? Dit is verschrikkelijk.' Teru klonk meer als een meisje dan ik. 'En waarom wil hij jou ontmoeten? Waarom niet Toshi, Yuzan of Terauchi?'

Teru had geen van hen ooit ontmoet, maar ik had hem alles over hen verteld.

'Misschien omdat ik mijn lieve stemmetje heb opgezet. Zoals altijd.'

Het stond Teru helemaal niet aan dat ik in online chatrooms speelde. 'Iedereen vertelt alleen maar leugens op die sites,' zei hij zo serieus als wat. 'Wat is daar nou de lol van?' Dat wist ik wel, maar ik had toch nog een kleine hoop dat ik in contact zou komen met een echte bink. Die kleine hoop dreef me altijd naar de sites. Misschien ben ik jongensgek of zoiets.

'Dit klinkt steeds erger.'

'Maar hoeveel kansen krijg je om een echte moordenaar te ontmoeten?'

'Hmmm,' zei Teru bedachtzaam.

'Nou ja, daar zul je wel gelijk in hebben,' zei hij. 'Laat me er even over nadenken, dan kom ik er bij de lunch op terug. Tot horens.'

Ik dacht erover ook Toshi om advies te vragen en wilde net de sneltoets indrukken toen ik besloot het toch maar niet te doen. Ik kon altijd op haar rekenen, maar ik wist dat ze dit heel ernstig zou nemen. Ze begreep me niet zo goed.

Van de vier meiden van ons groepje ben ik de enige die geen maagd meer is. Ik ben ook de enige die nog andere vrienden heeft, mensen met wie ik buiten school omga. De enige die allerlei leugens post in chatrooms op het internet, de enige met een homofiele vriend. De andere drie meisjes denken echter dat ik een aardig, opgewekt meisje ben dat precies is zoals ze eruitziet. Toen Toshi me vertelde dat ze maar naar me hoefde te kijken om rustig te worden, werd ik daar helemaal onrustig van. Het is niet zo dat ik hen met opzet probeer te misleiden, maar ik ben gewoon niet zo eenvoudig als zij denken.

De andere groep waar ik bij hoor, bestaat uit meisjes die niet al te veel moeite doen voor hun proefwerken, die een niet al te moeilijke studie goed genoeg vinden en die graag feesten. Meisjes die als het moment daar is met een gewone jongen zullen trouwen, een paar kinderen zullen krijgen en evenveel zullen blijven winkelen en lol maken als ze daarvoor deden. Ze zijn heel nuchter als het om jongens gaat en laten het leven gewoon over zich heen komen. Ze roken niet, maar hebben altijd een Zippo-aansteker bij zich. Als een jongen dan een sigaret voor de dag haalt, zeggen ze: 'Ik heb een aansteker. Zal ik je een vuurtje geven?' Ze denken aan niets anders dan hoe ze het de jongens naar de zin kunnen maken.

Hoe dan ook, met deze meisjes ging ik altijd naar Shibuya, waar we jongens tegenkwamen, met hen naar een karaokehal gingen en gingen drinken en met wie we de hele nacht lol hadden. Als ik een jongen tegenkom die ik aardig vind, ga ik met hem naar een hotel, maar ik doe het absoluut nooit voor geld. Als een man erachter komt dat je te koop bent, draait hij meteen honderdtachtig graden om. Ik vind het leuk om met mannen te dollen, maar ik word niet graag als speeltje gebruikt. Daar word ik somber en ellendig van. Spelen met jongens is spannend, alsof je vlak langs een drukke weg loopt. Als je van de stoeprand valt, is het voorbij.

Teru zegt er nooit iets van dat ik lol trap met jongens. Ik denk dat hij misschien jaloers is omdat hij het zelf ook wil doen. Homo's houden van gewone jongens, net als meisjes. In dat opzicht is het jammer dat we niet samen naar Shibuya kunnen gaan om met jongens in contact te komen, omdat we zo goed met elkaar overweg kunnen.

Ik zit in die twee groepen omdat ik het gevoel heb dat ik

precies in het midden thuishoor. Toshi, Terauchi en Yuzan zijn aardige meisjes, maar ze zijn zo serieus dat ik af en toe het gevoel heb dat ik geen lucht krijg. Ik heb het idee dat ik op mijn tenen moet lopen, dat ik altijd iets slims moet zeggen omdat ze me anders zullen uitlachen. Dat betekent niet dat ik net zo denk als de meisjes van de andere groep, dat alles wel vanzelf komt in het leven. Ik wil studeren op een behoorlijke universiteit en ik wil een goede baan. Als het tijd wordt om te trouwen, moet het met iemand zijn die ik echt aardig vind en mijn partner moet meer van mij houden dan van wie dan ook. Van de andere kant is dit de beste tijd van mijn leven, dus ik vind dat ik ervan moet genieten en me niet al te veel zorgen moet maken over de gevolgen.

Twee andere meisjes van die Pretgroep zitten op school in hetzelfde jaar als ik. Ze komen naar school met geverfd haar en met make-up op, alsof ze aan iedereen willen verkondigen dat ze uit zijn op plezier. Ze denken dat de jongens vanzelf achter hen aan zullen lopen als ze laten zien wat ze in huis hebben. Ik vind dat best moedig en hun flirterigheid nogal achterbaks. Ik ben meer een ernstige en 'gezond sexy' scholier, wat mij ook wel moedig en achterbaks zal maken. We willen dat de jongens aandacht aan ons besteden en als we samen zijn helpen we elkaar om op te vallen. Dat is waarschijnlijk de reden waarom we zo goed met elkaar kunnen opschieten. Maar als ik die meisjes op school tegenkom, zeggen ze niets tegen me. We doen alsof we elkaar niet kennen en geven elkaar boodschappen met onze blikken. Als we ergens over willen praten, doen we het over de telefoon of via een sms. Met andere woorden, het is een geheime vriendschap.

De vriendinnen die ik in het openbaar kan ontmoeten zijn dus Toshi, Terauchi en Yuzan – ons groepje van vier – maar het is veel ingewikkelder dan dat, omdat ik ook ondergrondse wortels heb die allerlei kanten uit lopen. Waar ik over praat, hangt af van het soort vriendinnen bij wie ik ben.

De Pretmeisjes praten nooit over de toekomst of iets dat ook maar enigszins serieus is. Het gaat de hele dag over kleren, make-up en jongens. Met Toshi, Terauchi en Yuzan praat ik over school en de universiteit, maar over jongens kan ik met hen niet praten en dat wil ik ook niet. Dus is elke groep nogal eenzijdig. Ik denk dat Teru degene is die beide groepen overlapt.

Teru zegt dat hij zich bij mij kan ontspannen omdat hij me niet ziet als de andere sekse. We zijn zulke goede vrienden dat we zelfs grapjes maken over een schijnhuwelijk, zoals ik eerder al zei, maar Teru zegt dat hij bang is dat we ruzie zouden krijgen als we allebei op dezelfde man zouden vallen. Dat gebeurt niet, heb ik tegen hem gezegd. Een dergelijke situatie zou ons allebei alleen maar ongelukkig maken, dus zou ik dat nooit doen. 'En jij toch ook niet?' drong ik aan, en ik kreeg hem zover dat hij het beloofde. Dat deed ik omdat ik een afschuwelijke ervaring heb gehad in mijn eerste jaar op de middelbare school. Ik werd verraden door een jongen.

Er was een jongen waar ik helemaal gek op was. Ik kon met hem overal over praten; wat ik wilde doen als ik ouder was, de problemen die ik had, zelfs oppervlakkige dingen als kleren en kapsels. Ik voelde me vrij als ik met hem praatte, alsof al mijn slechte eigenschappen er niet toe deden en alles positief werd opgevat. Zo lang hij bij me was, had ik het gevoel dat ik mijn hele leven geen vriendinnen meer nodig zou hebben. Misschien was ik dan ook nooit met Teru bevriend geraakt. Maar hij ging naar bed met een ander meisje en toen ik daarachter kwam, kregen we ruzie en gingen we uit elkaar.

Als ik nu aan hem denk, word ik helemaal verdrietig. Ik denk dat ik echt van hem hield. Als we met elkaar naar bed gingen, kon ik mezelf er amper van weerhouden om uit te roepen: 'Ik hou van je! Ik hou van je!' Maar die dolksteek in de rug was de eerste verpletterende ervaring die ik gehad heb. Ik weet zeker dat Toshi en de anderen nooit zoiets hebben meegemaakt. Toen alles nog goed ging met die jongen, voelde ik me enorm superieur, alsof ik een volwassen vrouw was. En ik wou dat ik dat gevoel terug kon krijgen.

Toen we op een keer zaten te lunchen, heb ik de andere meisjes om raad gevraagd. Ik was wanhopig en wilde weten wat mijn ernstige vriendinnen over de situatie te zeggen zouden hebben.

'Ik heb een vriendin,' begon ik, 'en die heeft verkering met een jongen van een middelbare school in de stad. Ze zegt dat hij in het laatste jaar zit en het heel druk heeft met zijn toelatingsexamen voor de universiteit, maar hij zit ook nog in een band en voetbalt, en hij doet alles heel goed en is nog leuk om te zien ook. Het meisje zegt dat ze heel goed met elkaar kunnen opschieten en dat ze zelfs ringen hebben uitgewisseld.'

Op dat punt bemoeide Terauchi zich ermee. 'Hoe ver zijn ze gegaan?'

Toshi gaf in mijn plaats antwoord. 'Ze hebben het natuurlijk gedaan. Als je ringen hebt uitgewisseld en zo.'

'Dude. Dus met goed met elkaar kunnen opschieten bedoel jij dat ze seks hebben?'

'Ik denk het wel.'

'Dus ze zijn qua formaat goed op elkaar afgestemd.'

'Of misschien gaat het erom hoe hartstochtelijk ze zijn?'

Nadat Terauchi en Toshi hun dialoogje hadden beëindigd, keken ze mij aan. Ze zijn allebei heel intuïtief, dus ik moest goed uitkijken met wat ik zei. Ik ging verder en probeerde niets van mijn verwarring te laten blijken.

'Nou, hoe dan ook, die jongen is met een ander meisje naar bed geweest. En mijn vriendin kan hem gewoon niet vergeven. Ze heeft het er heel moeilijk mee. De jongen zegt dat het een eenmalig iets was en dat het niets te betekenen had, en dat hij alleen van haar houdt. Maar mijn vriendin kan hem niet geloven. Het is echt moeilijk voor haar, ze voelt zich zo ellendig dat het lijkt of haar borstkas uit elkaar zal scheuren, en daarom kan ze hem niet vergeven. Ze heeft mij gevraagd wat ze moet doen, maar ik heb geen idee wat ik tegen haar moet zeggen.'

Toshi keek me een beetje vreemd aan. 'Hoe is ze erachter gekomen dat hij een verhouding had? Heeft ze hem op heterdaad betrapt, net als in een toneelstuk?'

'Er stonden een heleboel dweperige e-mails van dat meisje op zijn telefoon. Elke dag een stuk of vijftig.'

'Dus je wilt zeggen dat die "vriendin" van jou de telefoon van haar vriend heeft gecontroleerd.'

Ik kon alleen maar knikken. 'Dat is wat ze me verteld heeft.'

'Dat is fout,' verklaarde Toshi. 'Het is echt verkeerd de telefoon van iemand anders te controleren.'

'Maar als ze echt van hem houdt, denk je dan niet dat ze ertoe zou kunnen komen om zoiets te doen?'

Ik kon wel janken. Toshi keek verbaasd, maar zei vaag: 'Nou ja, daar heb je misschien wel gelijk in. Dat zou kunnen gebeuren, denk ik. Ik weet het niet, ik heb nog nooit zoveel van een jongen gehouden.'

Terauchi nam een slok uit haar flesje water en trok een zuur gezicht. 'Als die vriendin hem niet kan vergeven, waarom vergeet ze hem dan niet gewoon? Er zijn genoeg andere jongens.'

'Natuurlijk zijn er genoeg andere jongens,' zei ik, 'maar mijn vriendin houdt van hém. Wat kun je anders verwachten? Ze maakte zich zorgen en las zijn e-mails. Ze houdt zoveel van hem. Daarom zit ze er juist zo over te piekeren of ze hem moet vergeven of niet.'

'Wat ze moet doen, is hem voorlopig vergeven en dan het andere meisje bellen om haar terug te pakken. Om wraak te nemen.'

Yuzan had tot op dat punt nog geen woord gezegd, dus toen ze dit mompelde was ik gewoon geschokt. Ik had allang gedaan wat zij voorstelde.

'Dat is een idee. Ik zal het doorgeven,' zei ik.

'Ik geloof niet dat ze dat moet doen. Dan voelt ze zich smerig en krijgt ze een rotgevoel over zichzelf.' Toshi schudde haar hoofd. Zij had altijd het goede antwoord. Ze had helemaal gelijk. Ik worstelde al met een schuldig geweten. Toen ik tegen dat andere meisje zei dat ze lelijk was, schreeuwde ze terug: 'Idioot die je bent! Je bent alleen maar boos omdat ik Wataru van je heb afgepakt!' Het was dus duidelijk dat ik haar uit jaloezie had gebeld. Het was alsof iemand modder in mijn gezicht gooide. En die modder zit er nog steeds.

Terauchi haalde haar schouders op om Toshi's woorden te ondersteunen en ze gingen verder met eten alsof ze genoeg hadden van het onderwerp. Op dat moment daagde het me dat ze wisten dat ik met mannen naar bed ging.

Toen ik dit allemaal aan Teru vertelde, pakte hij mijn hand en zei: 'Wat zul jij je akelig hebben gevoeld, Kirarin. Je trots stond je in de weg en je kon niet eerlijk zijn. Trots is maar lastig. Wie zit daar nou op te wachten?'

'Je hebt gelijk, ik voelde me inderdaad akelig. Ik wist niet wat ik moest doen. Ik was zo koppig dat ik mezelf voor gek heb gezet. Misschien had ik er gewoon niets van moeten zeggen, maar dat kon ik niet. Ik... ik wil hem zien! Ik hou nog steeds van hem...'

Op dat punt barstte ik in tranen uit en nadat ik eens goed had uitgehuild voelde ik me beter. Ik had behoefte aan een vriend als Teru, iemand die met me mee kon leven. Mijn drie vriendinnen en ik konden wel met elkaar opschieten, maar zij gingen gewoon door met opgroeien, zich niet bewust van de pijn die ik voelde. Ik denk dat het hele incident me veranderd heeft, maar voor hen was ik nog steeds dezelfde oude Kirarin: opgewekt, leuk, goed opgevoed. En we zouden allemaal opgroeien en de kloof tussen wie ik echt was en hun beeld van me zou nooit overbrugd worden. Het is een gek iets, vriendinnen. Het lijkt alsof ze alles van je weten, maar tegelijkertijd begrijpen ze helemaal niets van je. Misschien is Teru de vriend die ik echt nodig heb, maar omdat hij een man is, in ieder geval biologisch, heb ik het gevoel dat zelfs hij me op een dag zou kunnen verraden. In mijn hart vertrouw ik mannen misschien helemaal niet.

Ik verloor mijn maagdelijkheid in het tweede jaar van de tussenschool. Het is eigenlijk nogal gênant om een term als 'mijn maagdelijkheid verliezen' te gebruiken. Het betekende helemaal niets. Ik weet niet eens meer hoe die jongen eruitzag. Hij was een leerling van een particuliere middelbare school en had roodbruin geverfd haar. Soms raak ik gedeprimeerd als ik aan hem terugdenk en vraag ik me af waarom ik het met iemand als hij gedaan heb. Het was een lompe, stomme kerel die me wilde vertellen hoe meisjes zich moeten gedragen. Ze mochten niet naakt rondlopen, ze mochten niet roken, enzovoorts.

Sinds die tijd weet ik meteen of een man een sukkel is of niet: als hij bij de seks bijvoorbeeld niet voorzichtig met me is. Het is gek, maar het lijkt wel een soort wet dat idiotie en vriendelijkheid omgekeerd evenredig zijn. Als een man bijvoorbeeld een club binnengaat en recht naar achteren loopt om te gaan zitten, is het een lomperd. Als hij karaoke doet en erop staat alleen de liedjes te doen die hij leuk vindt, is het ook een lomperd. Mannen die uitgaan om meisjes op te pikken zijn ook lomperds, omdat ze zo vervuld zijn van zichzelf. Waarom vind ik het dan zo leuk om opgepikt te worden? Dat snap ik zelf ook niet. Soms denk ik eraan hoe fantastisch het zou zijn als Terauchi en Toshi en ik hierover konden praten, maar Toshi is te serieus en Terauchi is er te goed in om te verbergen wie ze werkelijk is, dus kan ik mezelf er niet toe brengen open met hen te praten.

Maar Yuzan is anders. Soms heb ik zin haar om raad te vragen. Maar ik weet dat ze lesbisch is. Haar gevoelens zijn zo anders dan die van een meisje als ik.

Toen we in het tweede jaar van de middelbare school op

schoolkamp waren, kregen we wat whisky te pakken. Yuzan werd dronken en kroop bij me in bed. Toen ik gilde, zei ze: 'Ik doe alleen of ik de kamer van mijn minnaar in ben geslopen!' en probeerde het zo weg te redeneren. Maar haar ogen stonden ernstig. Ze moet er spijt van hebben gehad dat ze dronken was geworden en haar geheim had onthuld, want midden in de nacht zag ik haar huilen. Sinds die tijd voel ik met haar mee. Ze heeft geen Pretgroep om mee te spelen, zoals ik, dus kan ze haar gevoelens nergens kwijt. Ze zou gewoon uit de kast moeten komen en het iedereen laten weten, zoals Teru heeft gedaan. En een man als vriend hebben.

Het was na enen toen Teru me eindelijk belde. Het was niet druk in de trein, dus liep ik naar de deur en hadden we een lang, gefluisterd gesprek. De airco blaast hard bij de deur en ik bevroor. Mijn tanden klapperden.

'Ik heb erover nagedacht,' zei hij, 'en ik vind dat je niet moet gaan.'

'Ik zit al in de trein.'

Ik had de Takasaki-lijn genomen vanaf Ueno. Het was net als wanneer ik mijn vrienden van het internet ging ontmoeten. Ik ging erheen omdat ik wilde weten wie ze waren. Voor de lol. Gewoon een spelletje om de tijd te doden. Als ik bij de afgesproken plek ben, ga ik in een hoekje staan, draai het nummer van mijn afspraakje en probeer te zien wie hij is. Ik bekijk hem en als hij me niet aanstaat, ga ik naar huis. Als de man er fatsoenlijk uitziet, ga ik naar hem toe en zeg gedag. Maar meestal valt het tegen. Het is wel leuk om hun leugens te doorzien. Met Worm is het nog interessanter, omdat hij een moordenaar is. Ik wil hem van een afstandje bekijken.

Teru klonk gekwetst. 'Dit is niet te geloven. Waarom doe je dit, Kirarin? Om in Kumagaya te komen, moet je de Jōetsu Shinkansen nemen, nietwaar? Waarom doe je dit?'

'Ik zit niet in de Shinkansen. Ik heb de Takasaki-lijn genomen.'

'Maar het is een heel eind weg, toch? Waarom ga je daar helemaal heen?'

'Die vent is een moordenaar. Zou jij hem niet graag ontmoeten?'

Teru zweeg even, maar uiteindelijk antwoordde hij: 'Ik heb medelijden met die jongen, die... Worm? Maar ik wil hem niet zien en ook niets met hem te maken hebben. En ik snap niet waarom jij dat wel wilt. Je klinkt precies als iemand in die stomme talkshows.'

Ik mag Teru graag omdat hij van die serieuze antwoorden kan geven. En ik heb ook respect voor hem. Maar toch moest ik Worm met eigen ogen zien.

'Misschien weet ik zelf niet eens waarom,' zei ik, en ik zweeg even. 'Misschien wil ik me beter voelen dan Toshi en Terauchi.'

'Dat doe je al,' zei Teru kalm.

'Helemaal niet.'

'Jawel. Omdat je deel uitmaakt van een geheime wereld waar zij niets van weten. Omdat je mij als vriend hebt, een homo. Omdat je met jongens uitgaat. Heb ik gelijk of niet?'

Hij zat op het goede spoor, maar het was niet precies zoals hij zei. Ik dacht dat ik alles wist over mannen, maar eigenlijk was dat niet zo. Ik had langer bij die jongen moeten blijven die me bedrogen had. Het was alsof er een deur was geweest en hoe moeilijk of verschrikkelijk het ook geweest was, ik had hem open moeten doen en door die deur een andere wereld moeten binnengaan. Dan had ik hem kunnen begrijpen. Maar ik was boos geworden, had de deur dichtgeslagen en was weggerend. Toshi en Terauchi mochten dan anders zijn dan ik, omdat ik alleen oppervlakkige dingen weet over jongens, maar als de tijd komt, denk ik dat ze veel sterker zullen zijn. Zij zouden de deur hebben geopend. En dat geeft me een beetje een minderwaardigheidscomplex.

'Sorry als ik te ver ben gegaan,' ging Teru verder, 'maar ik maak me zorgen om je. Wil je dat ik naar je toe kom?'

'Nee, dat gaat niet. Je moet werken.'

'Het geeft niet. Ik kan er wel wat vroeger mee ophouden.'

Ik hing op, ging op een lege stoel zitten en keek door het raam naar de eindeloze rij huizen waar we langs reden. De daken van de huizen aan de westkant glinsterden in de hete zomerzon. Als je vanuit een vliegtuig naar beneden zou kijken, zou het nog feller schitteren. Ik moest sterk genoeg zijn om zelf licht te weerkaatsen. Waarom ga ik 's nachts naar Shibuya voor dwaze spelletjes en hang ik rond in online chatrooms? Ik weet dat een relatie met een jongen altijd oppervlakkig blijft, maar toch begin ik eraan. Van de ingewikkelde relaties met vriendinnen word ik zo moe. Waarom kan ik niet gewoon sterk en eenvoudig zijn? Door gedachten als deze word ik een beetje depressief.

Toen ik in Kumagaya aankwam, ging ik meteen naar het toilet. Misschien ging ik wel naar huis zonder hem echt te ontmoeten, want ik was bang dat hij teleurgesteld zou zijn als hij me zag. En het zou ook irritant zijn als ik erachter kwam dat ik voor de gek was gehouden. Mijn gezicht was bezweet, dus veegde ik het schoon met mijn zakdoek en tekende mijn wenkbrauwen bij. Ik controleerde of er geen zweetvlekken in mijn roze T-shirt zaten en spoot nog wat deodorant op. Pas na die voorbereidingen belde ik Worm vanuit het station.

'Waar ben je?' zei hij. 'Ik ben in het station.'

Dat joch was snel. Ik had niet verwacht dat hij er al zou zijn, dus keek ik geschrokken om me heen naar een plek waar ik me kon verstoppen. Ik moest hem eerst zien, kijken wat voor iemand hij was, anders ging ik voor geen goud op hem af. Ik drentelde naar de achterkant van de kiosken en keek om me heen om te zien of er scholieren stonden met een telefoon tegen hun oor.

'Wat heb je aan?'

'Wat voor kleren heb jij aan, Kirarin?'

'Jij moet het eerst zeggen.'

'Nee, jij eerst.'

Wat krijgen we nou? De jongen moest zich ergens verstopt hebben en probeerde me in het oog te krijgen. Precies wat je kunt verwachten van een misdadiger. Maar hij kon niet tegen mij op als het ging om telefonische manoeuvres.

'Ik draag een felrood zwempak,' zei ik uitdagend, 'en zwarte hoge hakken en ik heb een grote tas van Louis Vuitton bij me.'

'Nogal opzichtig. Ik ben gekleed als een ouderwetse Japanse soldaat. Ik heb een pet op en ik heb zelfs beenwindsels om, ook al is het afschuwelijk heet. Ik ben soldaat. Ik heb ook een uit hout gesneden geweer. Geen echt, want dat zou te gevaarlijk zijn.'

Een Japanse soldaat? Wat een sukkel. Ik bedwong mijn lach. Mijn ogen bleven over de mensen gaan die door het station liepen. Jonge parttimers, kinderen van de basisschool, een dame van middelbare leeftijd, een paar meisjes van de middelbare school, stationsbeambten, getrouwde stellen. Maar geen jongen die eruitzag alsof hij op de middelbare school zat.

'Hoe bedoel je een uit hout gesneden geweer?' vroeg ik.

'Wat voor badpak heb je aan? Tweedelig?'

'Sorry, maar het is een van die schoolbadpakken. Dat zie je aan het naametiketje op de borst. Er staat "Higashiyama" op.'

'Een schoolbadpak, hè?' Hij sloeg nu een heel andere toon aan. 'Je zit me gewoon op te fokken, waar of niet?'

Ik bloosde, want hij sloeg de spijker op de kop. Hoe wist je dat, Worm?

'Nee, helemaal niet.'

'Echt niet? Ervaren mannen die het op jonge meisjes hebben voorzien, houden van die schoolbadpakken. Zo obsceen. Dus jij weet waar zulke mannen van houden.'

'Laat nou maar. Waar ben je?' vroeg ik.

'Waar ben jij, schatje?'

Dus het was niet meer 'Kirarin', maar 'schatje'? Hij hield me voor de gek en dat stond me helemaal niet aan.

'Wie heeft jou het recht gegeven me zo te noemen?'

'Hou nou maar op met uit de hoogte doen. Je wilt me ontmoeten, waar of niet? Je wilt me bekijken. Omdat ik een moordenaar ben die op de vlucht is. Meiden als jij vinden het leuk om me te bekijken. Dat kun je mooi in je blog zetten, nietwaar? Ik weet precies hoe je bent.'

'Als je dat denkt, vind ik het prima. Maar ik ben hier weg.'

'Doe wat je niet laten kunt, ik ga ook.'

'Hoe kun je gewoon weggaan nu ik helemaal hierheen ben gekomen? Oké, je moet het zelf maar weten. Ik ga naar het eerste het beste politiebureau om te vertellen dat de jongen die ze zoeken zich vlak om de hoek bevindt. Ik zal ze je telefoonnummer ook maar geven.'

Ik had een echo gehoord alsof hij ergens binnen was, maar nu voelde ik dat hij wegging. Zijn ademhaling ging wat sneller, dus ik wist dat hij liep. Ik hoorde auto's. Het klonk alsof Worm het station uit ging. Ik rekte me uit om naar buiten te kijken, maar ik zag hem niet.

'We hoeven elkaar vandaag niet te ontmoeten,' zei hij. 'Ik ben weg. Sorry.'

De verbinding werd verbroken. Ik werd zo boos. Hij ging toch niet weg nadat hij me gevraagd had te komen? Na al het geld dat ik voor de trein had betaald? Ik rende naar buiten, in weerwil van mijn ijzeren regel altijd alles in eigen hand te houden. Er stond een rij taxi's voor het station, maar er waren geen mensen bij. Het was buiten zo stomend heet dat iedereen binnen bleef. Ik stond dom voor de bijna verlaten ingang van het station om me heen te kijken. Hij was nergens te zien. Ik was er zo dichtbij geweest. Er stond een vreemd droge wind, die mijn lange haar door elkaar blies. Mijn lichaam was afgekoeld door de airco in het station, maar mijn armen en benen werden alweer warm. Mijn rug was helemaal bezweet.

'Dat is geen badpak,' zei een stem achter me.

Verdomme, hij had me te pakken, dacht ik, en mijn hoofd werd nog warmer dan de buitenlucht. Ik had nergens zo'n hekel aan als het spelletje te verliezen. Worm moest me van een afstandje in de gaten hebben gehouden, me herkend hebben en me bekeken hebben voordat hij zich bekendmaakte. Net zoals ik altijd met mannen doe.

Ik draaide me langzaam om. De jongen die met een glimlach naar me stond te kijken, was lang en mager, maar had een verschrikkelijk gebogen rug. Weg was de uitdagende houding van over de telefoon. Hij was nu heel relaxed. Ik had me Worm voorgesteld als een opgejaagde, zweterige, stinkende jongen, verward en verdrietig door wat hij had gedaan. Maar de echte Worm was bruin en gezond. Hij zag er netjes uit met een schoon wit T-shirt en een wijde zwarte short. Over zijn schouder hing een stoffige rugzak. Zijn haar zat in de war, met overal pieken. Kon hij echt zijn moeder hebben vermoord? Hij zag eruit als een plaatselijke scholier, op weg naar het bijlesinstituut. Ik bleef met een lege blik naar Worms gezicht staan kijken, duizelig van de warmte en de frustratie omdat ik het spelletje verloren had.

'Dus jij bent Kirarin. Je bent heel anders dan Toshi of Yuzan.'

'Echt? Ik zou het niet weten.'

'Kom op, je weet best waar ik het over heb. Jij speelt spelletjes met mannen. Dat zie ik aan je gezicht.'

'Ik speel geen spelletjes,' zei ik.

'Je bent leuk, maar hard.'

'Helemaal niet.'

Ik tuitte mijn lippen en keek nors, zodat ik veranderde in mijn flirterige ik. Ik vind niets leuker dan mannen om mijn vinger te winden, maar als ik er een ontmoet, word ik helemaal passief. Dat kan komen omdat ik mannen eigenlijk niet vertrouw, zoals ik al heb gezegd. Het is verschrikkelijk; hier sta ik zelfs te flirten met een misdadiger. Teru, kom gauw!

dacht ik. Deze jongen is zo'n bazig type waar ik niet tegenop kan. Stel dat hij me vermoordt?! Wel een beetje berekenend van me op Teru te vertrouwen...

'Je gaat toch niet echt naar de politie?' vroeg Worm.

'Ik zei dat alleen omdat je opeens zei dat je wegging.'

'Waarom lieg je? Liegen is energieverspilling.' Worm keek me aan en hield zijn hand op om zijn gezicht te beschutten voor de zon, die achter me stond. 'Het is trouwens veel te heet. Waarom zoeken we niet een koelere plek, waar we kunnen praten?'

Worm haalde een pet uit zijn achterzak, zette hem op en liep de straat door.

'Wacht eens even. Wat heb je met Yuzans fiets gedaan?'

'Die heb ik weggegooid en ik heb een andere gestolen.'

'Je had hem niet zomaar weg mogen gooien, hij is van haar. Vind je dat niet slecht van jezelf?'

Worm keek met strakke blik achterom.

'Nee, ik vind het wel prima. Het is een noodgeval, ik ben in oorlog. Dus heb ik geen tijd om over zulke dingen na te denken. Het hele land, al die honderd miljoen mensen, staat op zijn kop vanwege een middelbare scholier die zijn moeder van kant heeft gemaakt.'

Ik vroeg me af hoe zo'n mager joch het had klaargespeeld om zijn moeder te vermoorden. Ze zeiden dat hij haar had doodgeslagen, maar kon hij met zulke dunne armpjes echt helemaal alleen een vrouw hebben vermoord? Hoe zou het trouwens voelen om iemand te vermoorden? En dan nog wel je eigen moeder? Ik was bang voor Worm, maar tegelijkertijd had ik allerlei vragen die ik hem wilde stellen. Worm wees naar een winkelcentrum, een eindje verderop.

'Daar zou het koel moeten zijn. Laten we daarheen gaan.'

Toen ik achter hem aan liep, keek ik om me heen als een verbaasde toerist. Maar ik voelde me oké, omdat ik geloofde dat hij me niet zou durven vermoorden in een druk winkelcentrum. Worm wees met zijn kin naar een discountwinkel.

'Toen ik hoorde dat je kwam, heb ik me gewassen in het zwembad en een nieuw T-shirt en boxershorts gekocht in die winkel daar. Vierhonderdtachtig yen voor het shirt en driehonderd voor het ondergoed.'

'Hoeveel geld heb je bij je?'

'Niet veel. Ik ben vertrokken met twintigduizend, maar dat is helemaal op.'

'Waaraan?'

Daar gaf Worm geen antwoord op.

'Het is niet zo moeilijk om eten te vinden en een plek om te slapen. Het lastigste is om je te kunnen wassen. Er zijn niet veel openbare badhuizen, en zelfs als ik er een zou vinden, zouden ze me waarschijnlijk niet binnenlaten omdat ik te smerig ben. Dus dat is wel een probleem. Ik snap nu waarom daklozen zo stinken. Ze worden niet toegelaten in openbare badgelegenheden. Als ik daar een oplossing voor kon vinden, kon ik voor altijd blijven vluchten.'

'Je kunt niet de rest van je leven op de vlucht blijven.'

'O, nee? Denk je van niet?'

Worm draaide zich naar me om. Zijn ogen waren scherp en doordringend en hij zag er heel intelligent uit. Ik moest aan mijn oude vriendje denken, de jongen waar ik zo gek op was, maar die me had bedrogen. Zijn ogen zagen er soms ook zo uit. Heel diep vanbinnen welde de haat weer op. Ik haat hem echt. De jongen die me zo heeft gekwetst. Omdat ik niets zei, ging Worm verder.

'Waarom denk je dat ik niet kan blijven vluchten?'

'Waarom probeer je het niet, als jij denkt dat je het kunt?'

'Dat ga ik ook doen.'

'Maar je kunt het niet je hele leven volhouden. Ik wil maar zeggen, je bent toch pas zeventien?'

'Jij denkt zeker dat je nog heel lang zult leven.'

Ik verstijfde.

'Ja, dat denk ik,' antwoordde ik.

'Dat is helemaal afhankelijk van de persoon.'

Worm liep voor me uit het winkelcentrum in. Het was een groot centrum met een bioscoop erin. Midden in het gebouw stond een of ander beeldhouwwerk dat allemaal in elkaar verstrengelde engelen moest voorstellen, denk ik, en daaromheen stonden banken vol vrijende scholieren. Ik haalde een blikje ijsthee uit een automaat. Na enig nadenken nam ik ook een blikje voor Worm. Hij was allang op een van de bankjes neergevallen en nam het blikje thee van me aan alsof hij niet anders had verwacht.

'Ik geloof niet dat iemand hier me zou geloven als ik zou vertellen dat ik mijn moeder had vermoord. Gek dat ze mijn foto uit de media hebben gehouden. Maar hij staat wel overal op internet. Gebruik jij het internet?'

'Via mijn telefoon, ja,' zei ik, en ik liet hem mijn opklapbare telefoontje zien. 'Dat is het wel zo'n beetje. Ik heb geen computer.'

Het stelletje naast ons hield op met zoenen en liep hand in hand weg, dus maakte ik gebruik van de gelegenheid om hem iets te vragen wat ik wilde weten. 'Waarom heb je je moeder vermoord?'

'Dat ben ik vergeten. De reden maakt trouwens niet uit. Ik was gewoon nijdig. Wat veel belangrijker is, is hoe een ervaring je in een andere wereld laat belanden en hoe je daar je leven leeft. In die andere wereld. En wat je denkt van de wereld die je hebt achtergelaten. Snap je wat ik bedoel?'

'"Snap je wat ik bedoel?" Hou toch op met dat arrogante gedoe.'

Worm keek me verbaasd aan.

'Vreemd dat meisjes van mannen houden die zich stoer voordoen en er vervolgens boos over worden. Nogal inconsequent, als je het mij vraagt.'

'Ik zou het vreemd vinden als het niet zo was.'

Om je de waarheid te vertellen, vond ik zulke woordenwisselingen leuk. Ik raakte er opgewonden van. Niet dat Worm van de buitenkant zo aantrekkelijk was, maar hij dacht wel na over allerlei dingen. En meer nog, hij had zijn moeder vermoord en hij had die 'andere wereld' gezien, dus bleef ik scherp door met hem te praten. Ik vroeg me af hoe ver mijn ervaringen me zouden brengen als ik met hem in de clinch ging. Dit was een ander soort spelletje.

'Dus je gaat nooit meer naar huis?' vroeg ik.

'Ik heb er wel over gedacht om terug te gaan. Daar zou ik geld voor moeten hebben. Maar ik doe het pas nadat ik nog wat verder ben weggerend. Het zou jammer zijn als ik niet meer ervaring opdeed met dat hele vluchten.'

Worm strekte zijn magere benen uit en keek naar het plafond. In de koepel zat een gebrandschilderd raam waarop het grootste deel van de stad stond afgebeeld en de zomerzon baadde de witte vloer in donkere, smerige kleuren.

'Waarom zou je naar huis gaan?'

'Ik wil mijn ouwe heer vermoorden,' zei hij, en hij wierp me een snelle blik toe. 'En jij? Heb jij geen zin iemand te vermoorden?'

Daar dacht ik een tijdje over na. Ik zou die klootzak wel willen vermoorden, de jongen die me het vertrouwen in mannen had ontnomen. Ik vraag me af wat hij nu aan het doen is. Het verdriet en de frustratie die ik voelde toen hij me had bedrogen, hebben alles anders gemaakt. Hij is er gewoon vandoor gegaan en heeft mij achtergelaten, voor altijd veranderd.

'Nou ja, ik geloof van wel.'

'Waarom wil je hem vermoorden? Omdat zijn bestaan je pijn doet, nietwaar? Omdat je beter af zou zijn als hij niet meer zou leven?'

'Ik weet niet...' zei ik, en ik hield mijn hoofd scheef. 'Ik zou het fijn vinden als hij doodging, maar wat ik echt wil, is wraak op hem nemen, hem laten lijden, zorgen dat hij er spijt van krijgt dat hij zoiets stoms heeft gedaan als een fantastische meid als ik bedriegen.'

'Nee, dat is te vaag. Je moet echt willen dat hij van de aardbodem verdwijnt. Als hij blijft leven, raak je de duisternis in je hart nooit kwijt.'

'Maar die wordt toch alleen maar erger door hem te vermoorden?'

'Nee. Dat zeg je omdat de duisternis in je hart niet zo diep is. Hoe dieper die duisternis wordt, hoe belangrijker het is dat je hem kwijtraakt. Hoe dan ook.'

Wat was Worm toch een rare. Hij maakte me bang.

'Ben je niet verdrietig omdat je moeder dood is? En omdat jij degene bent die haar vermoord heeft? Heb je geen medelijden met haar?'

Op dat moment ging mijn telefoon. Het was Teru.

'Kirarin? Waar ben je? Is alles goed met je?'

'Met mij is alles best. Ik ben in een winkelcentrum voor het station.'

'Ik stap straks op de Takasaki-lijn. Ik bel je als ik er ben.'

Dus Teru kwam naar me toe. Opgelucht deed ik mijn tas open om mijn telefoon weg te doen. Worm stak zijn hand uit en griste het toestel uit mijn vingers.

'Die wordt gerekwireerd door het leger.'

'Hou op. Wat denk je dat je aan het doen bent?'

Ik probeerde de telefoon terug te pakken, maar hij stopte hem in zijn zak. Ik keek paniekerig om me heen. Er zaten twee jonge moeders met kleine kinderen vlak bij ons. Ze glimlachten naar ons en dachten waarschijnlijk dat we een ruziënd stelletje waren. Nee! wilde ik gillen. Die vent is gek! Dit is de jongen die zijn moeder heeft doodgeslagen. Hij is op de vlucht, op de fiets. Hoe kon ik hen duidelijk maken hoe de vork in de steel zat? Ik stond op om een bewaker te zoeken, maar Worm greep me bij de arm en trok me terug. Hij hield allebei mijn armen stevig vast en keek me in de ogen.

'Kirarin, je vindt me echt leuk, hè?'

'Dat kun je niet menen. Je bent gek.'

'Ik zorg ervoor dat je me leuk gaat vinden. Kom mee.'

Wat bedoelde hij daar verdomme mee? Ik wist niet wat ik moest doen. Worm trok me aan mijn arm mee naar de uitgang.

'Je hebt iemand verteld dat je naar me toe ging, hè? Je kwam me opzoeken omdat je iets engs wilde zien, dus waarom transformeren we niet samen? Ik kan een heel nieuwe persoon van je maken. En we zullen die arrogante glimlach van het gezicht van je ex-vriendje vegen.'

'Hoe gaan we dat doen?'

Terwijl ik dat zei, dacht ik eraan dat er niets op de wereld was wat ik liever zou doen.

'We gaan samen een paar slechte dingen doen. En daarna gaan we terug naar Tokio om mijn ouwe heer te vermoorden. Ik neem je mee naar een heel andere wereld.'

Een heel andere wereld. De wereld die net achter die deur lag die ik nooit open kon krijgen. Het was verleidelijk en tegelijkertijd angstaanjagend. Worm stampte hard op de mat bij de ingang van het winkelcentrum en de goedkope automatische deuren schoven open. Ik werd overvallen door de brandende hitte.

'Oké, eerst moeten we een taxi zien te krijgen.'

'Waar gaan we heen?'

'We zitten vlak bij de Nakasendo snelweg, en die gaat naar Karuizawa. Daar is het lekker koel.'

'Ik dacht dat je zei dat je geen geld had.'

'Het kost niets. Ik ben het zat om op een fiets rond te rijden.'

'Maar het lukt nooit.'

'Nou, kijk maar eens. Ik heb een mes gekocht.' Worm schudde trots met zijn rugzak. 'Daar heb ik tienduizend yen voor betaald. Zo scherp als wat.'

Dus hij was van plan een taxi te kapen.

'Ik geloof niet dat je dat moet doen.'

'Waarom niet?'

Worm stond stil en keek me aan. Er hing een metalige, roestige geur om hem heen die jongens soms hebben. Af en toe ruik ik dat weleens bij iemand die me probeert op te pikken in Shibuya. Dat zijn altijd degenen die niet kunnen wachten seks met je te hebben. Maar bij Worm is het niet zozeer seks, maar een ander verlangen dat hem voortdrijft. Iets waar ik niet precies een vinger achter kan krijgen. Maar ik wist wel dat mannen met zo'n geur me niet echt opwonden.

HET EERSTE wat ik hoorde, was het fluisterende lachen van een vrouw. En toen deed ik mijn ogen open en zag ik zware, vuilgroene gordijnen. Dezelfde rotgordijnen die mijn moeder bij Peacock had gekocht voor mijn kamer, dus ik was er aanvankelijk zeker van dat ik weer thuis was. Het was de eerste keer sinds dagen dat ik in een bed had geslapen en ik was zo ver weg geweest dat mijn herinneringen helemaal verdwenen waren. Ik was totaal vergeten dat ik mijn moeder had doodgeslagen; op dat moment was ma gewoon een irritant mens dat ik moest zien te verdragen. Ik was er zeker van dat ze mijn kamer was binnengeglipt terwijl ik sliep en dat ze iets fluisterde. Hou je bek! Ga weg! Ma was tenslotte de enige vrouw in mijn buurt, dus ik dacht dat zij het moest zijn.

'Nee, het gaat echt prima met me.'

Maar dat was mijn moeder niet. Het was het meisje dat ik net had ontmoet, die scholiere met haar rare bijnaam. Eindelijk kwamen mijn herinneringen weer terug. Mijn moeder was dood. Godzijdank, dacht ik, ze is er niet meer. Ze is voor altijd verdwenen. Ik was zo opgelucht dat ik stilletjes begon te lachen. De huid van mijn wang tot aan mijn kin was nat. Eerst schaamde ik me een beetje omdat ik dacht dat ik in mijn slaap gehuild had, maar het bleek spuug te zijn. Ik veegde het stilletjes weg met de rug van mijn hand en deed alsof ik nog sliep terwijl ik Kirarins gesprek afluisterde. Ik had geen idee wat dat meisje dacht, waarom ze bij me wilde zijn. Als hoofd militaire zaken had ik de geestestoestand van mijn tegenstander van tevoren beter moeten onderzoeken. Ik had geen idee waarom ik een term kende als 'hoofd militaire zaken', maar ik wist nu alles. Sinds ik op de fiets alle mogelijke moeite had moeten doen om wakker te blijven, werd ik steeds vergezeld door de geest van die gemartelde Japanse soldaat.

'Ik begrijp dat je je zorgen maakt, Teru, maar ik maak het prima. Alles gaat goed. Ik waardeer het dat je aan me denkt, echt waar. Hij is een beetje vreemd, maar wel interessant. Ik bedoel, toen we elkaar ontmoetten op het station, hadden we het erover wat voor kleren we aan hadden. En hij beweerde dat hij gekleed was als een soldaat uit het leger. Gek, hè? Een rare jongen. Maar ik geloof niet dat hij me kwaad zal doen. Ik weet niet waarom, maar daar ben ik zeker van. Dus je kunt wel naar huis gaan. Ik vertel je niet waar we zijn. In een motel. Wat? Nee, we doen het niet. Geen sprake van! Ik zou het nooit doen met zo iemand. Ja, oké. Ik bel je wel als dat gebeurt. Maak je maar geen zorgen. Ik ga om met kerels in Shibuya, dus het komt wel goed. En weet je wat? Hij heeft ervoor gezorgd dat ik wraak wil nemen. Nee, niet op mijn moeder. Op Wataru. De jongen die me zo vreselijk behandeld heeft. Ik hield van Wataru, daarom heb ik hem toegang gegeven tot mijn hart. En toen ging hij met een ander meisje naar bed, de schoft. Wat een idioot is het toch. Toen ik besefte dat hij het had gedaan om op me neer te kunnen kijken, kon ik hem niet vergeven. Het is al meer dan een jaar geleden, maar ik word er nog steeds enorm depressief van. Ik denk erover naar hem toe te gaan en hem te vermoorden. Ik voel me *donker. Donkere* Kirarin. Niet de leuke, opgewekte Kirarin waar iedereen aan gewend is. Maar het voelt goed, op de een of andere manier. Snap je wat ik bedoel? Echt waar? Dat is de eerste keer dat ik ooit wraak op iemand heb willen nemen. Het geeft me een fantastisch gevoel, ik ben gelukkiger dan ooit tevoren. Hoe dan ook, rustig aan, hè? Ja, je hebt gelijk. Zelfs de manier waarop ik praat is harder geworden...'

Kirarin zuchtte even, hing op en beëindigde haar gesprek met die Teru. Ze begon meteen iemand anders te bellen. Ongetwijfeld Yuzan of Toshi of Terauchi, een van die stomme vriendinnen van haar. Ze sprak een bericht in. Terwijl ik sliep, moest ze de telefoon terug hebben gepikt die ik in beslag had genomen. Er zat meer pit in die meid dan ik had gedacht.

'Hallo, met mij, Kirarin. Bel me, stuur geen sms. Er is iets heel belangrijks aan de hand en ik wil je erover vertellen. Tot horens.'

Ik stapte uit bed en trok de gordijnen open. Aan de andere kant van een rijstveld stond nog een motel als dit. Het was een imitatie van een Europees kasteel, maar met een grote koepel erop. En daarop bevond zich weer een grote, oranje, wassende maan. Een beetje surrealistisch. Als een sikkel in het hoofd van Atsushi Ōnita, de beroepsworstelaar. Ik was opgewonden, net als Ōnita en Mr. Pogo als ze net in de ring staan. Ik raakte helemaal opgefokt, alleen al door ernaar te kijken.

'Jij hebt goed geslapen. Je snurkte.'

Kirarin brak haastig haar telefoongesprek af en zei dit met een lieve, nasale stem. Plotseling moest ik er stom genoeg aan denken dat ik vroeger gedroomd had van een jonger zusje. Op onze school zat een jongen die zijn eigen pornomanga schreef en die bracht hij altijd mee naar school. Er zat altijd een jong meisje in het verhaal die de held 'broer!' noemt en uiteraard moet dit 'zusje' van haar 'grote broer' haar schooluniform uittrekken, waarna hij haar op zijn gemak verkracht. Het meisje protesteert, maar doet zelf haar slipje uit. Wat stom. De jongen die die dingen schreef, was een echte studiebol, het soort dat gemakkelijk op de faculteit rechten van de Universiteit van Tokio kon komen, dus was het nogal verrassend hoe voorspelbaar zijn manga's altijd waren. Wat me echt aan het lachen maakte, was dat hij altijd zo'n lief stemmetje opzette voor het jonge meisje als hij zijn manga's hardop voorlas. 'Broer, geef me alsjeblieft geen straf! Ik ben bang!' Mijn punt is dat Kirarin precies zo klonk als die jongen als hij het jonge meisje uit zijn manga speelde. En daar werd ik nijdig om.

Ik wil geen zusje. Ik wil helemaal geen vrouwen, ik ben getransformeerd. Misschien omdat ik in bad ben gegaan toen we deze motelkamer hadden genomen. Zodra mijn zoutpak was weggewassen, was mijn nieuwe persoonlijkheid compleet. De ziel van de gewezen Japanse soldaat.

Ik was altijd veel geiler dan de meeste jongens. Toen we nog in de flat woonden, was ik dol op de jonge buurvrouw. Ik luisterde naar hun vrijpartijen en stal zelfs haar slipjes. En na onze verhuizing genoot ik ervan naar Toshi te gluren. Maar nu niet meer. Ik was heel blij met mijn transformatie – of evolutie, zou je kunnen zeggen. Ik moest veranderen, anders kon ik mezelf niet wapenen voor de strijd. Dus gaf ik Kirarin in duidelijke bewoordingen te weten waar het op stond.

'Hou op met dat suffe stemmetje.'

'Neem me niet kwalijk, zeg,' zei ze met een boos gezicht. 'Dat is mijn normale stem.'

'Helemaal niet. Als je met jongens flirt, zet je een ander stemmetje op. Dat is iets in jou waar ik snel een eind aan zal maken, neem dat maar van mij aan. En wie heeft eigenlijk gezegd dat je de telefoon mocht gebruiken?' Ik griste de telefoon weer uit haar handen en stak hem in mijn broekzak. 'Hij is in beslag genomen door het leger. En jij hebt hem gestolen. Wil je soms het cachot in?'

'Het cachot? Waar heb je het over, idioot die je bent?'

Kirarin draaide zich boos om. Maar haar gezicht stond nog steeds flirterig, dat zag ik wel. Ze vond het spannend om bij mij te zijn, bij een moordenaar. Wat een flirt.

'Daar is niets idioots aan. Ga je bevelen opvolgen of niet?'

'Dat had je gedacht. Wie denk je eigenlijk wel dat je bent?' klaagde ze. De manier waarop ze haar lippen naar voren stak als ze sprak stond me niet aan. Het was pornografisch. Nu ik mijn moeder had vermoord, moest ik de rest van de pornografische vrouwen op de wereld ook neermaaien. Iemand moet het bevel geven. Ik keek de kamer rond, op zoek naar een officier. Maar er was niemand.

'Houd op met die praat.'

'Hoe kun je dat zeggen?' zei ze. 'Je maakt me zo boos. Wie heeft er eigenlijk betaald voor dit motel? Jij zei dat je naar Karuizawa wilde, maar je kreeg zo'n slaap dat je bijna op straat was gaan liggen. Ik had je gewoon in de steek moeten laten. Zonder mij had je hier nooit een kamer kunnen huren. Misschien moet ik maar eens ophouden zo aardig voor je te zijn.'

'Ik stortte in omdat het een lange, zware mars was.'

'Jij bent niet goed wijs, weet je dat?'

Kirarin lachte schril. Haar gelach deed pijn in mijn oren en ik had zin haar hoofd van haar romp te trekken. Toen zag ik opeens de realiteit; ik bevond me alleen in de frontlinie, ik was de enige die nog oorlog voerde. Voor die oude Filippijnse man en vrouw me kunnen martelen, moet ik ontsnappen in de jungle. Hergroeperen voor de volgende slag. Mijn oorlog is net begonnen. Dat is de wereld waarin ik me bevind, mijn wereld. En ik moet deze vrouw opleiden tot soldaat, zo snel mogelijk. Omdat ik een veteraan ben.

'Jij daar, soldaat! Zuig me af.'

Ik zei het alleen om haar te treiteren, maar mijn penis werd zichtbaar harder.

'Ben je gek? Ik kijk wel uit.' Kirarin duwde mijn hand met onverwachte kracht opzij en ontsnapte naar een hoek van de kamer. 'Jij bent echt erg. Er is iets mis met jou, weet je dat?'

'Natuurlijk is er iets mis. Ik heb mijn moeder om zeep gebracht. Ik rende achter haar aan en gaf haar een flinke mep op haar kop met mijn knuppel. Had jij dat ook gekund?'

Ik pakte een kussen en zwaaide er fel mee, alsof het een knuppel was. Het stof en de haren en schaamharen vlogen in het rond. Kirarin staarde naar het kussen en toen naar mij alsof ze nog nooit zoiets smerigs had gezien.

'Dat zou ik nooit kunnen,' zei ze. 'Ik hou van mijn moeder.'

'Nou, je vader dan?'

'Mijn vader? Daar zou ik over kunnen denken,' zei Kirarin, en haar blik schoot opeens door de kamer. 'Mijn vader is zo'n kouwe kikker. Toen ik op de tussenschool zat, werd er laat op de avond gebeld. Ik nam op en er was een vrouw aan de lijn die zei: "Ben je daar, pappie? Als jij dat bent, pak me dan. Ik ga dood." Is dat iets wat je tegen een kind kunt zeggen? Dat dacht ik niet. Ik was zo boos. Ga toch dood, dacht ik. Maar ik was nog klein, dus ging ik mijn vader wakker maken. Ik zorgde er ook nog voor dat mam er niet achter kwam. Maar pa deed alsof hij sliep en negeerde me. Dus zo zit hij in elkaar, dacht ik. Stakker. Ik had medelijden met de vrouw, maar ze waren allebei even slecht. En ik begon mijn moeder ook te haten, omdat ze zo'n kerel had uitgekozen om mee te trouwen. Ik had een periode waarin ik boos was en alle volwassenen wantrouwde. Ik haat jullie allemaal, sukkels, dacht ik. Vooral mijn vader. Vaak had ik zin om hem te vermoorden. Maar nu kan het me niet meer schelen. Ik wil hem niet meer vermoorden. Omdat ik nu oud genoeg ben om te doen wat ik wil. Daar vind ik dat jij fout zit. Je bent te ver gegaan. Ik heb echt medelijden met je moeder, weet je dat? Je zult er de rest van je leven onder moeten lijden.'

Die verklaring van haar maakte me echt boos. Mijn leven verloopt in een heel ander tempo dan dat van andere mensen. Het is misschien een beetje ouderwets om het zo te zeggen, maar sinds de moord heb ik turbokrachten. Het staat me vrij mijn wereld te veranderen zoals ik maar wil. Ik laat me niet meer vertellen wat ik moet doen en laat me geen schuldgevoelens meer aanpraten. Ik heb de leiding. Ik ben de bevelhebber in de slag om mijn wereld te scheppen. Maar toch bezorgde Kirarin me een ongemakkelijk gevoel.

'Jij bent nogal zeker van jezelf, hè?' zei ik. 'Je hebt toch niet mijn wapen gepikt?'

Ik zocht in mijn rugzak, die ik naast mijn bed had gezet. Het slagersmes dat ik gekocht had, moest erin zitten. Mijn wapen om ze allemaal te vermoorden voordat ze me kunnen pakken, voor die magere ouwe sik me naar het plein sleept en me begint te schoppen, voor die ouwe heks me bespuwt, voordat ze me op mijn kop slaan met een hamer. Het mes zat nog in de doos. Kirarin sloeg haar hand voor haar mond, maar ze lachte me duidelijk uit omdat ik zo van streek was geraakt.

Ze snapt het niet. Dat drong opeens tot me door. Die meid snapt het gewoon niet. Ik zit midden in een oorlog en het kan haar geen reet schelen. En daarom lacht ze. Ze kwam me midden in de veldslag opzoeken. Zij en al haar vriendinnetjes vinden het geweldig me te observeren. Je hebt gelijk. Ik heb mijn moeder vermoord. En ik zal er waarschijnlijk de rest van mijn leven om huilen. Maar ik hoef je goedkope medeleven niet. Ik heb het niet nodig. Ik werd nog bozer.

'Als je mij raar vindt, ga je maar weg! Ik ben geen circusattractie.'

'Hmm, dus je kunt wel serieus zijn als je wilt.'

'Ik ben serieus.'

Ik wilde haar een beetje bang maken, dus haalde ik het mes uit de doos. Ik hield het vast bij de zwarte greep en zwaaide er een paar keer mee in het rond. Het slagersmes was lang en scherp en zag er eng uit. Ik keek om me heen, op zoek naar iets waarmee ik het om mijn middel kon hangen, maar ik zag alleen de ceintuur van de badjas. Dat zou er stom uitzien, dus gaf ik het idee op. Kirarin bleef verstijfd in de hoek staan. Maar in haar ogen was een heleboel respect te lezen. Of was het angst? Maakt niet uit. Hoe dan ook, dit was de tweede keer dat ik een vrouw zo verbaasd zag kijken. Ik wist nog hoe ma had gekeken toen ze me naar haar zag uithalen met de knuppel, een verschrikkelijke herinnering. Het moment dat ze besefte dat haar hele wereld om haar heen instortte. Of misschien had ze berouw dat ze me zo slecht behandeld had. In ieder geval weerspiegelde haar gezicht de chaos die haar overvallen had.

Mijn moeder was zeer zeker de schuldige. Ze had een geschiedenis tussen ons geschapen, een geschiedenis die mij het recht gaf haar op haar nummer te zetten. Ze had me bij de neus genomen, mijn leven verknoeid, mijn geheimen aan de wereld onthuld. Ik was een kolonie en zij was de bezettende macht. Zij had een rubberplantage aangelegd, had me van zonsopgang tot zonsondergang laten werken en had vervolgens de hele oogst voor zichzelf opgeëist. Een kolonie die helemaal werd leeggeplunderd. Ik weet niet wat er precies van me gestolen is. Maar ze had me in ieder geval voortdurend bestolen. In Kirarins geval was er nog geen reden om haar uit de weg te ruimen. Sletterig gedrag was niet genoeg reden. Ik liet het slagersmes zakken. Ik ben nog bij mijn gezonde verstand. Ik ben nog niet gek.

'Ik probeer je te helpen,' zei ze. 'Dus houd op me te bedreigen.'

Zelfs van een afstandje kon ik zien dat er tranen in haar ogen stonden. Hé, ik dacht dat je respect voor me had. Ik vond het allemaal maar vreemd en deed het slagersmes weer in de doos.

'Jij bent een dienstplichtige,' zei ik tegen haar. 'Een wapenbroeder. Dus moet ik je goed behandelen. Maar luister eens, nu je in mijn eenheid zit, moet je wel bevelen opvolgen. In het leger heb je rangen en bevelen, zo zit het in elkaar. Ik ben een veteraan en jij bent een nieuwe rekruut, dus moet je voor me zorgen.'

'Je bedoelt dat ik je moet afzuigen, hè?' riep Kirarin vol afkeer.

'Precies. Aan de slag dus. Voorwaarts mars.'

Ik beende naar haar toe en greep haar haren. 'Donder op!' riep ze, en ze sloeg gemakkelijk mijn hand weg. Ik kreeg kippenvel over mijn hele lijf en bleef stokstijf staan. Ik moest eraan denken hoe het had gevoeld toen ik het haar van mijn moeder vastpakte en dacht: ze is een vrouw, en ze voelt net zo eng als die slet van een moeder van me. Ik bedoel, ik heb niet alleen de zonden van mijn moeder weggevaagd, maar ook het feit dat ze een slet was. Misschien maakte dat deel uit van haar schuld? Hoe meer ik erover nadacht, hoe meer ik in de war raakte, en ik gaf het kussen op het grijze vloerkleed een flinke schop.

'Waarom ben je zo geobsedeerd door het leger? Ben je een van die legernerds of zo?'

Kirarin pakte een blikje Pocari Sweat uit de koelkast. Ik vertelde haar niet hoe ik erachter was gekomen dat de soldaat die door de Filippino's was gemarteld en ik een en dezelfde persoon waren. Het had geen zin een slet zulke dingen te vertellen. Kirarin nam een slokje alsof het drankje heel vies smaakte en zei: 'Waarom heb je je moeder vermoord? En hoe heb je het gedaan?'

Ik haalde mijn schouders op.

'Ik heb er niets aan om het je te vertellen. Je bent de openbare aanklager niet, hoor.'

'Maar ik wil het weten,' drong ze aan.

Kirarin zwaaide met haar gekruiste benen. Ik zag tot mijn verrassing dat het donshaar op haar benen blond was. Het haar op mijn moeders benen was net zo donker als dat van een man. Ik had het altijd afschuwelijk gevonden, alsof ze een beest was.

'Waarom lijkt het haar op jouw benen op dat van een buitenlander?'

'Ik bleek het,' zei Kirarin. Ze stak weer de draak met me en had een trek op haar gezicht van: hoe ter wereld heb jij zo lang rond kunnen lopen zonder dat te weten? 'In de zomer scheren meisjes zich niet, ze bleken hun haar. Terwijl jullie jongens met je neus in de boeken zitten en jezelf aftrekken, zijn wij meisjes met veel slimmere dingen bezig.'

'Doe dat ook met die van mij.'

'Ik heb geen bleekmiddel bij me.'

'Ga het dan kopen. Er zal heus wel een winkel in de buurt zitten.'

Kirarin lachte zich rot. 'Waarom zou je dat willen? Ik dacht dat jij op de vlucht was.'

Het antwoord was duidelijk genoeg. Ik wilde een heel andere persoon worden, een veel harder iemand. Ik dacht dat het cool zou zijn om blonde haren op mijn benen te hebben als wapen, in plaats van het oude zoutpak. Ik ging weer op het bed liggen. Ik had het gevoel dat ik voor altijd zou kunnen slapen. Kirarin duwde een paar munten van honderd yen in de tv. Ze zapte langs een paar nieuwsprogramma's voor ze eindelijk koos voor een muziekshow. Ze draaide zich om en zei: 'Er is niets over jou op het nieuws. De wereld is je vergeten.'

Ik stond op.

'Echt?'

'Ze maakten zich allemaal zo druk, en nu is er niets meer.'

'Hé, wie is de slimste van jouw vriendinnen?'

'Terauchi,' antwoordde ze meteen. 'Zij moet de slimste zijn. Ze heeft een klassiek mooi gezicht en ze is een beetje truttig, maar niet al te erg. Maar ze heeft ook iets donkers, en je komt er niet achter wat ze denkt. Ze zegt altijd stomme dingen, maar als er examens zijn, weet ze wat ze doet en haalt ze prachtige cijfers. Ze is een beetje mysterieus. Hoe dan ook, onze groep leunt vaak op haar. Ze kan soms op je zenuwen werken, en daar word ik echt gek van, maar je kunt ook echt lol met haar hebben, dus ik mag haar graag. Terauchi's donkere kant lijkt wel een beetje op die van jou. Ik weet niet precies waarom. Misschien is ze wel gek, net als jij.'

Toen ik alle meisjes op Toshi's telefoon had gebeld, was Terauchi degene die abrupt had opgehangen. Ik vond haar reactie meer iets voor een soldaat dan die van Yuzan of Kirarin. Ze is een echte cadet. Met cadet bedoel ik iemand die studeert aan een elitaire militaire academie. Ze zegt stomme dingen omdat ze zich wil verlagen tot het peil van meisjes zoals Kirarin en Yuzan. Maar als puntje bij paaltje komt, kon je erop rekenen dat zij wist wat ze moest doen, omdat ze een echte soldaat is. Plotseling dacht ik dat Terauchi misschien degene was die me kon helpen.

'Vertel me meer over haar!'

'Hé, sla niet zo'n toon tegen me aan. Ik laat me niet door jou commanderen.'

Kirarin pruilde en verviel weer in geflirt.

'Hou op met flirten,' zei ik. 'En ga rechtop zitten.'

Kirarin fronste, klikte met haar tong en zei iets. Ik hoorde een stem het volgende mompelen: 'De plicht is zwaarder dan een berg, de dood lichter dan een veer.'

'Wat zei je?' vroeg ik. 'Je weet echt veel meer dan ik.'

'Ik zei niets.'

Kirarin wierp me een minachtende blik toe. Wat was dit nou, een hallucinatie? Ik was echt gelukkig. Wie weet, misschien ben ik toch nog een genie. Het probleem is dat niemand het weet. Het is allemaal de schuld van mijn moeder, met haar opvattingen over het grootbrengen van kinderen en de opvoeding die zij en de school me door de strot hebben geduwd. Ik had de wereld moeten vertellen wat een genie ik ben, maar ik heb het verpest door geen briefje achter te laten in mijn kamer. Voordat ik helemaal de weg kwijtraakte, had ik iets moeten opschrijven.

'Ze zeggen dat jeugdige misdadigers vaak heel vroegwijs zijn en buitengewoon slim, mensen die zich niet kunnen aanpassen aan het schoolsysteem. Dus ik vind dat ik een roman of een gedicht of zo moet achterlaten, net zoals die moordenaar Sakakibara heeft gedaan, iets om de mensen wakker te schudden. Iets om de mensen te laten weten hoe getalenteerd ik ben.'

'Ik weet niet,' zei Kirarin. 'Zitten ze niet altijd te klagen over hoe het bij hun thuis was? Dat ze door hun ouders zijn mishandeld of dat die gescheiden zijn of dat er niet genoeg van hen gehouden werd? Maar jij komt uit een heel fatsoenlijke familie.'

'Daar heb ik het niet over. Ik wil een manifest schrijven over mijn misdaad.'

'Waarom doe je dat dan niet?'

Kirarin leek het niet te begrijpen en nam nog een aarzelend slokje van haar Pocari Sweat.

'Dat gaat niet,' gromde ik. 'Ik heb de tijd niet. Ze zitten achter me aan. Bovendien moet ik terug naar Tokio om mijn ouwe heer te vermoorden. Waar haal ik de tijd vandaan?'

'Vergeet het dan.'

'Ik wil het niet vergeten. Ik wil iets op papier hebben voordat ik mijn vader vermoord.'

'Ben jij wel goed bij je hoofd?' Kirarin keek me ernstig aan. 'Volgens mij kun je het beter opgeven. Je krijgt alleen weer alle media over je heen.'

Ik negeerde haar. Dit was geen moment voor logische argumenten.

'Ik laat het door Terauchi schrijven. Je zei toch dat we wel op elkaar leken? Ze is slim en efficiënt. Dus wordt Terauchi mijn ghostwriter. Ik maak haar lid van mijn militaire staf. Hoofd propaganda.'

'Wat een stom idee.'

Kirarin lag in een deuk, maar ik was bloedserieus. Ik pakte de telefoon die ik opnieuw in beslag had genomen uit mijn zak en gaf hem aan haar.

'Bel Terauchi,' commandeerde ik.

'Doe het zelf.'

'Mijn batterij is zo'n beetje leeg.'

'Die van mij ook,' mopperde ze, maar ze gaf me toch haar telefoon. 'Ze staat onder sneltoets nummer vijf.'

'Wat is er?' antwoordde een lusteloze meisjesstem meteen, alsof ze op het telefoontje had zitten wachten.

'Ik ben het. Worm.'

Het bleef even stil en toen zei ze kortaf: 'Dat meen je toch niet, hè. Waarom bel je mij in godsnaam? Laat me met rust.'

Ze sprak met een snelle, zachte stem, waaraan te horen was hoe slim ze was. Het soort meisje waar ik de meeste moeite mee heb. Heel anders dan een eenvoudige voetsoldaat als Kirarin.

'Ik moet je iets vragen,' zei ik.

'Idioot dat je de bijnaam Worm zelf gebruikt. Die naam heeft Toshi je gegeven.'

'Wat maakt het uit. Dat is het punt niet.'

Ik raakte geïrriteerd en merkte dat ik me aanpaste aan haar tempo.

'Is Kirarin echt bij je? Geef haar eens.'

Terwijl ik sliep, moest Kirarin iedereen gebeld hebben. Maar ik kon niet laten merken dat ik dat wist.

'Dat is topgeheim, dus daar kan ik niets over zeggen.'

'Maak je daar maar niet druk over,' zei Terauchi plechtig. 'Geef haar maar even. Je gebruikt nu toch haar telefoon? Leeft ze nog? Vertel me dat in ieder geval.'

Ik kon er niet omheen, dus gaf ik de telefoon aan Kirarin. Ze antwoordde met die schattige, lieve stem die ze reserveerde voor telefoontjes.

'Ik maak het prima, Terauchi. Het spijt me dat ik je bezorgd heb gemaakt. Ik heb heel vreemde dingen meegemaakt, dat kan ik je wel vertellen. Ik heb mijn ouders gebeld en verteld dat ik bij jou logeerde, dus wil je daar alsjeblieft in meegaan? Na een tijdje ga ik wel weer bij Worm weg, dus maak je geen zorgen. Hij is helemaal niet gevaarlijk, alleen een beetje vreemd. Wacht even, dan geef ik hem weer. Hij zegt dat hij jouw advies ergens over wil.'

'Mijn advies?!' Terauchi was kwaad. 'Hoor eens, je bedreigt Kirarin, hè? Ze is een lieve meid, dus bedonder haar niet.'

'Jullie zijn degenen die bedonderd zijn,' zei ik. 'Zal ik je eens iets vertellen? Ze is echt een stuk.'

'Wat bedoel je daarmee?'

Verdomme. Ik gaf helemaal niets om dat zogenaamde

hartsvriendinnengedoe, hun vriendschap, het soort mensen dat ze in werkelijkheid waren.

'Laat maar zitten. Ik wil dat je mijn ghostwriter wordt. Wat denk je ervan?'

'Bedoel je dat ik een spookverhaal moet schrijven? Of een horrorverhaal?' zei Terauchi, die grappig wilde doen.

'Doe me een lol. Ik wil dat je doet alsof je een jongen bent die zijn moeder heeft vermoord en daar een verhaal over schrijft. Het hoeft niet lang te zijn, maar wel beter dan wat die moordenaar Sakakibara heeft geschreven. Doe er maar wat Dostojevski of Nietzsche bij of zo. Maar zorg dat je die goed in het verhaal opneemt, zodat niemand kan achterhalen waar het vandaan komt. En het eind moet zoiets zijn als "Evangelion". Of misschien... misschien is het beter het allemaal een beetje avant-garde te maken, snap je wat ik bedoel? De filosofie van het leven, een beetje gekreun en geklaag over hoe absurd het allemaal is, zoiets. Ik reken op je. Als een verhaal niet lukt, is een gedicht ook prima. Als je het een beetje onbegrijpelijk maakt en het er cool uitziet, kon een gedicht wel eens precies goed zijn. Het soort gedicht dat ze kunnen gebruiken als bewijs in een psychologische evaluatie, zoiets. Iets dat mijn ware bedoelingen verbergt en de lezer in verwarring brengt.'

Aan Terauchi's stem was te horen hoe verbaasd ze was.

'Je wilt dat ík dat doe?' vroeg ze. 'Waarom ik? Ga je me betalen? Al deed je dat, dan had ik er nog niets aan. Ik bedoel, als ze je pakken, verschijnt wat ik geschreven heb in druk. Als de mensen het goed vinden, heb ik daar niets aan. Jij krijgt alle lof. En als ze het niet goed vinden en ze komen erachter dat ik de ghostwriter was, dan zit ik in de problemen. Echt in de problemen. Dus hoe je het ook bekijkt, ik heb er niets bij te winnen.'

'Maar als ze het slecht vinden en niemand erachter komt dat jij het geschreven hebt, ben ík de lul.'

'Waarom schrijf je het dan niet zelf?' Terauchi lachte nasaal.

'Idioot! Als ik dat kon doen, had ik jou niet om hulp hoeven vragen.'

'Je kunt het echt niet schrijven, hè? Wat een mop. Je bungelt er zeker maar een beetje bij op school K? Je bent er binnengekomen, maar nu red je het niet meer. Nou, vergeet het maar. Ik heb het veel te druk. Ik volg deze zomer drie bijspijkercursussen, Engels, klassieke literatuur en geografie. De zomer is een belangrijke periode voor me, dus waarom zou ik dat stomme manifest van jou gaan schrijven? Ik heb nog maar vijf maanden voor de toelatingsexamens. Jou stoppen ze toch in de jeugdgevangenis, dus wat maakt het uit? Yuzan heeft me verteld dat je nog steeds stomme dingen zegt, zoals dat je nu geen toelatingsexamen meer kunt doen voor de Universiteit van Tokio. Je probeert je beter voor te doen dan je bent. Gekken als jij die hun eigen moeder vermoorden, zijn wel het uiterste, weet je dat? Je bent nog maar een kind, maar dat heb je niet eens door. Je moeder vermoorden, vluchten voor de politie, wat is daar leuk aan?'

'Daar is helemaal niets leuk aan.'

'Waarom moet ik dan een roman voor je schrijven? Schrijf zelf maar een memo. Dat zou veel interessanter zijn voor de criminele psychologie.'

Terauchi klonk alsof ze voorlopig nog niet klaar was met praten. Ik wilde haar vertellen dat ik was getransformeerd toen ik rondreed op die brandend hete fiets, maar ik geloofde niet dat het enig verschil zou maken. Dus besloot ik in de aanval te gaan.

'Als je het niet voor me schrijft, kun je je vriendin wel vaarwel zeggen. Ik heb even geleden een slagersmes gekocht. Of ik nu één persoon vermoord of twee, mij maakt het niet uit. Dan kan ik eens zien hoe het is om iemand dood te steken.'

Of ik nu één persoon vermoord of twee, mij maakt het niet uit. Die clichéopmerking die moordenaars in films gebruiken, ging niet meer uit mijn hoofd. *De dood is lichter dan een veer.*

'Meen je dat?'

Terauchi slaakte een onverwachte kreet. Achter me zei Kirarin: 'Hij liegt! Hij probeert je alleen bang te maken!' Ik duwde haar weg. Ze viel op de grond, maar lachte nog steeds heel eigenaardig, alsof het hele geval belachelijk was. Ze werd helemaal hysterisch. Ik hield zo goed mogelijk mijn hand over de telefoon, zodat Terauchi het niet zou horen. Maar Kirarin hield niet op met lachen, dus bedekte ik haar mond met mijn hand.

'Ik zou haar best kunnen vermoorden. Ik zit toch al helemaal met mezelf in de knoop. En als jij de politie hierover vertelt, is het voor haar helemaal voorbij. Gesnopen?'

'Ja, ik snap het. Ik schrijf het wel voor je, maak je niet druk.' Terauchi gaf met een zucht toe. 'Wanneer wil je het hebben?'

'Het moet geschreven zijn terwijl ik op de vlucht was, dus probeer het snel te doen. Binnen drie dagen. E-mail het maar naar Kirarins telefoon als dat kan. Dan schrijf ik het over en draag ik het bij me. Als ze me dan pakken, kan ik het aan ze laten zien.'

'Dus ik kan het schrijven als een serie memo's?'

'Dat heb ik al gezegd. Maak er een verhaal van of een gedicht. Iets creatiefs.'

'Dus het is cooler als het niet introspectief is?'

Terauchi was een slimme meid, en ik dacht na over wat ze had gezegd. Als het introspectief was, zou dat mijn hele strijd ontkrachten. Ik gaf haar een bevel: 'Vecht tot het bittere einde!'

'Ik snap het. Ik word een echte kamikaze.'

Ze zei het heel koel en hing meteen op. Die klik leek me een teken van de onbegrensde minachting die ze voor me voelde. Ik werd er boos van. Maar ik had één taak weggewerkt, en dat maakte me gelukkig. Ik keek neer op Kirarin, die nog op de grond lag. Haar lachbui was over en ze keek nors van me weg.

'Lichten uit,' zei ik. 'Morgen gaan we een taxi stelen en wat geld binnenhalen.'

Ik ging op het bed liggen, maar Kirarin bleef waar ze was, op het smerige tapijt. Dat maakte me nijdig en ik schreeuwde tegen haar.

'Wat is er nou weer? Wil je soms daar slapen? Wat is het probleem?'

'Niets,' zei ze, en haar gekwetste meisjesstem kwam omhoog vanaf de vloer. Maar ik had te veel honger om me er iets van aan te trekken. Ik had die ochtend een cakeje gehad en verder niets. Geen bevoorrading. Ik duwde een kussen tegen mijn lege maag en probeerde te gaan slapen. Maar toen hoorde ik snikken.

‘Hou op met huilen. Ik heb er last van.’

‘Je bedoelt dat je me niet als vrouw ziet?’

Misschien moet ik haar echt vermoorden. Werkelijk. Ik probeerde mijn woede te bedwingen terwijl zij verder ging met haar geklaag.

‘Ik ben degene die boos zou moeten zijn,’ zei ze. ‘Ik bedoel maar, wat heeft het voor zin dat ik hier ben? Je hebt me van mijn trots beroofd. Niemand heeft me ooit zo behandeld. Ik wist dat je raar was, maar ik heb toch een groot risico genomen door naar je toe te komen. De nacht doorbrengen met een misdadiger, iemand die zijn moeder vermoord heeft – mijn reputatie is naar de maan. Nu kan ik nooit meer trouwen. Lieve Kirarin bestaat niet meer, van nu af aan is het donkere Kirarin. Waarom doe je zo aardig tegen Terauchi en laat je haar het intellectuele werk doen, terwijl ik niet meer ben dan een gijzelaar? En dat nadat je me een nieuwe rekruut hebt genoemd en zo hard voor me geweest bent. Het is niet eerlijk.’

‘Zij is een cadet, daarom.’

‘Hoe bedoel je, een cadet?’

‘Zij is van officiersgehalte.’

Plotseling voelde ik dat Kirarin in het donker opstond. Ik werd er zowaar bang van. Ik wilde alle luidruchtige vrouwen opruimen, alle sletten op de wereld, maar nu had ik er eentje voor me staan die echt onuitstaanbaar was. Ik zette me schrap, omdat ik dacht dat ze zich wilde bemoeien met de geheime overeenkomst die ik met zoveel moeite met Terauchi had gesloten.

‘Wat doe ik hier eigenlijk?’ riep Kirarin. Ik kreeg spuug in mijn gezicht, maar hield me stil. Dat moet je zelf maar uitzoeken, dacht ik. Ik ben druk met mijn eigen strijd en heb mijn handen eraan vol om deze dag te overleven.

'Geef antwoord. Wat doe ik hier?'

'Jij bent naar mij toe gekomen, dat was je eigen beslissing.'

'Dat is een leugen,' zei ze, en ze ging op het bed zitten. 'Een leugen! Jij bent degene die heeft gezegd dat je me mee zou nemen naar een andere wereld. Daarom ben ik gekomen. Weet je nog? Je hebt tegen me gezegd: "Waarom transformeren we niet samen? Ik kan een heel nieuwe persoon van je maken. En we zullen die arrogante glimlach van het gezicht van je ex-vriendje vegen." Je speelt dat je soldaat bent, maar je geeft helemaal niets om mij. Je hebt me in de steek gelaten. Je hebt Terauchi gevraagd om je gedicht of wat het ook moet worden voor je te schrijven. Waarom heb je dat niet aan mij gevraagd? Ik kan ook wel een gedicht schrijven als het moet. Je zet gewoon wat zinnen bij elkaar. Dat kan iedereen. Terauchi mag dan een cadet of zo zijn, maar ik ben een soldaat, dus onderschat me niet. En discrimineer me ook niet. Wat ben je toch een achterbaks joch. Als dit de strijd is die je voert, dan doe ik niet mee! Het is allemaal even afschuwelijk.'

Ik had dat allemaal niet tegen Kirarin gezegd om haar te rekruteren voor het leger of zoiets. Ik voelde me op dat moment gewoon zo. En nu helemaal niet meer. Zo is het toch? Natuurlijk, het is tegenstrijdig, maar wat dan nog? Ik was moe en ik had honger, maar ik probeerde mijn arme hersenen nog steeds zover te krijgen te bedenken hoe ik deze muiterij de kop in kon drukken. Toen sprong ze opeens boven op me en ging met een been aan iedere kant op me zitten. Ze was zwaar en ik snakte naar adem.

'Ga van me af, stomme griet.'

Kirarin hield allebei mijn armen vast boven mijn hoofd en fluisterde in mijn oor.

'Of misschien moet ik jou meenemen naar een andere wereld? Je doet wel zo cool, maar je bent nog maar een maagd. Kom over tien jaar maar eens terug.'

Een slet. Een echte slet. Kirarins magere heupen wreven tegen mijn buik en hoewel ik kwaad was, kreeg ik meteen een stijve. Ik had geen idee wat ik moest doen. Niemand heeft me ooit verteld hoe je het moest doen met een vrouw. Ik bedoel, ik had hier niet te maken met een lief 'klein zusje' dat op mijn bevel haar slipje uit zou trekken. Alleen in manga waren meisjes speeltjes voor mannen. Ik duwde haar armen opzij en trok haar tegen me aan. Haar zachte lichaam voelde fantastisch aan. Haar tengere lijf, haar haar met die lichte zweetgeur. Dus ik zou eindelijk seks hebben met een meisje. Misschien werd het net als in het verhaal 'Patriotism' van Mishima, heel heet en heftig. Ik zag die foto van Mishima voor me, alleen gekleed in een lendendoek en zwaaiend met een Japans zwaard, en opeens verstijfde ik. Ik had toch geen meisjes meer nodig? Hoe kon ik de geest en het vlees hier laten samenwerken? Ik was even van mijn stuk gebracht en Kirarin gaf me een harde duw, zodat ik met mijn hoofd tegen het hoofdeind kwam.

'Au! Wat doe je?'

'Zielig ventje. Een soldaat die slecht is in seks, is ook slecht in oorlog voeren.'

Verdomme. Ik greep haar stevig vast. Ik moest boven op haar zien te komen, haar kleren afrukken, haar benen spreiden en bij haar binnendringen. Maar hoe? Als ik haar bevel gaf me af te zuigen, zou ze dan echt zonder tegenstribbelen mijn lul in haar mond stoppen? Was dit een oorlogsverkrachting of zo? De gedachten sprongen rond in mijn hoofd, maar geen van de simulaties die naar boven kwam, was van enig nut. Lastig. Misschien moest ik haar gewoon maar vermoorden. Er ontstond kortsluiting in mijn hersenen en die eenvoudige oplossing was het enige wat ik nog kon bedenken. Ik was ongeduldig. Dit was oorlog. *Oorlog. Dood haar!* Hoewel het donker was, zag ik dat Kirarin me aanstaarde. Toen ze iets zei, was haar stem zo koud als ijs.

'Hou op. Raak me niet aan. Ik wil niet met een moordenaar naar bed.'

Ik liet haar los. Ik was nu bang voor deze echte vijand, voor Kirarin. De vijanden waarmee ik strijd zou moeten leveren, de politie en de maatschappij, hadden zich nog niet laten zien. Maar hier vlak voor me bevond zich een ander soort vijand. Een muur waar ik niet overheen kon klimmen. Dood! *Dood!!* Schakel de hersenen uit.

'Ik ging helemaal op in het idee om wraak te nemen op Wataru,' zei Kirarin. 'Toen je zei dat je me een andere wereld zou laten zien, raakte ik helemaal opgewonden. Maar er komt niets goeds van als ik bij je blijf. Dat zie ik nu wel in.'

Ze stapte uit bed en ging met haar vingers door haar haar.

'Ik heb geen belangstelling meer voor je,' zei ze. 'Ik ga naar huis.'

Meende ze dat nou? Ik kwam met een ruk weer terug in de werkelijkheid.

'Geef me het geld voor de kamer,' zei ik.

'Dat had je gedacht. Dan ben ik medeplichtig.'

Plof! Weer kortsluiting in mijn hersenen. De stoom kwam

uit mijn oren. Ik sprong overeind. Ik greep de doos in mijn rugzak, waar het slagersmes in zat. Toen Kirarin dat zag, slaakte ze een kreetje.

'Op je knieën,' commandeerde ik.

Kirarin knielde op de vloer en boog voor me. Ik ging op haar lange haar staan. Ik voelde door mijn been hoe ze trilde. Zo ja, zo geef je je over.

'Het spijt me,' zei ze. 'Echt. Als je geld nodig hebt, geef ik het je.'

'Ik neem het geld in beslag. Jij blijft hier. Dat is een bevel.'

Ik bleef wakker en hield de wacht over de krijgsgevangene om er zeker van te zijn dat ze niet kon ontsnappen. De gevangene snikte, maar uiteindelijk viel ze in slaap. Ik ging op de bank liggen en doorzocht haar eigendommen, die ik confisqueerde. Een portemonnee met 18.600 yen. Een leerlingenpas. Haar portemonnee zat vol kaartjes van verschillende winkels, een bibliotheekkaart, een pasje voor het openbaar vervoer enzovoorts. Ik keek naar de foto op haar leerlingenpasje. In haar schooluniform zag ze er nog meer uit als een 'zusje'. Lang haar, enigszins slaperige ogen en een verbaasde blik. Ze tuitte haar lippen om lief en onschuldig te lijken. Precies het soort meisje waar die seks-gestoorde jongens in mijn klas op zouden geilen. Een klein make-uptasje zat vol spulletjes: een zakdoek, tissuepapier, lippenstift, deodorant, dingetjes om te reinigen. Haar mobiele telefoon. Onder in haar tas zat een stukje van een bioscoopkaartje. Pas drie dagen geleden had ik met de gevangene over films zitten praten. Het leek eerder dertig jaar geleden.

Ik voelde me op dat moment verschrikkelijk eenzaam, op weg naar het zwembad waar we vroeger altijd naartoe gingen, en ik was van streek en vroeg me af of er een manier was om de tijd terug te draaien. Daarom maakte de lieve stem van de gevangene me op dat moment blij. Maar nu – ik erger me er wild aan. Niet alleen de gevangene, maar alle mensen ergeren me; mijn oude heer, familieleden, ons huis. Noem maar op. Alles en iedereen zat me in de weg en ik wilde ergens heen, waar dan ook. Zo lang het maar ver daarvandaan was.

Ik kwam dichter bij mijn werkelijke ik. Er welde een onthulling in me op. Wat die werkelijke ik was, wist ik nog niet, maar ik raakte steeds meer in de war en mijn bestaan werd met de minuut zinlozer. Ben ik dat? Is dat alles? Ik werd heel erg verdrietig en de tranen stroomden over mijn wangen. Ik veegde ze weg met de zakdoek van de gevangene, die naar parfum en wasmiddel rook. Vanuit het niets kreeg ik het gevoel dat de werkelijkheid me ging verpletteren. De werkelijkheid dat ik mijn moeder had vermoord. Doorvechten! Doorvechten! Ik probeerde als een gek de tranen te verdringen. Op dat moment ging de telefoon van de gevangene. Het was Toshi. Ik voelde me gered.

'Hoi,' zei ze. 'Sorry dat ik zo laat terugbel. Ik had niet gemerkt dat ik een bericht had.'

'Ik ben het,' zei ik.

'O. En Kirarin?' Toshi was helemaal niet verbaasd. 'Is zij daar ook?'

'Ze slaapt.'

'Hoe gaat het? Redden jullie je een beetje?' Ik wist niet wat ik moest zeggen. 'Het is al een uur. Waarom slaap je niet? Kun je niet slapen?'

Ik haat aardige meisjes. Ze zijn gevaarlijk. Er ging een alarm af in mijn hoofd. *Gevaar! Gevaar!* Ik had geen idee waarom.

'Hé, hoor je me wel?'

'Ik luister,' zei ik.

'Yuzan zei dat Kirarin contact met haar had opgenomen. Toen ze vertelde dat ze bij jou was, kon ik het gewoon niet geloven. Ik geloof dat ik nooit had verwacht dat ze belangstelling voor je zou hebben.'

Ik heb geen belangstelling meer voor je. De woorden van de gevangene kwamen weer bij me op.

'Je vader is vandaag bij ons langs geweest.'

'Hoezo dat?'

'Alleen om zich te verontschuldigen voor alle problemen. Hij schijnt alle buren af te gaan. Hij zegt dat hij 's nachts niet kan slapen en zich de hele tijd ligt af te vragen waar zijn zoon ergens ronddoolt. Hij voelt zich ellendig omdat hij zijn vrouw kwijt is, maar hij zegt dat hij er alleen aan kan denken om de ziel van zijn zoon te redden. Als hij 's nachts alleen thuis is, blijft hij maar piekeren over wat er gebeurd is en geeft hij zichzelf de schuld. Hij zei dat hij soms het liefst dood zou zijn. Als hij zich zo voelt, kan hij volgens hem alleen voorkomen dat hij zijn verstand verliest door naar rechte lijnen te staren.'

'Rechte lijnen?' zei ik luid. 'Hoe bedoel je?'

'Rechte voorwerpen. Zoals het frame van een *shoji*-scherm of een pilaar. Als hij naar dingen kijkt die recht zijn, zegt hij, heeft hij het gevoel dat er nog steeds een wereld bestaat die stabiel en solide is. Hij zegt dat hij zo objectiever kan blijven. Hij kan objectief zijn hoofd erbij houden en wachten tot zijn zoon thuiskomt.'

Wat een gelul. Mijn vader was zo'n zak dat ik niet wist wat ik moest zeggen. Een stabiele wereld, nu nog? De wereld was lang geleden al uit elkaar gevallen en weggedreven. De idioot. *Objectief*, wat is dat voor onzin? Daarom kun je alleen een volmaakt platte wereld zien. Op dat moment nam ik een besluit. Ik mocht dan in de war zijn, ik ging toch door. Verder naar de nog onbegrijpelijker, chaotischer frontlijn. Verwarring. Als die oude heer naar rechte lijnen keek om te voorkomen dat hij gek werd, zou ik ervoor zorgen dat hij naar kromme lijnen keek en hem in het vuur ten onder laten gaan. Mijn ogen schoten door de kamer, op zoek naar gebogen lijnen. Muur, vloer, plafond, deur, tv. Overal rechte lijnen.

Toen keek ik naar het lichaam van mijn gevangene, die op het bed lag.

'Hé, Worm,' zei Toshi. 'Hoor je me?'

Ik zette de telefoon uit.

***ER ZIJN** echt dingen die onherstelbaar zijn.* Dat wilde ik de mensen altijd zeggen. Het maakt niet uit tegen wie. Misschien op een regenachtige dag op het perron van de Keiō-lijn, wachtend op een sneltrein die te laat is. Of in de rij in de supermarkt, waar een gloednieuwe medewerker een beetje traag is achter de kassa. Ik zie het me overal mompelen, zonder erbij na te denken. Net alsof de zin zich zo diep in mijn onderbewuste heeft genesteld, dat ik hem onwillekeurig uitstoot als ik me erger.

Ik geloof echter niet dat ik het tegen Yuzan of Kirarin zou kunnen zeggen. Ze zouden alleen antwoorden: 'Hmmm, misschien heb je wel gelijk,' terwijl ze dromerig rondkeken, maar zodra we over iets anders begonnen, zouden ze het totaal vergeten. Ze zouden de opmerking zo snel laten vallen dat ik me stom en verlegen zou voelen. Daar heb ik een hekel aan, dus daarom begin ik er tegenover hen niet over. Het zou net een vuurtoren zijn waarin het licht ronddraait en heel even ergens op schijnt. Maar als het licht eenmaal verder zwaait, versmelt datgene weer met het donker. Het kan ze totaal niet schelen. Tenzij je echt een ervaring beleeft die niet ongedaan gemaakt kan worden, kun je het met geen mogelijkheid begrijpen. Zulke mensen denken dat het maar een zin is en vatten hem verkeerd op. Voor hen is het een soort goedkope gemeenplaats.

Alleen Toshi zou anders kunnen reageren. Ze doet altijd heel nonchalant, maar diep van binnen is ze een gevoelig en heel intuïtief persoon. Ik wed dat ze me aan zal kijken en uit me zal proberen te krijgen wat ik ermee wil zeggen. Maar als ze dan niets vindt, zal ook Toshi al snel teleurgesteld raken en op andere dingen overgaan.

Met 'onherstelbare dingen' bedoel ik niet zoiets als het feit dat Worm zijn moeder heeft vermoord. Zo eenvoudig is het niet. En het is ook niet zoiets als het schuldgevoel dat Yuzan heeft omdat ze de dood van haar moeder heeft gemeden. Hoe kan ik het zeggen? Als je eenmaal dood bent, kun je niet meer tot leven komen. Dat is onomkeerbaar. Maar in mijn beleving zijn dat dingen die niet helemaal onherstelbaar zijn, omdat ze een gemakkelijke uitweg vormen. Ik bedoel, de dood is iets dat iedereen op een dag zal ervaren, dus is het een gemakkelijk te begrijpen einde dat Worm heeft gekozen, en in dat opzicht iets dat dicht bij een nederlaag staat. Iemand vermoorden is gewoon wraak, gemotiveerd door al je woede, vernedering en verlangens, en omdat het geen eind aan de problemen maakt, past het niet in de categorie van onherstelbare daden. Iets dat echt onherstelbaar is, heeft meer weg van het volgende: een afschuwelijk, angstaanjagend gevoel dat steeds groter wordt in je binnenste tot je hart is verslonden. Mensen die de last bij zich dragen van iets dat niet ongedaan gemaakt kan worden, gaan er op een dag aan kapot.

Zijn mijn denkbeelden te gecompliceerd? Ik ben iemand die meer nadenkt over moeilijke dingen dan anderen. Daarom maak ik thuis en op school altijd grapjes. De reden is eenvoudig; zelfs als ik mijn echte ik aan andere mensen zou laten zien, zouden ze die niet begrijpen. Toshi zou iets kunnen oppikken van wat er aan de hand is, maar ik moet de eerste persoon die me echt begrijpt – kind of volwassene – nog ontmoeten.

Er is een enorme kloof tussen mij en andere mensen, een kloof tussen onze vermogens, ervaringen en gevoelens. Ik ben heel emotioneel en ook heel slim. Als ik slim zeg, bedoel ik niet dat ik goed ben in schoolwerk. Ik bedoel dat ik abstract kan denken. Sommige volwassenen menen misschien dat een middelbare scholier dat niet kan, maar ze hebben het mis.

Ik voel me boven menselijke relaties staan, dus houd ik mezelf voortdurend in. Die voortdurende zelfbeheersing slurpt al mijn energie op, dus heb ik het studeren opgegeven en neem ik het niet meer serieus. Ik ben er lang geleden al achter gekomen dat studeren voor examens niet meer inhoudt dan uitzoeken hoe je het systeem kunt manipuleren.

Toen ik in de laatste klas van de middelbare school K kwam, kregen we een psychologische test. Het was een multiple choicetest met tweehonderd enorm stomme vragen en je moest dingen kiezen als 'ik ben het meestal eens met wat andere mensen zeggen'. Ik besloot te kijken of ik de mensen voor de gek kon houden, dus maakte ik er met opzet een complete puinhoop van. Toshi, Yuzan en Kirarin – alle slimme kinderen in onze klas – deden hetzelfde, maar de enige die naderhand naar het kantoortje van de maatschappelijk werker werd geroepen, was ik. Het bleek dat mijn mentor stiekem mijn ouders had gebeld.

Dus ging ik, half nieuwsgierig en half minachtend, en zoals ik al verwachtte, zat er een vrouw van middelbare leeftijd in een marineblauw pakje en zonder make-up op me te wachten. Ze zei haar naam – Suzuki of Sato, een of andere enorm banale naam – en ik vergat hem meteen weer.

'Jij bent Kazuko Terauchi? Ik zou graag een paar keer met je over allerlei dingen willen praten.'

'Wat voor dingen?' vroeg ik.

'Waar je over denkt en waar je je misschien bezorgd over maakt.'

Wat heeft het voor zin om met iemand als jij te praten? Waarom moet ik dit doen? Ik probeerde mijn groeiende woede te bedwingen en stootte mijn gewone, dwaze lachje uit. Mijn wapen is dat ik mijn gevoelens kan verbergen door iets doms te zeggen. Toshi's wapen is haar verzonnen naam, Ninna Hori. Voor Kirarin is het om altijd te doen alsof ze vrolijk is. Yuzan is de enige die zich pijnlijk openlijk laat zien aan de wereld.

'Ik ben nergens bezorgd over,' zei ik. 'Behalve dan de toelatingsexamens voor de universiteit.'

Toelatingsexamens, schreef de vrouw op een wit blad papier. In mezelf lachte ik haar uit. We hadden in totaal drie van die gesprekken. Ik verzon een verhaal dat ik bang was dat mijn vriendinnen me uit de groep zouden zetten en dit leek haar tevreden te stellen. Ik hoefde niet meer bij haar te komen.

Elke keer dat ik haar sprak, werd ik banger voor volwassenen. Ze luisterde zwijgend en glimlachend naar mijn verzonnen verhalen. Ik was bang voor het optimisme van volwassenen, hun domme vertrouwen in de wetenschap bij de behandeling van een bezwaard hart. Bang voor hun rotsvaste geloof dat ze kinderen met problemen moeten behandelen. Ik wilde dat ze me met rust lieten, waarom begrepen ze dat niet? Maar zo gaat het altijd.

Maar ik moet ze één ding nageven – volwassenen, bedoel ik. Ze hebben een maatschappij geschapen waarin leugens aan het licht komen. De vrouw vertelde me trots dat die psychologische tests in staat waren elke onwaarheid die je vertelde aan het licht te brengen. Het bleek dat ik de hoogste score had voor de test. Hoger dan elke leerling in welke school dan ook of zelfs maar in welk schooldistrict dan ook. En dat betekende dat ze dwars door me heen keken, dat ik iemand ben die een heleboel te verbergen heeft. Zo ver waren ze in ieder geval gekomen. Maar ik geloof dat ze niet precies konden vaststellen wat ik dan wel wilde verbergen. Ik wilde beslist niet behandeld worden door de school of een maatschappelijk werkster van middelbare leeftijd met een gezicht alsof ze alles wist. Ik bedoel, de laatste vijf jaar ben ik de enige geweest die hierover heeft nagedacht. En de enige die me echt begrijpt, ben ikzelf.

Ik zeg altijd stomme dingen om vaag en ontwijkend te zijn, zoals ik ook bij de maatschappelijk werkster deed. Maar Toshi doorziet mijn pogingen andere mensen te ontwijken en ze lijken haar zorgen te baren. Op een keer, ik weet niet meer precies wanneer, zaten zij en ik te praten over de toekomst, iets wat we bijna nooit doen, en plotseling werd ze heel erg boos.

'Je lacht, maar je ogen lachen niet,' zei ze.

Ik trok een blij gezicht en deed alsof ik glimlachte. Ik had een heel arsenaal aan stomme grapjes, die ik goed wist te gebruiken. En mensen ergerden zich er altijd rot aan.

'Ik lach wel degelijk!' zei ik.

'Dat lieg je. Mij houd je niet voor de gek met die constante grapjes.'

'Dude. Zo ben ik nou eenmaal. Ik zorg dat ik een van die lui van de Universiteit van Tokio of de Hitotsubashi Universiteit te pakken krijg, trouw met hem en wordt fulltime huisvrouw.'

'Hoe kun je nou alles opgeven?'

Toshi wist altijd precies wat ik voelde. Ik fluisterde in haar oor: *romantiek!* Maar ze staarde me even aan en zei toen, alsof er geen twijfel over bestond: 'Terauchi, je bent een absoluut mysterie.'

'Waarom zeg je dat?'

'Hou erover op, oké? Ik weet zeker dat je iets verbergt. Dat weet iedereen.'

'Ik verberg niets. Dude, echt niet.'

'Laat maar,' zei Toshi met een gekwetst gezicht.

Toshi had me net zitten vertellen over de gewone zorgen van een middelbare scholier; dat ze geen idee had wat ze wilde worden, zelfs al wist ze op een universiteit te komen. Ze voegde eraan toe dat het iets was dat ze nooit aan andere mensen vertelde. En ze was boos omdat ik geen enkele belangstelling toonde en eigenlijk helemaal geen poging deed haar ernstig te nemen. Toen keek ze me abrupt en met een bezorgd gezicht aan.

'Zeg,' zei ze, 'heb jij in het verleden soms iets afschuwelijks meegemaakt?'

'Nee, niets.'

Denk je dat ik me in de val liet lokken door een zeventienjarig meisje? Geen sprake van. Ik was natuurlijk zelf nog maar net achttien geworden, maar eigenlijk had ik geen idee hoe oud ik was. Was ik een kind, een volwassene of een bejaarde? Toshi was slim en lief en met die aardige ouders van haar zou ze nooit zo gecompliceerd worden als ik. Wil je proberen net als ik te zijn? Ga je gang. Gek dat ik soms deed als een gewone scholier, lunchte met de meiden – Toshi, Yuzan, Kirarin – en met ze naar karaoke-clubs ging. Ik doe maar alsof, probeer de mensen te laten zien dat ik een zorgeloos scholierenleventje heb, net als ieder ander meisje.

Eigenlijk ben ik een onaangenaam iemand die haar vriendinnen altijd met een koele, afstandelijke blik bekijkt. Het is dus geen wonder dat Toshi kwaad op me is. Ik ben zo'n tegendraadse persoon die denkt dat de enige mensen die de moeite waard zijn degenen zijn die boos op me worden, maar als ze dat doen, word ik kwaad en verstop ik me.

Yuzan doet alsof ze net zo gecompliceerd is als ik, maar ze is eigenlijk heel simpel. Op dit moment heeft ze moeite zichzelf te accepteren zoals ze is. Als ze eenmaal aanvaardt dat ze lesbisch is, moet ze heel vredig zo'n leventje kunnen leiden. Bij Kirarin denk ik dat een man haar op een dag zal veranderen. Dus in dat opzicht zijn die twee in wezen heel gezond. En dat is goed, begrijp me niet verkeerd. Ik zit niet sarcastisch te doen of zo. Ik vind het echt.

'Ik wil dat je doet alsof je een jongen bent die zijn moeder heeft vermoord en daar een verhaal over schrijft.'

Dat had Worm tegen me gezegd over de telefoon. Ik dacht er natuurlijk niet over om te doen wat hij me gevraagd had. Ik heb geen idee wat voor iemand hij is, en als hij echt zijn moeder heeft vermoord, is hij beslist infantiel geworden. Volgens mijn theorie heeft hij een leven gekozen dat lijnrecht tegenover dat van mij staat, want hij heeft het vermeden iets onherroepelijks te doen en heeft in plaats daarvan gekozen voor een luie oplossing. Niet nodig mijn kostbare tijd te verspillen om iets te schrijven voor zo iemand. De andere drie mogen hem pamperen als ze willen. De dag des oordeels komt vanzelf.

Ik snap niet waarom Yuzan en Kirarin belangstelling hebben voor zo iemand. Ik zou het liefst zien dat ze die Worm snel oppakken, hem voor een maatschappelijk werkster als die vrouw van middelbare leeftijd of een psychiater of zo iemand slepen en hem dag na dag bombarderen met vragen. Laat hij maar eens door de molen van de moderne wetenschap gaan, met zijn ideologie dat mensen gered kunnen worden, en zien hoe ver hij dan komt met zijn manier van denken. Dan ziet hij snel genoeg hoe krankzinnig en kleinzielig hij geweest is.

Het interessantste vind ik nog hoe onze persoonlijkheden tot uitdrukking komen in de wijze waarop we op de hele geschiedenis hebben gereageerd. Toshi is lief, dus die heeft medelijden met Worms vermoorde moeder en maakt zich zorgen om zijn toekomst. Yuzan heeft zich helemaal op Worm geprojecteerd en heeft hem geholpen te ontsnappen. En Kirarin, die er met hem vandoor is, heeft een heel verkeerd beeld van hem en hoopt dat ze zal veranderen door bij hem te zijn. Iedereen weet dat ze mannen ontmoet in Shibuya en dat ze door een jongen in de steek is gelaten, maar zij doet alsof het een groot geheim is.

Mijn theorie is dat Yuzan en Kirarin Worms misdaad aangrijpen om op hem te kunnen neerkijken. Toshi's reactie is meer wat je zou verwachten, de standaard instelling van de gewone toeschouwer. En ik... nou, ik ben van plan de confrontatie met Worm aan te gaan en hem te vertellen wat hij allemaal fout doet. Niet dat hij zijn moeder heeft vermoord. Waar ik kritiek op heb, is zijn naïeve gedachte dat zijn daden onherstelbaar zijn, zoals ik al een paar keer heb gezegd.

Opeens ging de deur van mijn kamer open zonder dat er was aangeklopt. Dat gebeurt voortdurend, dus ik was niet verbaasd. Het was mijn kleine broertje, Yukinari.

'Ben jij al online geweest?' vroeg hij. 'Ze hebben er een foto van die jongen op gezet.' Yukinari's stem, die nog niet is veranderd, was schor en sekseloos.

'Welke jongen?'

'Dat joch van school K dat zijn moeder heeft vermoord.'

Ik had op bed gelegen, maar nu stond ik op en ging naar zijn kamer, naast de mijne. Yukinari zat in de eerste klas van een elitaire particuliere tussenschool, waar hij pas sinds dat voorjaar op was gekomen. In de vijf jaar dat hij op een bijlesinstituut zit is zijn hele persoonlijkheid veranderd. Hij is veel slimmer geworden dan ik, veel sluwer. Je zult Yukinari er nooit op betrappen dat hij iets onherstelbaars doet – hij is veel te slim om zijn leven zo te vergooien.

De computer die hij cadeau had gekregen omdat hij op die school was aangenomen, stond midden op zijn bureau, en het lcd-scherm weerspiegelde de lichte tl-buizen aan zijn plafond. Op het scherm stond een foto van Worm in zijn schooluniform. Hij was nogal korrelig, alsof het een vergroting was van een groepsfoto. Maar je kon duidelijk genoeg zien dat hij er bijzonder uitzag. Het kleine hoofd dat oprees uit de uniformkraag, de kleine oogjes. Hij hield zijn kin hoog, zodat zijn nek lang leek, maar hij had een arrogante uitdrukking op zijn gezicht. Zijn wenkbrauwen liepen niet in elkaar over en zijn ooghoeken wezen naar boven. Hij zag eruit als die Japanse mannen van heel lang geleden, die je ziet op fotoverzamelingen uit de Meiji-periode.

'Dus Worm heeft een klassiek gezicht,' zei ik.

'Hij lijkt een beetje op Shinsaku Takasugi, de leider van de Meiji-restauratie.' Toen hij dat had gezegd, keek Yukinari, die aan zijn bureau zat, argwanend naar me op. 'Heet die vent Worm? Hoe weet je dat?'

'Dat heeft Toshi me verteld.'

'Het is helemaal te gek. Ze zeggen dat hij op school K zit. Een leerling van school K die zijn moeder vermoordt, dat is genoeg om een held van hem te maken. Hij lijkt behoorlijk vol van zichzelf. Stel je voor dat iemand uit de eindexamenklas zo over de rooie gaat dat hij zijn moeder vermoordt.' Yukinari's toon was sarcastisch terwijl hij handig langs de website scrolde. De school waar Yukinari op zat, was een particuliere school die net onder school K stond.

'Is hij een held omdat hij op school K zit?'

Yukinari antwoordde fel: 'Omdat hij een elitekind is dat ten val is gekomen.'

Op het forum van de website stond een discussie met de titel: 'Steun voor A., de jongen die zijn moeder heeft vermoord.' Er waren een heleboel halfbakken postings waarin beweerd werd dat men hem gezien had. 'Ik zag hem op de fiets over weg 18 rijden.' 'Een jongen die op hem leek stond pornoblaadjes te lezen in een winkel in Kochi.' 'Ik zag hem in een openbaar bad zijn rug wassen.' 'Hij was in Disneyland, verkleed als Goofy.' Er waren ook nog wat onverantwoordelijke postings die hem steunden, met teksten als: 'Ik hoop dat je ze uit handen kunt blijven. Ik leef met je mee.' Ik besefte dat deze sympathisanten precies dezelfde ideeën hadden als

Yuzan; op henzelf gerichte gevoelens, gemakkelijk medeleven.

Toch snapte ik niet waarom al die mensen hem steunden.

'Staan ze achter hem omdat hij probeert op een fiets te ontsnappen?' vroeg ik.

'Ik denk van wel. Kinderachtig gedoe.'

Yukinari scrolde snel met zijn muis verder naar beneden. Helemaal aan het eind stond dit: 'Vraag. Waarom heb je je vader ook niet meteen vermoord? Hè, hè, hè.' Vlak daaronder stond een antwoord van iemand die deed alsof hij A was, de jongen om wie het ging. 'Er is al iemand die allebei zijn ouders heeft vermoord met een knuppel. Mijn trots vanwege het feit dat ik op school K zit weerhoudt me ervan iemand na te doen.' Yukinari wees naar de vraag. 'Die heb ik geschreven,' zei hij.

'Je wilt toch niet zeggen dat je pa wilt vermoorden?'

'Doe niet zo stom,' zei Yukinari geërgerd.

We hoorden de voordeur open gaan. Zo te horen was pa thuisgekomen. Hij zei niet 'ik ben thuis' of zoiets, maar schraapte zijn keel, zodat we wisten dat hij het was. Hij liep luidruchtig rond, zette de airco in de woonkamer aan, nam een bad en deed de koelkast open. Pa werkt bij een bank in de stad en hij gaat 's morgens heel vroeg weg en komt 's avonds heel laat thuis. Niemand lette op hem.

'Goede timing,' zei ik. 'Pa is thuis.'

'Waarom in godsnaam? Jammer dat hij niet is overreden. Als we geluk hebben, wordt hij geraakt door een taxi,' mopperde Yukinari. Ik stelde me voor dat hij iedere avond zo doorbracht, surfend op het web en vloekend.

'Ik vraag me af of de politie deze website in de gaten houdt.'

'Natuurlijk,' zei Yukinari kil, en toen printte hij de foto

van Worm uit. 'Die mag jij hebben, zus. Hang hem maar in je kamer.'

'Waarom dat?'

'Een mooi aandenken. Je kunt hem ook aan Toshi geven.'

Dat verraste me. Yukinari had geen idee dat wij vieren contact hadden met Worm. De foto zou beslist een souvenir zijn van onze betrokkenheid bij deze hele toestand. En een aandenken aan wie we eigenlijk waren. Als Worm gepakt werd, zou er een foto van ons viertjes op het internet worden gezet met een bijschrift als: 'De vier scholieren die hem hielpen.'

Kirarin zou ongetwijfeld de populairste van ons vieren zijn. Ik pakte de foto van Worm uit de printer en ging terug naar mijn kamer. Op dat moment ging mijn telefoon.

'Met mij. Hoe gaat het ermee?'

Het was Worm. Geen 'hallo, kun je met me praten' of zoiets. Die knul had nog nooit van goede manieren gehoord. Ik schakelde over op het beheersen van mijn woede. Hij had gisteravond voor het laatst gebeld. Dat betekent dat ze hem nog niet hebben gepakt, dacht ik terwijl ik naar zijn magere nek op de foto keek.

'Waarmee bedoel je?'

'Mijn criminele manifest.' Worm moest zich ergens buiten bevinden, want ik hoorde af en toe auto's voorbijrijden.

'Je zei toch dat het een roman moest worden?' vroeg ik.

'Het maakt niet uit. Een gedicht is ook prima. Een paar mooie zinnen, alsof ze uit een toneelstuk komen. Ik reken op je.'

Hij liet het door iemand anders schrijven, dus als hij het uiteindelijk niet mooi vindt, gooit hij het over een andere boeg of smijt hij het hele ding weg.

'Waarom neem je niet iets uit een manga?' vroeg ik kil.

'Het moet origineel zijn. Ik zit op de middelbare school, hoor! Ik ga het niet verliezen van een jochie van veertien.'

'Dan denk ik dat je het hele idee beter kunt opgeven. Je bent al helemaal verloren.'

'Je bent een echte slet, weet je dat?' Worm klonk meer ontspannen dan de avond tevoren. 'Je klinkt net als mijn moeder.'

Ik besloot ter plekke dat ik nooit kinderen zou krijgen. Het laatste wat ik wilde, was een idioot als hij baren.

Ik deed kortaf. 'Zulke dingen moet je niet zeggen.'

'Sorry...'

'Goed dan. Ik begin met schrijven.' Ik loog dat ik barstte, maar ik probeerde onderdanig en gehoorzaam te klinken.

'Aan de slag, dan. Het moet klaar zijn voordat ik mijn vader kan gaan vermoorden.'

Daar ging ik niet op in. In plaats daarvan vroeg ik waar hij zich bevond.

'Karuizawa,' antwoordde Worm, totaal niet op zijn hoede. 'Het is hier lekker koel. We hebben een leegstaand zomerhuisje opengebroken om even bij te komen. Morgen gaan we naar de frontlinie.'

'Is Kirarin bij je?'

In plaats dat Worm antwoord gaf, kwam Kirarin opeens aan de lijn, maar ze hield al snel op met praten. 'Ga weg,' hoorde ik haar zeggen, en toen klaagde Worm: 'Ik luister helemaal niet.'

'Dude. Het klinkt alsof jij en die moordenaar het prima met elkaar kunnen vinden,' zei ik tegen haar.

'Hou op. Er gebeurt niets. Ik ben bij hem omdat hij me bedreigt.'

Voor iemand die bedreigd werd, klonk ze nogal opgewekt.

'Ik hoor dat jullie in Karuizawa zijn.'

'Dat klopt. We zijn net ramen wezen eten. De Asama-berg ziet er 's nachts heel vreemd uit,' zei ze rustig. 'Ik ga morgen terug naar Tokio, dus maak je over mij geen zorgen. Maar ik moet je iets vragen, Terauchi. Ik zie helemaal niets over Worm in de kranten of op de tv. Heb jij enig idee wat er gezegd wordt over de moord?'

'De media lijken er niets over te zeggen. Maar zijn foto staat online. Er wordt heel veel over geschreven op het internet.'

Ik speelde met mijn teen met de foto van Worm. Dus Kirarin deed het met een jongen die eruitzag als Shinsaku Takasugi, dacht ik, vreemd geroerd.

'Dat meen je niet,' zei ze. 'Wat moeten we doen? Nu weten ze hoe hij eruitziet.'

Kirarin zuchtte overdreven. Ze koos nu partij voor Worm, merkte ik. Worm kwam weer aan de lijn.

'Staat mijn foto echt op het internet? Dat moeten die sukkels van school hebben gedaan. Wat een rotstreek. Maar als ik in hun schoenen stond, deed ik waarschijnlijk hetzelfde. Ik wist dat het een keer zou gebeuren, maar ik dacht niet dat het zo snel zou zijn. Maar ik heb nu een meisje bij me, dus herkennen ze me niet.'

Toen hij dat zei, viel me in dat Kirarin niet zo gemakkelijk naar huis zou kunnen gaan als ze dacht. Worm vond het gemakkelijk Kirarin bij zich te hebben en was te sluw om haar te laten gaan. Kirarin was een leuk meisje dat iedereen mocht, dus misschien had ik niet moeten zeggen dat zijn foto op het internet stond. Maar Kirarin had zelf besloten naar Worm toe te gaan. Een Kirarin die volkomen anders was dan ik.

'Je wilt dat manifest echt hebben?' vroeg ik.

'Ja. Nog goede ideeën?'

'Wat dacht je hiervan? "Waarom heb je je vader ook niet meteen vermoord? Hè, hè, hè."' Wat mijn broertje op het internet had geschreven.

Worm reageerde meteen. 'Zo zit ik gewoon niet in elkaar. We komen nergens als we de indrukken van iemand anders gaan opschrijven. "De dood is lichter dan een veer, en ik heb er vrede mee." Dát is pas cool.'

'Het keizerlijke schrijven aan alle soldaten en zeelui. Past precies bij je.'

'Dat geloof ik ook,' antwoordde Worm, en hij dacht even na over mijn onverschillige antwoord. Toen was het alsof hij zichzelf weer wakker schudde en hij zei: 'Oké, misschien moet ik nu de oude heer gaan vermoorden nu ik een slogan heb?'

Waar heb je het over, slogans? We zitten hier niet in China, jongen. En ik betwijfelde of zo'n waardeloze tekst zou voldoen. Worm begreep het concept niet van iets dat niet ongedaan gemaakt kan worden, dat was duidelijk. Op dat punt betekende Worm niets voor me. Minder dan een lichaamsvreemd iets of een hoeveelheid gif.

'Dat moet je mij niet vragen. Hoe moet ik dat weten? Hé, waar in Karuizawa zitten jullie precies?'

'We komen net uit het ramen-restaurant op weg achttien. We moeten nog even naar een winkel en dan gaan we terug.'

'O, ja? Nou, pas dan maar goed op jezelf.'

Ik zei het zonder er iets van te menen en hing op. Daarna belde ik meteen Toshi om haar bij te praten. Ik had haar al verteld over gisteravond en ik was er zeker van dat ze alles wilde weten.

'Dus Kirarin is van plan bij hem te blijven?' zei Toshi. 'Dat is het ergste wat er kon gebeuren.'

'Ik neem aan van wel, maar je moet eraan denken dat ze er zelf voor gekozen heeft.'

'Terauchi, wat ben jij hard, weet je dat?' zei Toshi op haar gebruikelijke toon.

'Ik kan het niet helpen. Kirarin is zeventien en volwassen.'

'Dat weet ik, maar wat moeten we nu doen?'

'Als ze hem arresteren, controleren ze de gegevens van zijn mobiel en dan zitten we in de problemen. Man, hoe heeft dit kunnen gebeuren?'

'Ik weet het,' beaamde Toshi. 'Ik had nooit gedacht dat ik hierbij betrokken zou raken. Medeplichtig aan moord, het helpen van een vluchteling. Of misschien alleen het laatste. Het komt allemaal omdat Yuzan hem heeft geholpen.'

'Maar begon het niet met jouw leugens?'

Toshi sloeg dicht. Na een tijdje slaakte ze een pijnlijke zucht.

'Dat zal ook wel,' zei ze. 'Ik had medelijden met die knul. Ik wilde hem niet helpen, maar ik wilde ook niet dat hij gepakt werd. Dus liet ik de dingen gewoon op hun beloop, en dat betekent dat ik hier voor een groot deel verantwoordelijk voor ben.'

'Ik denk dat hij ons erbij wilde betrekken.' Ik gaf uiting aan een idee dat ik al heel lang had. 'Ik bedoel, het was van het begin af aan al vreemd dat hij ons allemaal belde met jouw mobiele telefoon.'

'Maar waarom zou hij dat willen?'

'Dat snap ik ook niet.' Maar ik had het gevoel dat ik kon begrijpen wat Worm voelde. Eenzaamheid. Dat verschrikkelijke gevoel laat je soms stomme dingen doen.

'Weet je,' zei Toshi. 'Ik snap nog steeds niet waarom Yuzan het gedaan heeft. Waarom ze zich er meteen mee moest gaan bemoeien. En over Yuzan gesproken, ik heb niets van haar gehoord. Heeft ze jou nog gebeld?'

Ik kon wel zo'n beetje raden waarom we niets van haar gehoord hadden. Ze besefte dat Worm niet viel op jongensachtige meisjes zoals zij, dus had ze geen zin hem nog te helpen.

Meteen nadat ik met Toshi had gesproken, hoorde ik vaag een auto de parkeerplaats van onze flat op rijden. Ik had het raam dichtgedaan vanwege de airco, maar nu deed ik het open en keek naar de straat, zeven verdiepingen lager. In de hoek van de parkeerplaats reed een fourwheeldrive achteruit een plekje op. Niet de auto van mam. Zij zou niet zo vroeg thuis zijn. Ik ging op het bed liggen en staarde naar de foto van Worm. Maar ik voelde me te gestresst, dus gooide ik hem onder het bed, waar hij het stof deed opdwarrelen. Ik zat in een door mijzelf veroorzaakte depressie. Welkom in mijn Echte Wereld.

Ik ga al sinds de basisschool met de trein. Mijn ouders wilden dat ik naar een particuliere basisschool in de stad ging. Van station P in Fuchu City, de buitenwijk van Tokio waar wij wonen, naar station S in Shibuya was vijfendertig minuten. Omdat de trein helemaal doorgaat naar het centrum van Tokio, is hij altijd boordevol.

Ik vind het wreed om zo'n klein meisje elke dag met de trein naar school te laten gaan. Station P is in de buitenwijken, dus is de trein niet vol als ik instap. Ik kan niet altijd een zitplaats vinden, maar er staan meestal erg weinig mensen en je kunt je ontspannen. Mam zei dat ze zeker wist dat ik zelf heen en weer kon reizen toen ze zag hoe leeg de trein was. Aanvankelijk zei pa dat het goed was, hij zou met me mee gaan, maar na een tijdje werd hij overgeplaatst naar een andere stad, waar hij alleen moest gaan wonen. Dus was ik op mezelf aangewezen. Pa kwam weer bij ons wonen toen ik in de vierde klas zat, maar toen werkte hij niet meer in het centrum.

Ik ging altijd op een plekje bij de deur staan. Bij ieder station nam het aantal passagiers toe en kwam ik steeds meer in de verdrukking. Op een keer kreeg ik een duw van achteren, viel naar voren en sneed mijn wang aan de metalen sluiting van de handtas van een mevrouw. Een andere keer raakte ik met mijn rugzak een kantoormeisje dat aan het eind van de rij stoelen zat en zij schoof me opzij. Daarna ging ik niet meer bij de deur staan.

Het is talloze keren gebeurd dat ik op station S wilde uitstappen, waar mijn school was, maar dat ik vast kwam te staan tussen de mensen en mijn rugzak niet los kon krijgen, zodat ik moest meerijden naar het volgende station. Op een keer voelde ik me niet goed, leunde tegen wat oudere mannen aan en ging helemaal mee tot Shinjuku. Maar nooit probeerde een volwassene me te helpen.

'Wat doet een kind van de basisschool eigenlijk in zo'n volle trein?' klaagde een kantoorman van middelbare leeftijd een keer tegen de man die naast hem zat toen mijn rugzak tegen zijn zij duwde en hij opzij moest buigen. Ik keek op en probeerde te zien wat de andere passagiers ervan dachten. De man van middelbare leeftijd tegen wie hij had gesproken, glimlachte alleen meelevend om de woorden van de andere man.

'Arm kind. Kinderen horen op de basisschool bij hen in de buurt.'

'Meisje, je hebt het elke dag maar zwaar, niet? Word je er niet moe van?' De eerste man bleef me op de huid zitten. 'Was jij degene die zei dat je naar een particuliere school wilde? Dat denk ik niet.'

'Heb je je moeder verteld hoe zwaar het voor je is om met de trein te gaan? En dat je de andere passagiers lastigvalt?' zei de man naast hem.

Ze gaven mijn ouders de schuld, niet mij, maar toch was ik degene tegen wie de kritiek gericht was, de zwakste schakel, een klein meisje met een zware rugzak in een volle trein. Het was alsof de hemel me strafte omdat mijn ouders deze wrede reis voor me hadden uitgekozen. Een straf die bestond uit de oneerlijke kwaadaardigheid en de verschrikkelijke manier waarop ik werd behandeld. Dat was mijn realiteit.

Op een morgen had ik kougevat en voelde me niet goed. Het goot buiten, dus de raampjes zaten stijf dicht en besloegen van alle CO_2 die de passagiers uitademden. Ik voelde me echt slecht en opeens hield ik het niet meer en spuugde mijn ontbijt op de schoot van de persoon die voor me zat. Het was een goed geklede jonge vrouw, zo te zien een kantoormeisje, en toen ze de troep op haar blauwe rok zag – het half verteerde brood en de stinkende yoghurt – barstte ze bijna in tranen uit.

'Verdomme! Waarom doe je dat? Ik ben op weg naar mijn werk. Wat moet ik nu?'

Ze kon niet veel doen. Met tranen in haar ogen deed ze haar best om zich met een tissue schoon te vegen. De andere passagiers verdroegen zwijgend de stank van mijn braaksel en deden hun best aan de kant te gaan als ik ook maar even fronste en ze dachten dat ik weer zou gaan braken. Niemand probeerde me te troosten of gerust te stellen. Daarna ging ik ook maar niet meer voor de stoelen staan.

Toen ik in de hogere klassen van de basisschool K kwam, werd ik lichamelijk sterker, hoefde nooit meer te braken en had ook geen last meer om op het juiste station de trein uit te komen. Maar toen gebeurden er ergere dingen. Ik werd in de trein omsingeld door perverse figuren. Het waren altijd dezelfde mannen. Ik wist hoe ze eruitzagen, dus ik probeerde van alles om ze uit de weg te gaan; ik nam een ander rijtuig en ging op andere tijdstippen naar school of naar huis. Maar ook al kon ik deze groep vermijden, er waren altijd anderen, welke trein ik ook nam.

De mannen gingen om me heen staan, en als ik niet meer weg kon, betastten ze me. Een van hen hield ervan mijn blote benen te strelen. Een ander aaide over mijn billen. Weer een ander duwde tegen mijn borsten, die net zichtbaar begonnen te worden. Als ik schreeuwde, draaiden ze zich snel om en veranderden in een tel in gewone kantoormensen en studenten. Maar na een tijdje kwamen ze weer terug. Ik was een gemakkelijke prooi voor vieze kerels. Ik was jong, niet zo sterk als zij en een duidelijk doelwit. Ik vond het afschuwelijk. Ook al zat ik op de tussenschool, het bracht me een pijnlijke les bij: dat volwassen mannen smeerlappen zijn en mijn vijanden. Ik klaagde tegen mijn ouders en zei dat ik niet meer naar school wilde, dat ik niet meer met de trein wilde. Maar ik vertelde hen nooit wat de ware reden hiervoor was. Ik wilde niet dat ze erachter kwamen dat ze me in een situatie hadden gebracht waarin ik zulke dingen moest verduren. Ik bleef op en neer reizen en voor ik het wist, gedroeg ik me volwassener dan mijn eigen ouders.

Toen die vieze kerels op een dag weer om me heen kwamen staan, lachte ik heel hard en dwaas. En raad eens wat? De mannen keken geschrokken en bang. Als ik tegen een van hen lach, kijkt hij me met afschuw aan en gaat hij weg. Ik had eindelijk een manier gevonden om ze weg te jagen; door iets in me te veranderen en in te wisselen door iets anders, en door te doen alsof ik een idioot was. Dat bedoel ik met *onherstelbaar.*

Er zijn nog meer onherstelbare dingen. Een ervan begon toen mijn moeder een verhouding kreeg. Ik denk dat het juister is te zeggen dat ze verliefd werd in plaats van dat ze alleen maar een verhouding kreeg. Als ik er tegen Kirarin over begon, zei ze iets als: 'Daar is niets ongewoons aan. Dat gebeurt voortdurend,' en dan gaf ze voorbeelden van andere mensen die verhoudingen hadden. Toshi leefde mee met mijn moeder en zei: 'Zelfs moeders worden minstens één keer verliefd.' Alleen de kieskeurige Yuzan keek naar haar voeten en probeerde niet eens de juiste woorden te vinden.

Als Worm erachter was gekomen dat zijn moeder een verhouding had, had hij haar misschien nog steeds gehaat, maar ik vraag me af of hij haar dan ook vermoord had. Ook al is dit het pad naar iets dat niet meer ongedaan gemaakt kan worden.

Ik kon leven met het feit dat mam vreemdging. Niet om de redenen die Kirarin gaf, dat het een alledaags iets is, niets om je zorgen over te maken. En ook niet om die van Toshi, dat iedereen het recht had om verliefd te worden. Ik aanvaardde het niet vanwege redelijke argumenten als deze, maar ik kon het onvergeeflijke vergeven omdat ik meer van mijn moeder hield dan van wie dan ook en dus accepteerde wat ze deed. Ik onderwierp me dus eigenlijk aan haar, ongeveer net zoals ik accepteerde dat ik iedere dag met de trein naar school moest. Als je niet de kracht hebt om tegen het lot te vechten, moet je aanvaarden wat er komt. Dat is iets dat niet ongedaan gemaakt kan worden.

Toen mijn broertje ook naar de basisschool ging, besloot mijn moeder, die jaren thuis was gebleven om haar kinderen op te voeden, weer te gaan werken. Ik zat op dat moment in de zesde klas. Mijn moeder werkte als freelanceproducer. In die tijd wist ik niet wat dat inhield, maar het stond op haar visitekaartje. Het was niet zoiets als een film- of tv-producer, legde mam uit. Wat zij deed, was businessplannen opstellen en mensen samenbrengen. Ik had altijd een bepaald beeld gehad van mijn moeder en ik weet nog wat een schok het was toen ik deze heel andere kant van haar zag. Op haar achtendertigste was ze nog steeds jong en mooi. Ze had een krachtige persoonlijkheid en stroomde over van energie. Omdat ze nooit aarzelde tegen pa in te gaan, is het niet overdreven om te zeggen dat ze in ons gezin de leiding had. En ik was nog niet de 'gecompliceerde' persoon die ik later werd.

Mam had zo lang niet gewerkt omdat pa niet wilde dat ze

terugging voordat mijn broertje op de basisschool zat. Ik weet nog dat ma en pa ruzie hadden op de eerste dag dat mijn broertje naar de plaatselijke openbare school ging. Mam wilde hem naar de naschoolse opvang doen, maar pa had medelijden met hem en zei dat hij te jong was. Ik zat in de aangrenzende kamer mee te luisteren en dacht: hé, als je medelijden met hem hebt, denk dan eens aan mij, die elke dag in de overvolle trein naar school moet. Maar pa was ervan overtuigd dat hij er goed aan deed om me naar een dure privéschool te sturen, omdat ik daar een betere opleiding kon krijgen. Ik betwijfel of hij zijn standpunt gewijzigd zou hebben als ik hem had verteld hoe het echt voor me was.

Ik moet van tevoren zeggen dat dit allemaal vermoedens zijn. Ik weet echt niet precies wat mijn ouders ervan dachten dat ik heen en weer reisde en dat mijn broertje naar de naschoolse opvang ging. Maar ik denk dat mijn vader, die bij een bank werkte, het soort man was dat een diepgaand vooroordeel had tegen crèches en naschoolse opvang en dergelijke dingen en die heimelijk vond dat van kinderen met werkende moeders nooit veel terecht kwam. Sinds ik klein was hadden ma en pa daar ruzie over en gaf zij toe.

Uiteindelijk stuurden ze mijn broertje naar de rekenklas, een zwemclub en verschillende andere lessen om de tijd na school te vullen. Vanaf de tweede klas ging hij naar bijles. Het idee was dat het efficiënter was om alles in één school te houden. Sinds dat moment is zijn leven gevuld met lessen en studeren. Het arme joch, zouden sommige mensen misschien zeggen. Anderen zouden denken dat hij het slachtoffer was van het leven van zijn ouders. Maar dat was de nieuwe levensstijl in ons gezin.

Maar ik vind niet dat je iemand er de schuld van kunt geven dat mijn broer en ik zo'n gedwongen leven leidden. Ik begrijp dat mijn ouders ons een betere opleiding wilden geven en ik begrijp nog beter dat mijn moeder weer aan het werk wilde. Ik kan zelfs tot op zekere hoogte begrijpen dat mijn pa vond dat kinderen hun moeder thuis nodig hebben. Iedereen moest per se krijgen wat hij wilde – dat was de enige manier. En dit nieuwe leven van ons, waarin iedereen een beetje water bij de wijn deed, begon toen mijn broertje naar de basisschool ging.

Ik weet niet zeker wanneer mijn moeder, die inmiddels buitenshuis werkte, begon te veranderen. Misschien in het vroege voorjaar, net nadat ik mijn tweede jaar op de tussenschool erop had zitten. Plotseling kwam ze in de weekends 's nachts niet meer thuis (als freelancer werkte ze vaak op vreemde dagen). Toen ik haar ernaar vroeg, zei ze dat ze het zo druk hadden op het werk en dat ze vaak de hele nacht door moesten gaan. Had iemand van ons het lef om naar haar kantoor te gaan en haar verhaal te controleren? Dat had je gedacht.

Ik begon me zorgen te maken over de manier van praten en doen van mijn moeder, en hoe ze de helft van de tijd gewoon voor zich uit zat te staren. Ik voelde dat ze met haar gedachten heel ver van ons weg was als ze thuis was, en dat begon ons bang te maken. De reden daarvoor was dat ma de baas was in huis, zoals ik al heb gezegd. Misschien was ons leven veranderd vanwege haar wensen, niet die van pa. Bovendien was er nog het feit dat mam veel meer charme en persoonlijkheid had dan pa.

Elke keer dat mam op reis ging, was ik bang dat ze niet

meer terug zou komen en had ik vreselijke nachtmerries. Ik kan me er nog een herinneren waarin ze dood was. Ze was dood, maar ze praatte wel tegen me en herhaalde steeds weer dezelfde zin: 'Ik moet gaan.' Ik dacht dat ik haar nooit meer zou zien, en dat maakte me zo verdrietig dat ik er niet meer tegen kon, en in de droom probeerde ik haar huilend tegen te houden. Ik kon nog niet zonder haar.

Mijn moeder kwam altijd terug van haar reisjes, maar ze leek verdrietig en niet helemaal zichzelf. Ik voelde dat er iets met haar aan de hand was, maar ik had niet de moed om er rechtstreeks naar te vragen. Als ik haar en pa ruzie zag maken, dacht ik dat ze verdrietig was omdat ze wilde scheiden, maar ik begreep niet goed waarom ze zo graag bij hem weg wilde. Hij was koppig, dat is waar, maar verder was hij een heel behoorlijke man. Volwassenen deden zulke stomme dingen, maar ze bleven een mysterie en lieten me lijden. Op dat moment besloot ik dat ik op onderzoek uit zou moeten gaan als ik echt wilde weten wat er aan de hand was.

Op een dag, in mijn tweede jaar van de middelbare school, pikte ik haar mobiele telefoon uit haar handtas terwijl ze sliep. Er waren een heleboel e-mails van één enkele man.

Sorry dat ik je vandaag niet kon bellen. Ik had het zo druk op het werk dat ik geen moment kon vinden om het te doen. De volgende keer dat we elkaar ontmoeten, heb ik een heleboel te vertellen. Ik denk alleen maar aan jou. Goedenacht. Ik hou van je!

Ik heb over je nagedacht en over wat je gezegd hebt. We zijn net planten met luchtwortels. Onze wortels groeien niet in de aarde. En ik vraag me af wat ons samen houdt. Kan liefde alleen een leven vullen? Ik weet het niet. Ik hou van je.

Dus mam was verliefd op een onbekende man. Eindelijk daagde het bij me; ze had ons allemaal in de steek gelaten – pa, mij en mijn broertje. Ze was niet meer de moeder die ik gekend had. Ik deed mijn uiterste best om sporen van de moeder van vroeger in haar te vinden, want ze leefde nu in een wereld die alleen uit haar en die man bestond. Toen ik daar eenmaal achter was, schreef ik de naam en het telefoonnummer van de man op en belde hem.

'Ik ben de dochter van mevrouw Terauchi,' zei ik meteen. 'Wat voor relatie hebt u met mijn moeder?'

De man wist niet wat hij moest zeggen.

'Ik werk onder mevrouw Terauchi,' antwoordde hij eindelijk. 'Ik ben blij dat ik met haar kan werken en ik heb veel respect voor haar. Dat is de enige relatie die we hebben.'

Dus de man was jonger en werkte bij haar op kantoor. Ik herinnerde me dat mam had gezegd dat hij heel aardig was en dat hij een dochter had van de leeftijd van Yukinari. Ik voelde me opeens leeg.

'Ik begrijp het,' zei ik. 'Dat is prima.'

Ik vroeg mijn moeder niets, dus de man moet contact met haar hebben opgenomen, want ze kwam niet lang daarna naar mijn kamer en zei: 'Het is niet wat je denkt. Maak je geen zorgen, er is niets tussen ons.'

Haar ogen verrieden haar, maar ik knikte toch. Ik had al het bewijs dat ik nodig had. De e-mails. Het feit dat ze niet thuis kwam. Die dronken blik in haar ogen. Die heimelijke gesprekken op haar mobiele telefoon. De korte, abrupte manier waarop zij en pa met elkaar praatten.

Maar er kwam niets van. Ik wilde mijn moeder niet kwijt, en hoeveel pijn en vernedering dat ook zou kosten, ik kon alleen maar toegeven. Dus koos ik voor vernedering.

'Het is al goed. Ik begrijp het,' zei ik.

'Nou, dat is fijn om te horen.' Ze keek ongemakkelijk, maar toen ze eenmaal besefte dat er niets meer was om over te praten, ging ze mijn kamer uit.

Nu, een jaar later, komt mam nog steeds heel laat thuis. Mam met haar leugens, en ik die doe alsof ik niets in de gaten heb. Misschien ben ik kinderachtig. Nee, dat is het niet. Het laatste wat ik wil horen, is het geluid van onze relatie – die van mam en mij – die doormidden splijt. Ik kan haar niet vertrouwen, maar ik moet haar vertrouwen om verder te kunnen. Misschien moet ik dat hele gedoe met vertrouwen anders bekijken.

Ik begon pa te mijden. De haat die ik voelde voor mam, ging over op hem. Ik kon de haat die ik voor haar voelde niet rechtstreeks uiten, omdat ik haar niet kwijt wilde. En omdat pa pa was, richtte hij om dezelfde reden zijn eigen haat voor haar waarschijnlijk op mij en mijn broer. Zo gaat die verwrongen, tegen de verkeerde mensen gerichte haat heen en weer, en ik stik erin.

Ik heb mijn wantrouwen voor mijn moeder weggestopt en doe mijn best haar te vertrouwen en van haar te houden. Maar misschien lukt dat me niet. Omdat ik van iemand houd die ik niet meer kan vertrouwen, ben ik elk geloof in mezelf kwijtgeraakt. Ik wed dat het ook zo gaat als ouders hun kinderen mishandelen. De kinderen verliezen het vertrouwen in de ouders van wie ze houden, maar aanvaarden ze toch, dus vertrouwen ze uiteindelijk zichzelf niet meer. Let goed op, Worm. Dit bedoel ik met iets *onherstelbaars*. Niet je moeder vermoorden.

Ik keek op mijn horloge. Elf uur. De lucht was smerig en de hemel rond het schijfje maan was helemaal verwrongen. Mam was nog steeds niet terug. Ik pakte een telefoonkaart uit de bureaula. Sinds ik een mobieltje heb, gebruik ik niet vaak meer telefoonkaarten en deze was nog helemaal nieuw, met honderd eenheden erop. Ik deed de huissleutel, mijn telefoon en de telefoonkaart in mijn zak, ging de gang in en luisterde wat er in de rest van het huis gebeurde. Mijn broertje zat in zijn kamer zoals gewoonlijk over het web te surfen, terwijl pa in de woonkamer lag te snurken. Het was een eenzaam geluid.

In een T-shirt en een korte broek deed ik de deur van onze flat open. Het was benauwd buiten, zonder een zuchtje wind. Iedereen in de buurt moet in bed hebben gelegen, want er was niemand te zien. Maar in Karuizawa waren Worm en Kirarin nog wakker en maakten plannen voor de moord op zijn vader. In mijn hart had ik mijn moeder lang geleden al keer op keer vermoord.

Ik liep de weg af, op zoek naar een openbare telefoon, en mijn sandalen bleven plakken aan het hete asfalt en sloegen dan tegen mijn hakken. De weg was nog steeds niet afgekoeld. Er waren twee telefooncellen naast elkaar voor het station. Ze werden verlicht door een rij zwakke tl-balken en ernaast stonden drie taxi's te wachten op klanten. Zouden ze het telefoontje kunnen traceren? Ik draaide me om, keek of ik een telefooncel zag in een donkerder hoek en zag er een bij een winkel. Door de etalage zag ik verscheidene klanten rondlopen tussen de rekken met artikelen. Ik haalde diep adem en trok de telefoonkaart uit mijn zak.

'Dit is het alarmnummer. Wat is het probleem?'

De nasale stem van een man van middelbare leeftijd, vol achterdocht. Ik waagde het erop en begon te praten.

'Ik moet u iets vertellen over de jongen die zijn moeder heeft vermoord met een knuppel.'

'Wat wilt u melden?'

Ik merkte met enige blijdschap hoe ernstig zijn stem werd.

'Ik weet waar die jongen op dit moment is. Ik heb gehoord dat hij zich verstopt heeft in een vrijstaand vakantiehuisje in Karuizawa.'

'Wat is uw naam?'

'Dat kan ik u niet vertellen.'

Ik hing haastig op. Ik moest weg, anders zouden ze het telefoontje traceren. Ik maakte me zorgen over vingerafdrukken op de hoorn, maar bedacht dat het niet uitmaakte. Als Worm en Kirarin werden opgepakt, zouden ze nagaan wie ze gebeld hadden en zouden ze mijn naam aantreffen. Ik had de politie niets gezegd over Kirarin, in de hoop dat ze zou ontsnappen voordat Worm gepakt werd.

Toen ik weer bij onze flat kwam, stond er iemand voor de lift. Mijn moeder. Ze had een zwart truitje zonder mouwen aan en een witte broek. Toen ik dichterbij kwam, rook ik een zeepgeur, maar niet de geur van de zeep die we thuis gebruikten. Ik wendde mijn gezicht af.

'Wat doe jij zo laat nog buiten?' vroeg ze.

'Ik heb een telefoontje gepleegd en iemand verklikt.'

Mijn moeder verbleekte toen ze dat hoorde.

'Wie heb je gebeld?'

'Maakt het uit?'

Ik liet mijn arm door de verstijfde arm van mijn moeder glijden. Ik moet haar geen pijn doen, dacht ik.

KIRARIN, DEEL 2

'S AVONDS OM een uur of negen gingen we naar een kleine *ramen*-zaak langs weg 18. Ik wilde naar een gewoon familierestaurant, maar in dergelijke felverlichte gelegenheden zou alleen maar extra opvallen hoe onverzorgd Worm eruitzag en dus vond ik het geen goed idee daar met hem heen te gaan. Ik geloof dat ik echt behoorlijk wreed tegen hem was. Voor mij was Worm een idool dat van zijn voetstuk was gevallen.

In de ramen-zaak stond de airco op vol vermogen en het was er zo koud dat ik kippenvel kreeg. Mijn blote armen bevroren gewoon. Maar ik had minder last van de kou dan van de honger die me kwelde, zodat ik mijn speeksel verwoed wegslikte. Worm dronk een glas water, maar ik was uitgehongerd en bestelde twee kommen ramen met varkensvlees.

Worm had sinds de vorige avond al lopen mokken, maar ik voelde me fantastisch.

Ze schoven de kommen met ramen over de toonbank naar ons toe. Ik gedroeg me als een man en strooide er een heleboel knoflookvlokken en rode peper over, trok de kom met gesneden sjalotjes en rode ingelegde gember naar me toe en deed daar ook wat van op mijn ramen. Ik gooide er alle eetbare dingen in die ik zag en roerde het door elkaar met mijn eetstokjes. Uit de lichtroze soep viste ik een paar van de deegslierten. Het water liep me zo erg in de mond dat er een paar druppels speeksel in de kom vielen voordat ik een hap kon nemen. Ik heb nog nooit in mijn leven zo'n honger gehad.

Het liefst had ik alles zo snel mogelijk naar binnen gewerkt, maar ik beheerste me en nam een slokje van de soep. Ik begon te zweten en veegde het vocht weg met mijn hand, terwijl ik de slierten verslond zonder te kauwen. Ik had zo'n afschuwelijke honger dat het even duurde voordat ik zelfs maar proefde hoe lekker de ramen was.

Ik was de vorige dag vroeg in de middag van huis gegaan, dus dit was het eerste dat ik at in dertig uur. Geen wonder dat het zo goed smaakte. Normaal gesproken raak ik het vet op de plakjes varkensvlees niet aan, maar nu schrokte ik alles op. Ik at de hele kom leeg, inclusief de ingelegde gember met zijn onnatuurlijke rode kleur en de soep vol smaakversterkers, die glinsterde van het vet onder de tl-balken. Maar Worm zat naast me naar zijn kom te staren en had zijn eetstokjes zelfs niet van elkaar getrokken.

'Wat is er?'

Ik vroeg het niet uit vriendelijkheid, maar omdat ik dacht dat ik zijn ramen wel kon inpikken als hij geen honger had. Hij gaf geen antwoord.

'Als je dat niet opeet, geef het dan maar aan mij.'

Worm was volledig van de wereld geweest, maar nu keek hij me aan alsof hij wilde zeggen: 'Ben je er nog?' Natuurlijk ben ik er nog, dacht ik. Jij bent degene die me gegijzeld houdt, weet je nog? Jij bent degene die me in het motel heeft aangevallen, dus waar heb je het over? Maar Worm had geen zelfvertrouwen. Hij was onhandig en traag, hij had niet het lef me te verleiden, hij zoende afgrijselijk en hij kon me niet eens uit de kleren krijgen. Wat een loser. Wat een onhandige sukkel. Verdomme. Waarom verspilde ik mijn tijd eigenlijk aan zo'n knul? Ik verachtte hem en had al mijn belangstelling verloren. De cool uitziende Worm die wegfietste onder de brandende zon was allang verdwenen.

De vorige avond was hij een beetje doorgedraaid door al dat dreigen en spotten. Hij wist boven op me te komen, maar toen ik eenmaal verstijfde en hij besefte dat het nergens op zou uitdraaien, schreeuwde hij opeens:

'Waarom kan het nooit eens gaan zoals ik wil?!'

'Natuurlijk gaat alles niet zoals jij wilt,' zei ik. 'Wat had je anders verwacht?'

Ik was nijdig. Ik bedoel maar, kom óp, zeg. Wanneer was in mijn leven eens iets gegaan zoals ik wilde? De jongens die iets met me willen, zijn allemaal klootzakken en de jongens die ik leuk vind, zien me niet staan. Zo is het voor iedereen; je rent heen en weer tussen verlangen en werkelijkheid en wordt door het leven te pakken genomen. Plotseling maakte het me razend dat iemand als Worm me uitlachte, dat een schoft als hij me vernederde.

'Ik zou nog niet met je naar bed gaan als je me bedreigde met je slagersmes,' zei ik. 'Ik ga liever dood. Je bent de grootste loser die ik ooit heb ontmoet. Schiet op, vermoord me dan.'

Ik was er zeker van dat ik neergestoken zou worden, maar in plaats daarvan hoorde ik alleen zijn jammerende stemmetje.

'Waarom niet?'

In een oogwenk waren de kansen gekeerd. Ik ging overeind zitten en duwde hem van het bed. Worm viel halsoverkop op het smerige tapijt. Ik lachte gemeen omdat hij er zo stom uitzag. Ik was vervuld van moed en macht en bleef nog even tegen hem tekeergaan.

'Wat denk je dat je aan het doen bent, beginneling! Ik ga alleen met coole mannen naar bed. Jij bent stom en lomp. Als je me wilt vermoorden, net als je moeder, ga je je gang maar. Als je dat moet doen, doe het dan. Het is niet moeilijk. Het bloed zal naar buiten spuiten, ik zal pijn hebben en doodgaan, meer niet. En ik zal je haten terwijl ik doodga. Dus ga je gang. Het kan mij niet schelen. Ik heb zelf besloten een klootzak als jij te gaan opzoeken, dus het is mijn eigen schuld. Daarom ben ik anders dan Terauchi.'

Worm zweeg en bleef ineengedoken in het donker op de grond liggen. Al snel hoorde ik hem snikken. Wat een sukkel, dacht ik. Jank maar een eind weg. Ik haalde de platte doos uit zijn rugzak waarin het slagersmes zat. De bron van zijn zinloze zelfvertrouwen. Het leidende principe achter zijn stomme hoop en dromen. Ik liet de doos met het mes er nog in in de ruimte tussen het bed en de muur glijden. Hij kwam niet meer op het bed. En hij kreeg het mes ook niet meer in handen.

'Je bent gewoon zielig,' ging ik verder. 'Je hebt je moeder vermoord, je hebt mij ingepalmd, je hebt je stoer voorgedaan tegenover Terauchi en gezegd dat je je vader gaat vermoorden. Je denkt zeker dat alle meisjes stom zijn, hè? De enige die slim is ben jij, zeker. De hele wereld draait om jou. Sukkel die je bent.'

'Doe... doe niet zo stom,' kreunde Worm lusteloos. Hij hief zijn puntige kin naar me op. 'Wat wil je dan dat ik doe?'

'Ik ga mijn ex-vriend bellen en ik wil dat jij hem bedreigt. Als je het goed doet, geef ik je slagersmes terug. En dan betaal ik het motel.'

‘Maar wat moet ik zeggen?’

Worm was een robot geworden die nergens voor deugde. Ik was helemaal opgetogen omdat ik nu de leiding had. Het voelt goed als een knul met een opgeblazen ego op zijn plaats wordt gezet. Ik had het idee dat ik nu alles aankon, hoe stom, laag of kwaadaardig ook. Ik pakte de ouderwetse telefoon die naast het bed stond. Het ding had een afschuwelijke, parelroze kleur. Ik drukte het nummer in voor een buitenlijn en daarna het telefoonnummer, dat ik nog steeds uit mijn hoofd kende. Het telefoonnummer van Wataru.

‘Als je ene Wataru aan de lijn krijgt,’ legde ik uit, ‘zeg je hem het volgende: “Klootzak die je bent. Als je niet uitkijkt, vermoord ik je. Ik zou maar eens gaan kijken of je oudere zus veilig en wel thuis is. En je vriendin, die gaan we met een hele groep verkrachten. Dus pas maar op!” ’

Ik had geen tijd om te controleren of Worm dat allemaal had opgenomen, want ik kon niet wachten tot ik Wataru’s stem zou horen. De stem waarvan ik nog steeds zoveel hield.

‘Hallo. Met wie spreek ik? Hallo? Welk nummer is dit?’

Ik onderdrukte het verlangen om zijn stem nog wat langer te horen en duwde Worm de telefoon in handen. Hij aarzelde aanvankelijk, maar toen ik een beetje aandrong, barstte hij met een lage stem los.

‘Is dit Wataru? Ik? Ik ben een moordenaar. En dat is geen geintje. Ik heb mijn moeder van kant gemaakt. Echt waar. Doodgeknuppeld. Haar eens flink de schedel ingeslagen. Je kunt niet zeggen dat je er niet over gehoord hebt. Het staat in alle kranten, kijk zelf maar. En jij? Ooit iemand vermoord? Dat zal wel niet. Op dit moment naai ik je oude vriendinnetje. Je weet niet wie ik bij me heb? Ze haat je als de pest. Ze wil je vermoorden. Jou en je hele familie – je vader, je moeder, je zusje en je lieve vriendinnetje en al je vrienden. Ze zegt dat ze de hele troep wil uitroeien. Ze wil je wegvagen van deze aarde omdat je haar verraden hebt. Dat is haar grote wens in het leven. En ze wil dat ik het voor haar doe. Luister je, Wataru? Ja, ik meen het verdomme echt. Ik wed dat je niet wist dat iemand je zo graag dood wilde hebben. Je dacht dat je precies als alle andere jongens was, zeker? Laat me niet lachen. Nu ik heb gehoord wat je gedaan hebt, ga ik jullie allemaal vermoorden. Dus bereid je maar voor, sukkel.'

Terwijl ik mee zat te luisteren, dacht ik aanvankelijk 'net goed', maar Worm bleef maar doorgaan en ik begon het eng te vinden. Ik wenkte dat hij moest ophangen en toen griste ik de telefoon uit zijn handen en merkte dat Wataru allang de verbinding had verbroken. Wat een lul.

'Hij heeft opgehangen. Bel nog eens.'

Ik toetste het nummer in. Op dat moment kon het me niet schelen of ze het telefoontje nagingen, of hij ons aan zou geven bij de politie of wat dan ook. Maar hoe lang ik hem ook liet overgaan, Wataru nam niet op. Verdomme. Ik was behoorlijk van streek en Worm moest het ontgelden.

'Het is allemaal jouw schuld,' zei ik. 'Jij hebt me hierbij betrokken en daardoor ben ik helemaal de weg kwijt. Je bent de wortel van alle kwaad, weet je dat? Jij hebt al deze ellende veroorzaakt. Ik heb er genoeg van. Ik ga naar huis. Naar de gewone wereld, waar jij nooit meer terug kunt komen.'

'De wereld waarin ik niet meer terug kan komen?' zei hij. 'Wil je zeggen dat ik eruit geschopt ben?'

Worm hief zijn hoofd en keek me scherp aan. Zijn ogen glinsterden in het donker.

'Jij bent zelf degene die besloten heeft die wereld te verlaten,' zei ik.

Worm zuchtte. 'Ik... ik ben bang,' zei hij. 'Alsjeblieft, blijf bij me. Ik heb je nodig.'

Dit was de tweede keer dat Worm zich overgaf. Wat een watje. Ik moest me wel superieur voelen. Worm was zwak en ik was sterk, zo eenvoudig lag het. Die nacht was een keerpunt geweest en nu was ik echt veranderd. Ik voelde me triomfantelijk, alsof ik een vijand had verslagen. Maar ik was toch niet helemaal op mijn gemak. Misschien was ik toch Worms wereld binnengegaan. Misschien had ik daarom Wataru gebeld om hem te bedreigen. Maar was ik dit echt? Was ik echt zo'n slecht iemand?

Ik was zo'n beetje klaar met eten, maar Worm zat nog steeds gebogen over zijn kom ramen.

'Ik besef net dat ik geen honger heb.'

'Omdat je over je moeder zit te denken, wil ik wedden,' zei ik zachtjes en sarcastisch. 'Je hebt spijt van wat je gedaan hebt en je wordt bang.'

Worm keek me aan, maar hij was er niet echt bij.

'Misschien. Ik... ik weet het niet.'

'Het kan mij niet schelen,' zei ik, 'maar wat is er gebeurd met al die stoere legerpraat?'

'Te veel moeite.'

De adrenaline stroomde door mijn aderen. 'Geef mij die maar,' zei ik, en ik wisselde mijn lege kom om voor zijn volle. Dit was de eerste keer in mijn leven dat ik eten van iemand afpakte. Mijn ouders waren altijd vrij welgesteld geweest, dus goede tafelmanieren waren een soort plicht waarmee ik was grootgebracht. *Eet je vlees op, laat je worteltjes niet liggen.* Je kent dat wel. Mam sneed altijd al het vet van ons rund- en varkensvlees en haalde het vel van de kip. Tussendoortjes bestonden uit zelfgemaakte koekjes of pudding en ze maakte altijd een lunch voor me klaar om mee naar school te nemen. Ik hield niet van eierdooiers, dus die liet mijn moeder altijd weg als ze eieren voor me bakte. Maar op dat moment was ik totaal onopgevoed. Ik hield de kom die Worm niet had aangeraakt stevig vast en dacht: yes! Toen kwam er een vreemd idee bij me op: is dit het soort meisje dat ik eigenlijk ben? En dan doelde ik ook op wat er de vorige avond was gebeurd.

Worm zat geboeid naar de tv te kijken bij gebrek aan iets anders om te doen. Er was een programma op over NaiNai. Daarna kwam een reclame voor Geos waarin Okamura Engels sprak, maar Worm bleef naar het scherm staren alsof het hem enorm fascineerde. Ik begreep wat hij voelde. Alsof hij keek naar een wereld die helemaal niets meer met hem te maken had. De vettige tv zelf stond op een kleverige gekleurde doos, van het soort dat je in een supermarkt kunt meenemen. De kast lag vol manga's met ezelsoren die de andere klanten – jonge vrachtwagenchauffeurs zo te zien en een oudere man, een boerse kerel die eruitzag alsof hij het plaatselijke motel runde – pakten en meenamen naar hun plaats.

'Er is iets mis met jou, weet je dat?' zei ik.

'Hoe bedoel je?'

'Het is alsof je je zelfvertrouwen totaal kwijt bent.'

'Helemaal niet.'

Worm deed wel stoer, maar hij kon niet eens behoorlijk inbreken in een vakantiehuisje. Hij had zelf voorgesteld dat we er een zouden zoeken en daar een tijdje zouden verblijven, maar ik was degene die een mooi huisje koos met een leuk rood dak. Toen we het raam van de badkamer kapotsloegen met een steen, ging er een oorverdovend alarm af en kwam er een beheerder opdagen in een auto met vierwielaandrijving. Hoe moest ik weten dat de huisjes in de bergen alarmsystemen hadden?

We waren in het donker de bergweg weer afgerend. Eindelijk kwamen we uit op de hoofdweg, maar we konden nergens naartoe. We hadden nog maar zo'n tienduizend yen en die wilden we niet weer besteden aan een motel, en het idee een leegstaand vakantiehuisje te nemen, was op niets uitgelopen. Op dat moment leken bij Worm al zijn batterijen leeg te zijn. Hij hield op met doen alsof hij een soldaat was en zijn ogen stonden heel afwezig. Je moet iets eten, zei ik tegen hem, en ik probeerde hem te troosten door aan te bieden het eten te betalen. Maar hoe ik het ook probeer te draaien, de werkelijke reden waarom ik op dat moment niet gewoon naar huis ging, was dat ik het interessant vond om de gestage instorting van Worm gade te slaan. Of misschien moet ik zeggen dat ik het leuk vond om Worm om mijn vinger te winden. Ik heb nooit beseft dat ik zoiets wreeds in me had. Misschien heb ik daarom spijt van mijn relatie met Wataru, omdat ik hem niet onder de duim kon houden. Dit was een kant van mezelf waar ik nooit eerder iets van geweten had. En ik begon te denken dat ik het misschien wel leuk vond. Een Kirarin die sterker is dan alle anderen. Sterker dan Toshi, dan Yuzan, dan Terauchi. Een slechte vrouw. Misschien had ik eindelijk ontdekt wie ik werkelijk ben.

'Laten we gaan, als je klaar bent.' Worm prikte met zijn

elleboog in mijn zij. De elleboog schampte mijn borst en ik fronste.

'Hou daarmee op, viezerik. Ik wil niets met je te maken hebben.'

'Sorry,' verontschuldigde hij zich gedwee.

'Waar gaan we heen?' vroeg ik.

'Naar een winkel. Dat vind ik leuk.'

Worm keek slecht op zijn gemak het restaurant door. We betaalden voor het eten en toen we naar buiten gingen, stond de hemel vol sterren. Dat hadden we eerder niet gemerkt, misschien omdat het toen nog een beetje licht was buiten. Ik keek op naar de nachtelijke hemel en zag een berg in mijn ooghoek. Het was de Asama. Ik kon niet de hele berg zien – het was alsof er een enorm monster ineengedoken in elkaar zat, dat versmolt met de duisternis. Een berg is ontzagwekkend in het donker. Hij deed me denken aan Worm zoals hij de avond tevoren was, ineengedoken bij het bed, met glinsterende ogen in de nacht. Die knul is echt gek, dacht ik, en ik huiverde. Diep in mijn hart wilde ik ervandoor.

'Denk je dat ik mijn vader moet vermoorden?' vroeg Worm toen we over de weg naar een winkel liepen die we in de verte konden zien.

'Als je dat wilt, waarom niet? Ik heb er niets mee te maken. Je moet het doen, anders krijg je nooit het gevoel dat je wraak hebt genomen, nietwaar?'

'Ja, dat denk ik ook. Ja, volgens mij heb je gelijk. Maar ik begrijp niet waarom ik iemand moet vermoorden om de rekening te vereffenen. Waarom denk je dat dat is?'

Worm was helemaal in zichzelf gekeerd en humeurig geworden. En ik arrogant. Kun je nagaan.

'Dat moet je mij niet vragen. Dat is iets wat je zelf moet uitzoeken. Waarom heb je je moeder eigenlijk vermoord? Zij is degene die je gebaard heeft. Wilde je niemands kind meer zijn?'

Worm stond stil en slaakte een diepe zucht. Zijn eenzaamheid leek te vibreren in de lucht, maar ik wendde me van hem af om te laten zien dat ik er niet in trapte. Worm, in zijn eigen wereld. Alle anderen bevinden zich nog steeds in mijn wereld. Iedereen behalve Wataru, tenminste. Gisteravond was ik er zeker van dat ik me in Worms wereld bevond, maar ik had het mis. Ik heb niemand vermoord. Ik voelde me een beetje opgelucht. Ik hoorde Worm in het donker mompelen.

'Je hebt gelijk, Kirarin. Misschien wil ik alle banden met iedereen verbreken. De draad of zoiets die me vasthoudt aan de wereld, het waardeloze bewijs dat ik besta.'

Zodra ik hem mijn naam hoorde zeggen, kreeg ik een vreemd gevoel. Een onbehaaglijk gevoel. *Deze kant – de andere kant.* Aan welke kant stond ik? Toen ik de duisternis van deze door bergen omringde vlakte in liep, was ik er niet zeker van.

Plotseling ging mijn telefoon. Op het oranje schermpje verscheen de naam van de beller: *Wataru.* Misschien had hij geraden dat ik degene was die hem gisteravond gebeld had. Worm, die voor me liep, draaide zich om en keek me argwanend aan. Ik probeerde mijn hart te laten bedaren en nam op.

'Met mij. Wataru. Is alles goed met je?' Ik miste hem zo erg dat de tranen in mijn ogen schoten.

'Ja, prima,' zei ik. 'Dat is lang geleden. Anderhalf jaar of zo?'

Mijn stem werd vanzelf hoger. Worm stond een eindje verderop naar me te kijken.

'Ja, dat klopt wel ongeveer. Jij moet volgend jaar examen doen voor de universiteit, nietwaar?'

Wataru zat al op de universiteit; hij studeerde rechten op Waseda. Daarom had ik oorspronkelijk zelf ook aan Waseda gedacht, maar dat had ik opgegeven en ik had besloten genoegen te nemen met minder. Mijn schuldige geweten maakte het me moeilijk iets uit te brengen.

'Dat klopt,' zei ik.

'Ben je je al aan het voorbereiden?'

'Ja...'

'Nou, veel geluk ermee. Weet je, gisteravond kreeg ik zo'n vreemd telefoontje. Ik dacht dat het misschien iets met jou te maken had, dus werd ik een beetje bezorgd om je.'

'Wat voor telefoontje?' vroeg ik.

'Laat maar. Ik wil er niet over praten. Iemand wilde lollig doen, maar ik ging me toch zorgen maken en hoopte dat er niets ergs met je gebeurd was.'

'Maakte je je zorgen om mij? Daar word ik blij van.'

Mijn ogen stonden vol tranen. Ik vind je nog steeds leuk, Wataru. *Ik hou van je.* Ik voelde me zo verdrietig en eenzaam dat het pijn deed. En ik voelde me ook schuldig omdat ik uit jaloezie zoiets lelijks had gedaan. Wat ik had gedaan, had de glanzende persoon die Wataru was bezoedeld.

'Maar waarom maak je je zorgen?' vroeg ik. 'Met mij is niets aan de hand.'

'De jongen die belde, had het over het meisje met wie ik vroeger verkering had en jij bent de enige. Hij zei het heel duidelijk, *je oude vriendinnetje.* Dus ik dacht dat het iets met jou te maken moest hebben. Ik dacht dat je misschien iets gekregen had met een of andere gek. Fijn dat alles goed met je is.'

Op dat moment drong het tot me door. Ik was Wataru voor altijd kwijt. Hij had me gezegd dat hij het meest van mij hield, dus waarom vertrouwde ik hem niet meer? Ik wilde nog even met hem praten en zocht naar de juiste woorden toen hij zei: 'Nou, ik zie je nog wel,' en ophing. Ik staarde vertwijfeld naar het schermpje. Het hele telefoontje had niet meer dan drie minuten en twintig seconden geduurd.

'Wie was dat?' vroeg Worm.

'Dat gaat je niets aan.'

Hij werd boos en uit wrok belde hij Terauchi. Mij best, dacht ik. Ik snap het al. We hebben geen verkering of zo, dus ik krijg haast geen adem als we met zijn tweetjes zijn. Ik heb lucht nodig. Ik wist dat het stom was, maar ik kon het triest gevoel niet van me afzetten en werd steeds gedeprimeerder. Hier liep ik in het donker, op een plek waar ik nog nooit was geweest, met een jongen die ik net ontmoet had. Wat mankeert me eigenlijk?

Worm deed opzettelijk heel opgewekt toen hij met Terauchi praatte. De idioot. 'Het moet origineel zijn,' zei hij tegen haar. Hij had de moed laten zakken, maar deed alsof er niets aan de hand was. Ik griste de telefoon uit zijn handen en begon met Terauchi te praten. Ze vertelde dat ze Worms foto op het internet had gezien. In de andere wereld. De wereld waarin Wataru zich bevond, en Terauchi, en Toshi. De wereld van examens, jongens, Shibuya, vriendinnen. Ik kan niet meer terug, Terauchi. Zo voelde ik me, maar ik dwong mezelf heel opgewekt te klinken en probeerde de pijn van het verlies van Wataru en van het voor altijd verbannen zijn uit hun opgewekte wereld te verdringen.

Daarna gingen we naar een supermarkt, waar we wat verpakte broodjes en drankjes kochten en een tijdje door de tijdschriften bleven bladeren. Worm had de avond tevoren in het motel een bad genomen, maar hij rook alweer. Ik was bang dat ik zelf ook begon te ruiken. Ik had misschien geen aandeel in zijn schuld, maar ik begon te denken dat we iets anders deelden. Toen we de winkel uit liepen, pakte ik een busje deodorant en spoot er iets van in mijn oksels toen iemand keek. Op dat moment kreeg ik een sms van Teru.

Kirarin, wat is er aan de hand? Ik maak me zorgen. Bel me.

Het was me te moeilijk om de waarheid te vertellen, dus loog ik: *ben weer thuis, vertel je alles later wel. Vergeet het concert niet volgende week. Maak je geen zorgen, maak het prima.*

Waarom vond ik Teru opeens zo lastig? Ik was er altijd trots op geweest om een leuke homoseksuele vriend te hebben die ik alles kon vertellen. Maar ik had zijn vriendschap gebruikt voor mijn eigen doeleinden. Als ik bij hem was, leek het alsof ik met een man was, maar het was tegelijkertijd volkomen veilig en heel leuk. Wie weet, misschien was hij er ook wel trots op om een vriendin te hebben die op de middelbare school zat. Een typisch feestbeest zoals ik. Het was altijd een heel luchtige relatie geweest, waarin je geen pijn of verdriet deelde. Als Teru echt een vriend was geweest, had ik misschien zoiets geschreven als: 'Hier bij Worm weet ik niet meer wat onder of boven is. Ik heb altijd gedacht dat ik een goed mens was, maar misschien ben ik wel heel slecht. Misschien nog wel slechter dan Worm. Hé, kun je me wat geld lenen?'

'Ik wil dat je naar huis gaat.'

Ik staarde naar de telefoon toen Worm, die achter me stond, dit mompelde. Ik draaide me om.

'Hoezo?'

'Het heeft geen zin dat je bij me bent. Bovendien ben ik een misdadiger.'

Het wit van zijn scheve ogen glinsterde toen hij me aanstaarde. En plotseling daagde het me dat naar huis gaan wel het laatste was wat ik wilde doen. Een vreemd gevoel, alsof ik aan de ene kant terug wilde naar die andere wereld, maar het me tegelijkertijd niet kon schelen of al mijn banden daarmee voor altijd werden verbroken. Ik had niet het gevoel dat ik vrij was of zoiets, ik wilde gewoon niet terug. Ik wilde ergens in het midden blijven hangen.

'Maar gisteravond zei je dat je wilde dat ik bij je bleef,' zei ik.

'Wil je bij me zijn?'

'Niet echt.'

Worm liep verder en zwaaide bij iedere stap met de plastic tas van de supermarkt. En ik liep achter hem aan.

Het begon me op te vallen dat er een heleboel politie op de been was toen we langs een bergweg naar wat andere huisjes liepen, in de hoop dat we er binnen zouden kunnen komen. Twee patrouillewagens reden achter elkaar vanuit de heuvels aan de voet van de berg de weg op. De tweede stopte voor het dichtstbijzijnde huisje en er stapte een agent uit die aanbelde. Worm en ik verstopten ons in een bosje bamboegras en hij gaf me een por.

'Dit is niet goed. Zo te zien zitten ze niet achter een gewone inbreker aan. Iemand moet ons hebben verraden.'

'Maar wie zou dat doen?' vroeg ik.

'Die vriendinnen van jou. Ze weten allemaal van me af. Yuzan misschien. Ik mocht haar niet erg en heb nogal kil tegen haar gedaan.'

Plotseling dacht ik aan de nonchalante stem van Terauchi. Als ze zo rustig praat, betekent dat dat ze iets in haar schild voert. Ze vertelt alleen van die stomme grapjes en ze doet alleen dom als ze haar werkelijke bedoelingen wil verbergen.

Dude. Zo te horen kunnen jij en die moordenaar het prima met elkaar vinden.

Ik hoor dat jullie in Karuizawa zitten?

'Het moet Terauchi zijn!' schreeuwde ik. 'Ik ben er zeker van. Toshi en Yuzan hebben je allebei geholpen te ontsnappen. Die zouden je niet verraden. Terauchi is de enige die niet geholpen heeft.'

'Dus zo iemand is zij?'

Worm keek somber. Misschien had hij er spijt van dat hij haar die kinderachtige opdracht had gegeven om zijn criminele manifest te schrijven.

'Ik weet het niet,' zei ik. 'Ik weet hoe de anderen in elkaar steken, maar haar kan ik niet doorgronden. Ze is de enige die onvoorspelbaar is.'

Wat betekent dat ik haar niet vertrouw, neem ik aan. Voor het eerst in mijn leven had ik het gevoel dat ik iets begreep van de relatie tussen Terauchi en mij.

'Verdomme,' zei ik. 'Nu zijn we erbij.'

Ik probeerde Terauchi te bellen, maar haar telefoon stond uit. Nu wist ik het zeker. Ik moest hier weg. Ik raakte in paniek. Ik moest ontsnappen, hoe dan ook. Ik bedoel, als ze me nu arresteerden, zou ik voor altijd gevangenzitten in *deze we-*

reld. Een beetje ronddwalen is prima, maar gevangenzitten niet. Voordat je het besefte, kon ik niet meer terug naar de andere wereld, waarin Wataru leefde. De wereld waarin de zon scheen. Maar waarom probeerde Terauchi me zo in een hoek te drijven? Je hebt met haar vaak een moment dat er een soort strenge blik op haar mooie gezicht verschijnt, het soort blik dat iedereen buitensluit. Dat had je gedacht, Terauchi! Ik vergeet nooit wat je nu hebt gedaan! Ik werd verteerd door haat.

'Wat moeten we nu?' vroeg Worm.

Ik keek naar hem. Hij had zijn rugzak in de bosjes gelegd, hield zijn lange hals schuin en ging helemaal op in zijn gedachten. Daar is dit niet het moment voor, dacht ik, en ik greep zijn arm.

'We moeten nu meteen iets beslissen,' zei ik. 'Als we niets doen, worden we gepakt.'

'Ik weet het, ik weet het. Maar ik kan niets bedenken.'

'Laten we een goedkoop motel zoeken en morgenochtend de trein nemen naar Tokio. Als het een plaatselijke trein is, hebben we vast wel genoeg geld.'

'Maar waar kunnen we heen als we terug zijn?' Worm gooide zijn lunchdoos op de grond. 'Ik heb mijn moeder vermoord, weet je nog? Ik kan nergens heen.'

'Laten we dan je pa ook gaan vermoorden.'

Ik klampte me vast aan Worms belachelijke plan. In plaats van te overdenken wat goed en verkeerd was, wilde ik in beweging komen en iets dóen. Meer zat er niet achter.

'Wil jij samen met mij mijn vader vermoorden?'

Ik schudde mijn hoofd.

'Nee. Want ik haat hem niet.'

Mijn hersenen werkten niet meer. Ik stond daar maar, met

het gevoel dat ik alles was kwijtgeraakt. Er ging een mug op mijn blote been zitten, maar het was me te veel moeite om hem weg te vegen. Terwijl ik daar voor me uit stond te staren, trok Worm me plotseling tegen zich aan. 'Je stinkt, idioot,' zei ik. Ik probeerde hem weg te duwen, maar hij hield me stevig vast en wilde me niet laten gaan. We lieten ons in de bosjes vallen. De stengels van het bamboegras prikten in mijn lichaam. Dat doet pijn, wilde ik zeggen, maar voordat ik dat kon doen, had Worm zijn lippen tegen de mijne gedrukt, ruw en sterk. Ik lag op mijn rug en hij greep naar mijn borsten. Op het moment dat ik besloot dat hij met me kon doen wat hij wilde, veranderde de pijn in genot. Ik trok mijn T-shirt omhoog en trok mijn eigen kleren uit. Ik stond in brand, zo had ik me nog nooit gevoeld. Hoe konden we zoiets doen nu we in een hoek waren gedreven? dacht ik. We legden onze kleren op de grond om erop te kunnen liggen en vrijden toen wild en heftig.

'Ik heb honger.'

Worm keek in zijn blootje om zich heen naar de lunchdoos die hij eerder had weggegooid. Eindelijk vond hij hem en bracht hij hem naar de plek waar ik was. Hij was opeens heel lief en teder geworden en dat maakte me gelukkig. We lunchten naakt en namen om beurten slokjes uit de fles water. Daarna deden we het nog eens, dit keer staand met mijn rug tegen de stam van een boom. Ik had het gevoel dat we nooit zouden ophouden.

Opeens scheen er een zoeklicht boven ons en hoorden we mannenstemmen. Misschien had de politie ons horen praten en hadden ze ons opgespoord. Kamden ze de heuvels uit? We gingen plat op de grond liggen om uit het licht te blijven.

Wat moesten we doen als ze ons vonden? Ik was gek van angst. Niet om door volwassenen te worden nagezeten, maar om naakt in de heuvels te worden gevonden terwijl ik seks had en om beschuldigend en vermanend toegesproken te worden. Het gaf me ongeveer net zo'n gevoel als de erfzonde. Als Adam en Eva.

'Laten we wegwezen,' fluisterde Worm.

Ik trok snel mijn kleren aan en toen greep Worm me bij de hand en renden we het bergpad af. Iedere keer dat er een auto of politiewagen voorbijkwam, verborgen we ons in de struiken langs de weg. Toen we eindelijk bij weg 18 waren, stond er een patrouillewagen voor de supermarkt waar we binnen waren geweest.

Net op dat moment kwam er een lege taxi aanrijden. Als ik die taxi weg liet gaan, dacht ik, zou ik nooit meer uit deze wereld ontsnappen.

'Laten we die taxi nemen en naar Tokio rijden,' zei ik.

'We hebben niet genoeg geld.'

Ik keek Worm recht aan.

'Zei jij niet dat je een taxi wilde kapen?'

Ik rende de weg op en hield de taxi aan. De wagen kwam tot stilstand en ik zag het verbaasde gezicht van de chauffeur toen Worm me naar voren duwde.

'Kom op.'

We stapten achterin de taxi. Er hing een zware sigarettenrook en het was er koud door de airco. De chauffeur met zijn kenmerkende pet met wit doek erover kwam duidelijk uit deze buurt en hij draaide zich langzaam om. Een oude vent van achter in de veertig. Op de stoel naast hem lag een plastic fles water.

'Toen ik alleen dat meisje zag, dacht ik dat ze een geest was. Dus jullie hebben verkering?'

'Wat een ouderwetse term. We hebben geen verkering, we zijn een stel.' Mijn stem trilde en ik lachte om dat te verbergen. 'Neem me niet kwalijk, maar we willen graag naar Tokio. We moeten nu meteen terug naar Tokio.'

'Naar Tokio, op dit uur van de avond?'

'Er gaan geen treinen meer en er is iemand heel ziek, dus we moeten terug. Breng ons alstublieft naar Chōfu, naar de afslag Chōfu.'

De chauffeur bekeek Worm via de achteruitkijkspiegel en trok even een verbaasd gezicht. Wist hij wie we waren? Ik keek bezorgd naar Worm, die met een bleek gezicht naar de grond staarde. Sukkel. Doe gewoon. Ik schopte hem tegen zijn voet.

'Het gaat om zijn vader,' legde ik uit. 'Hij ligt op sterven. Dus breng ons er alstublieft heen.'

'Aha,' zei de chauffeur, en zijn gezicht werd vriendelijker. Maar de volgende vraag was helemaal niet vriendelijk. 'Het spijt me dat ik jullie zoiets moet vragen op een moment als dit, maar hebben jullie wel genoeg geld? Het nachttarief geldt nu en het kan gemakkelijk oplopen tot vijftigduizend yen naar Tokio.'

'Maak u geen zorgen. We hebben genoeg bij ons.'

De chauffeur reed langzaam weg, maar keek nog niet erg overtuigd.

'Ik ben blij dat te horen. Ik maakte me een beetje zorgen omdat jullie zo jong zijn.'

'Brengt u ons er alstublieft heen. En wees maar niet bang, u krijgt uw geld.'

De chauffeur zette de taxi aan de kant van de weg.

'Sorry, maar vind je het erg om me het geld te laten zien?'

Ik werd behoorlijk nijdig van de vasthoudendheid van de chauffeur. Ik had maar tienduizend yen, dus hoe moest ik hem in godsnaam betalen? Opeens riep Worm: 'Als we niet genoeg hebben, betalen mijn ouders de rest wel! Dus alstublieft, mijn vader ligt op sterven.'

De chauffeur werd duidelijk nijdig van Worms geschreeuw. Hij keek me scherp en onderzoekend aan. Mijn T-shirt was modderig en er zaten bladeren op. Ik veegde ze snel weg.

'Juffrouw, doe dat alsjeblieft niet. De taxi wordt helemaal vies.'

Ik wist niet meer wat ik moest doen en wierp een blik op Worm. Hij zocht met één hand in zijn rugzak, die op de grond stond. Hij had het slagersmes teruggenomen. Ik pakte zijn arm vast en zei op dringende toon: 'Ik bel wel even naar huis.'

Ik had geen andere keus, dus belde ik. Zoals ik al had verwacht, klonk mijn moeder slaperig toen ze opnam en begon ze meteen te mopperen. 'Waar hang je in godsnaam uit? Je hebt helemaal niet gebeld, ik heb me zorgen gemaakt. Wat doe je nog zo laat buiten?'

'Ik ben op weg naar huis, maar ik heb niet genoeg geld voor de taxi. Kun jij hem betalen als ik er ben?'

Ze begon weer te klagen, dus hing ik haastig op.

'Ze zei dat ze zal betalen.'

De taxichauffeur moest mijn moeder hebben gehoord, dus knikte hij aarzelend en reed weg. Mooi, we gingen in ieder geval terug naar Tokio. Ik voelde me optimistisch; als we daar eenmaal weer waren, kwam het wel goed. Toen werd het *en-*

ka-liedje op de radio plotseling onderbroken en klonk er een stem, met een heleboel statisch geruis.

'Een klant heeft iets vergeten in een van de taxi's. Iets heel groots. Het is een jongeman. Ik herhaal, een klant heeft iets vergeten in een van de taxi's. Een jongeman. Als iemand dit grote voorwerp aantreft, neem dan onmiddellijk contact op.'

De chauffeur keek in de achteruitkijkspiegel. Ik voelde me niet op mijn gemak.

'Dat was het politiekanaal, nietwaar?' vroeg Worm.

'Nee, het komt van ons bedrijf.'

De chauffeur keek niet meer in de spiegel. Hij reed op zijn gemak verder. Ik dronk het laatste beetje water uit onze plastic fles op. De onderkant van de fles was modderig, dus veegde ik hem af aan de zitting. Dít was nog eens een avontuur! De onzekerheid die ik had gevoeld over het feit dat ik in het bos met Worm had geneukt, was verdwenen, en ik was trots op de dappere dingen die we deden. Terwijl ik naar de achterlichten van de auto voor ons staarde, kreeg ik slaap en uiteindelijk zakte ik weg.

'Wat denk je verdomme dat je aan het doen bent?'

Ik schrok wakker van Worms stem. Het slagersmes bevond zich vlak voor mijn ogen, de punt gericht op de nek van de chauffeur.

'Wat is er gebeurd?' vroeg ik.

'Die klootzak wilde stoppen bij een politiebureau.'

Ik keek verward naar buiten en zag aan de linkerkant een politiebureau voorbij flitsen. De chauffeur keek met een geschrokken gezicht recht voor zich. 'Jullie kunnen hier beter mee ophouden,' mompelde hij. 'Een taxi kapen is een misdrijf. Jullie moeten aan je toekomst denken.'

Worm lachte spottend. 'Ik heb geen toekomst, makker. Ik heb mijn moeder vermoord.'

De chauffeur slikte moeizaam. Het slagersmes glinsterde in het licht van de passerende auto's. We naderden de kruising met de snelweg. Daar stond een rijtje wagens met helemaal vooraan een politieauto. 'Ze hebben een controlepost opgezet!' schreeuwde ik tegen Worm.

'Neem de zijweg,' zei hij tegen de chauffeur.

De chauffeur nam aarzelend de zijweg, een landweg met een heleboel drive-ins eraan. 'Jullie kunnen niet blijven vluchten,' zei de chauffeur met een zielig stemmetje. 'Ik probeer heus niet jullie in de val te laten lopen of zo, maar volgens mij kunnen jullie er beter mee ophouden. Ik zal jullie mijn geld geven, maar stap uit, oké? Jullie zijn nog jong.'

'Houd je bek en rijd door,' antwoordde Worm.

'Waar naartoe?'

'Dat heb ik je al duizend keer gezegd, idioot. Naar Tokio!'

De chauffeur viel stil en de taxi reed verder over de smalle weg. Plotseling ging de mobiele telefoon van de chauffeur, en de ringtone verraste me; de fanfare die het begin van een paardenrace aankondigt. 'Niet opnemen,' commandeerde Worm en de chauffeur knikte gelaten. De telefoon ging nog een keer, maar hij negeerde hem. Na een kwartiertje zei Worm tegen me: 'Houd jij het mes eens even vast. Ik word moe.'

Hij gaf mij het slagersmes en liet zich uitgeput tegen de rugleuning zakken. Ik pakte met trillende hand het heft vast. Worm moest behoorlijk gespannen zijn geweest, want het ding was glibberig van het zweet. De chauffeur keek even naar het mes en toen recht naar mij. Juffrouw, stop hiermee, smeekten zijn ogen. Ik hield het mes stevig met beide handen vast en richtte het op zijn keel. Een oudemannenkeel met aderen erop. Ik moest eraan denken hoe mannen van middelbare leeftijd in Shibuya naar me riepen in een poging me te versieren toen ik in het eerste jaar van de middelbare school zat.

Hé, wat dacht je van een kopje thee?

Het waren zulke verlopen oude kerels dat ik me afvroeg welk jong meisje in godsnaam met hen mee zou gaan. Sigarettenadem, morsige pakken, niet meer dan tienduizend of twintigduizend yen op zak. Ze probeerden meisjes op te pikken van de leeftijd van hun eigen dochters omdat ze dachten dat we dom waren. Hun dochters leefden in een mooie wereld, dachten ze, maar meisjes als ik hoorden thuis in een gevallen wereld. Ze maakten een duidelijk onderscheid tussen die twee werelden. Plotseling werd ik nijdig en ik drukte de punt van het mes, die tot dan toe de chauffeur niet had geraakt, tegen zijn gerimpelde keel.

'Juffrouw, dat is een beetje te dichtbij. Je maakt me bang,' smeekte de chauffeur.

'Dat zal wel. Mij hou je niet voor de gek.'

'Dat doe ik niet. Ik vraag het omdat ik zo niet goed kan rijden. Als we een ongeluk krijgen, zijn jullie de klos. Ik weet niet wat jullie gedaan hebben, maar jullie krijgen een hoop problemen.'

Ik was woedend. Hij leek niet bang, zelfs niet met het mes tegen zijn keel. Hij was echt niet bang. Naast me ging Worm rechtop zitten.

'Ik wilde er net mee ophouden voor vandaag,' zei de chauffeur, 'dus toen jullie zeiden dat ik helemaal naar Tokio moest rijden, was ik er niet al te gelukkig mee. Maar ik vond dat ik jullie moest helpen als jullie echt in de problemen zaten. Taxichauffeurs zijn over het algemeen heel aardige mensen, moet je weten. Maar ze worden behoorlijk boos als ze door een stelletje snotneuzen als jullie bedreigd worden. En dat geldt ook voor mij. Ik heb hierover nagedacht en het kan me niet schelen als ik gewond raak.'

Opeens liet hij de taxi heen en weer slingeren. Ik viel opzij over Worms benen en het mes belandde op de grond. De chauffeur bleef slingeren. Worm en ik werden van links naar rechts gesmeten en tegen elkaar aan gegooid. Een tegemoetkomende vrachtwagen claxonneerde en wist ons net te ontwijken.

'Wat denk je verdomme dat je aan het doen bent?!'

Worm pakte het slagersmes en liet het langs de keel van de chauffeur glijden. Het bloed spoot eruit en ik gilde en gilde. 'Hou op! Hou op!' Maar ik had geen idee wat ik wilde laten ophouden. Waarschijnlijk niet dat Worm de chauffeur de keel doorsneed. Ik was eerder woedend omdat de chauffeur zo over de weg slingerde. Idioot! Hou me niet voor de gek! Vieze ouwe kerel. En Terauchi. En Wataru.

'Ik stop niet. Ik zei toch dat het me niet kan schelen als ik gewond raak.'

De chauffeur maakte zijn gordel los. De taxi raasde verder over de weg en kwam op de andere weghelft terecht. We passeerden een motor en schoten een weg op die de heuvels in liep.

'Hou ermee op, zei ik!' gilde Worm. Ik greep van achteren het haar van de chauffeur om hem te laten stoppen, maar het plastic scherm zat in de weg. Zijn witte pet viel af. Tegelijkertijd spatte er een stroom rood bloed tegen de voorruit. Ik kwam onder het warme bloed te zitten, het afschuwelijke, smerige bloed van een oude man. Ik gilde. En toen botsten we hard tegen iets aan en voelde ik mezelf wegschieten. Ik vloog door de lucht. Wat een heerlijk gevoel.

LIEVE NINNA Hori,
Of moet ik misschien schrijven 'beste juffrouw Toshiko Yamanaka'? Of misschien 'lieve Toshi-chan – ik hou van je'?
Ik schrijf je, Toshi, omdat jij de enige bent aan wie ik dit kan vertellen. Ik weet dat je misschien kwaad zult worden en zult roepen: 'Hoe kun je zoiets zeggen!' Maar je zult ook zeker met me meeleven en zeggen dat Terauchi een behoorlijk eenzaam iemand moet zijn. En dat is prima. Het is allebei waar, dus luister alsjeblieft naar me.
Morgenochtend, tegen de tijd dat je deze brief krijgt, zal ik niet meer in deze wereld vertoeven. Ik weet dat deze brief als een sombere manga of een stomme roman klinkt als ik zo begin, en ik wed dat dat je zal teleurstellen. Maar het is waar. Zodra ik de brief heb gepost, wil ik dood. Ik ga meteen dood, omdat ik het akelig vind als je over mijn dood zou horen voordat je deze brief kreeg, en dat wil ik koste wat het kost vermijden. Ik heb trouwens geprobeerd een roman te schrijven met een soortgelijke eerste zin, maar het liep nergens op uit, dus heb ik het allemaal in elkaar gepropt, in een miljoen stukjes gescheurd en samen met mijn plas door het toilet gespoeld.
Dit is de eerste en laatste ernstige brief die ik je ooit zal schrijven, Toshi, en ik wilde dat ik kon ophouden

me te verstoppen, maar het is alsof ik niet anders meer kan. Toch heb ik medelijden met mezelf en vind ik het ellendig dat ik uit dit leven moet verdwijnen, en ik schrijf dit als een soort opbeurend praatje om mezelf voor te houden dat ik het lef moet hebben het te doen, maar ik weet niet goed hoe ik je met enige mogelijkheid kan laten voelen welke strijd ik lever. Woorden zijn zo lastig en zo traag dat ik het gevoel heb dat mijn tong uit mijn mond wordt gerukt. Als je erover nadenkt, breng ik het onder woorden door deze brief te schrijven, maar omdat ik je dit niet rechtstreeks in het gezicht vertel, gaat mijn worsteling niet zozeer over woorden als over mij. Dat klopt, ik ben nog steeds bang om volkomen eerlijk te zijn. Daar ben ik banger voor dan om dood te gaan, dus waarom doe ik nu opeens zo moeilijk over iets als een brief schrijven?
Oké, ik ben eindelijk een beetje rustiger geworden. Als je zegt dat ik dingen verberg omdat ik verlegen ben, kan dat niet kloppen. Ik ben eindelijk tot het besef gekomen dat het om een andere reden is, dat ik de duisternis die in mijn hart ligt niet wil zien. En de pijn waarmee ik probeer uit te zoeken wat ik je in deze brief eigenlijk wil vertellen, Toshi – ik begrijp eindelijk waarom ik schrijf. Ik ben echt een ellendig wezen als mens. Maar ik ben zo gespannen en nerveus, en ik hoop dat ik op de een of andere manier aan jou, Toshi, duidelijk kan maken wat voor iemand ik ben.
Ik weet dat dit allemaal nogal omslachtig klinkt, maar

zo gaan mijn gedachten, rond en rond. Mijn hersenen werken ook zo, maar de conclusie is verrassend eenvoudig. Ik wil alleen maar dat iemand me begrijpt voor ik doodga. Nu ik de dood in het gezicht kijk, begrijp ik eindelijk waarom schrijvers boeken schrijven: voor ze doodgaan, willen ze dat er ergens iemand is die hen begrijpt. In mijn geval is dat niet mijn moeder, mijn vader, Yukinari of Yuzan. Jij bent het, Toshi-chan.

Ik weet dat je dit misschien maar lastig zult vinden, maar ik wil de lei schoonvegen voor ik dood ben, dus lees alsjeblieft verder. En als je dat niet wilt, wil je dan hier ophouden? Het is best als je deze brief niet zelf wilt lezen, maar wat je ook doet, laat hem niet aan mijn moeder zien, goed? Bewaar wat je tot dusver hebt gelezen in je hart en gooi de brief weg.

Het spijt me dat ik een last op je leg. Maar ik ben zo blij dat ik jou ontmoet heb, Toshi. Als dat niet was gebeurd, was ik doodgegaan zonder iemand iets te laten zien van de duisternis in mijn binnenste. Dat klinkt misschien heel zuiver en rechtschapen, maar dat is het niet. Dat komt omdat ik dood moet, maar pas nadat ik eens goed naar mezelf heb gekeken en heb gezien wat voor iemand ik ben. Begrijp je wat ik bedoel? En om dat te doen, moet je door de ogen van iemand anders naar jezelf kijken. Dus alsjeblieft, Toshi, kijk naar de echte ik, wees dapper en lach. Zeg: 'Wat was ze toch een sukkel, die Terauchi! Dus een meid als zij verlaat deze wereld? Nou, opgeruimd staat netjes, zeg ik maar.' Is dat te veel gevraagd?

Als het andersom was en jij in mijn schoenen stond, zou ik dat beslist doen. Dat beloof ik je. Je denkt misschien dat het nogal gemeen van me is om dat te zeggen, om over iets onmogelijks te praten zoals een belofte aan jou terwijl ik eerst doodga. Maar er is niets gemeens aan. Want ik onthul dingen die ik aan het daglicht heb gebracht terwijl jij je daarvan niet bewust was. Je hebt me veranderd, beetje bij beetje, Toshi. Dus zitten we in hetzelfde schuitje. Wat ik bedoel, is dat jij verder zult moeten na mijn dood.
Ik geloof niet dat je ook maar enigszins begrijpt waarom ik doodga, dus laat me dat even uitleggen. Dat is alleen maar eerlijk. Er is een aantal redenen waarom ik niet kan blijven leven.
De eerste is mijn moeilijke persoonlijkheid. Ik denk dat je wel weet dat ik die heb. Ik ben zo'n superfilosofisch iemand. Ik zit vast in een gevangenis van abstracte denkbeelden en overweldigende emoties, en ik heb een persoonlijkheid die daar maar heel moeilijk mee kan omgaan. Bovendien bevind ik me midden in een grote verandering in het familiesysteem, zoals je het zou kunnen noemen, iets waar de mens nooit eerder mee geconfronteerd is geweest en waarin de rol van het gezin helemaal overhoop wordt gehaald, elke dag verandert en steeds gecompliceerder en individualistischer wordt. Het is iets dat niemand echt kan begrijpen en ik moet doen alsof ik elke dag mijn rol kan vervullen. Anders overleef ik het niet. Daar word ik zo moe van. In de werkelijkheid van alledag moet ik me aan mensen

onderwerpen om ze niet te verliezen.
Maar ik geloof dat het niet zozeer die onderwerping is die me dwarszit, maar dat ik er zo'n ellendig leven door krijg. En wat gebeurt er als ik mezelf niet kan vergeven voor die keuze? En wat als ik mezelf moet blijven accepteren om te blijven leven? Wat moet ik doen? Conclusie: het is beter als ik er niet meer ben. Het beste is als ik gewoon verdwijn.
Trouwens, de persoon die me zoveel verdriet heeft bezorgd, is iemand die je wel eens hebt ontmoet, Toshi – mijn moeder. Een moedercomplex? Sorry, dat is het niet. Dat stadium ben ik al voorbij. Als persoon mag ik haar graag. Ik wil haar niet kwetsen, maar ik ben veranderd in een oude persoon die haar niet zou mogen overleven.
Er is nog een belangrijke reden waarom ik niet verder wil – en kan – leven. Er is iets waarvoor ik de verantwoordelijkheid op me moet nemen. Het ongeluk waarbij Kirarin en die taxichauffeur uit Nagano zijn omgekomen, en waarin Worm zwaargewond is geraakt. Het is allemaal mijn schuld. Als ik dood ben, zal niemand ooit de waarheid kunnen ontdekken, dus wil ik die hier duidelijk neerzetten. Op de avond dat Worm en Kirarin me hadden gebeld, heb ik de politie verteld waar ze zich bevonden. Ik belde anoniem vanuit een telefooncel bij een supermarkt voor het station en vertelde de politie dat ze in een leegstaand huisje in Karuizawa zaten. Daarom probeerden Worm en Kirarin aan het sleepnet van de politie te ontsnappen door een taxi te

kapen, wat tot het ongeluk leidde. Dus er is iets gebeurd dat nooit had mogen gebeuren, allemaal vanwege mijn gedachten en daden. Een heldere kwestie van oorzaak en gevolg. Ik ben degene die dit alles veroorzaakt heeft, en ik zou waarschijnlijk de doodstraf moeten krijgen. Of misschien moet ik zeggen dat ik degene ben die de doodstraf over mezelf heeft uitgesproken.

Ik hoor je al zeggen, Toshi, dat ik mezelf daar niet verantwoordelijk voor kan houden. Maar net als een misdadiger die ervan overtuigd is dat het juist is wat hij doet, heb ik Kirarin en Worm in een hoek gedreven en geprobeerd hen te straffen. Dat is een feit. Ik verachtte Worm omdat hij was weggelopen voor iets dat *niet ongedaan gemaakt kan worden* en de gemakkelijke uitweg had gekozen uit iets waarbij dat wel mogelijk was. Wat voor hem de moord op zijn moeder was. Hij koos de gemakkelijke uitweg en toen vluchtte hij, en daar verachtte ik hem om.

Ik hou te veel van mijn moeder en dus heb ik haar vergeven, maar ik haatte mezelf omdat ik haar vergeven had en dat werd zo erg dat ik niet meer in deze wereld wilde leven. Tegelijkertijd voelde ik een brandende haat voor Worm, voor de vijandigheid die hij tegen zijn moeder had gevoeld. Want voor wat hij heeft gedaan was geen omslachtige redenering nodig. Hij vermeed het gewoon om na te denken. Het was gewoon te eenvoudig. Ik was boos omdat hij zijn problemen had samengevat tot een heel simplistische reactie. Ik geloof dat ik deze vreemde logica ook begon toe te passen op Kirarin. En het behoeft geen betoog dat ik ook boos was op jou, Toshi, omdat je Worm niet meteen bij de politie had aangegeven, en op Yuzan omdat ze hem haar fiets had geleend. Toch deed ik zoals altijd of ik Worm en Kirarin wilde helpen. Ik vraag me af waarom. Misschien ben ik toch wel heel slecht.

Ik voelde me verschrikkelijk nadat ik de politie had gebeld, alsof ik iets bitters in mijn mond had dat ik niet kwijt kon raken, hoe vaak ik ook slikte. Nu besef ik dat die smaak opkwam op het moment dat ik de grens overschreed. Die nacht probeerde ik de hele kwestie te negeren; ik ging naar bed en dwong mezelf om mijn ogen dicht te doen, maar toen kreeg ik een heleboel wilde dromen. In een van die dromen zat Kirarin achter in een bestelwagen om ergens verkocht te worden. In een andere gaf ik mijn moeder aan bij de politie. Ik vraag me af wat Freud daarover te zeggen zou hebben gehad?

De volgende morgen vroeg belde je me. Zodra ik je door de telefoon hoorde gillen dat Kirarin dood was, wist ik het. Dat wat ik gedaan had, een tragedie had veroorzaakt die nooit meer ongedaan gemaakt kon worden. Voor mij is het idee van iets dat niet ongedaan gemaakt kan worden een inwendige emotie die in het hart van de levenden wordt gebrand. Maar toen ik besefte dat ik Kirarin kwijt was, dat dit iets échts was dat werkelijk onherstelbaar was, kreeg ik helemaal kippenvel. Ik was doodsbang. Angst is gevaarlijker dan het vooruitzicht jezelf bloot te geven.

Ik zag mijn hele filosofie over het leven uiteenvallen. De wereld die ik voor echt had aangezien, stortte in en daaruit verscheen een andere realiteit. Een metarealiteit. Ik dacht er al heel lang over na wie ik was en was bijna tot een conclusie gekomen, maar nu moest ik weer helemaal opnieuw beginnen. Ik vraag me af of ik het mis had.
Ik deed zo vreemd dat mijn moeder vroeg wat er aan de hand was. 'Kirarin is omgekomen in Karuizawa,' zei ik, 'bij een ongeluk.' Mijn moeder was geschokt en zei: 'Hoe heeft dat kunnen gebeuren? Die arme moeder.' Wat denk je dat ik toen tegen haar zei, Toshi? Iets waardoor ik nu nog moet blozen. Iets zo stoms dat het deze hyperfilosofische meid compleet belachelijk maakte. Het maakt niet uit dat dit mijn zelfmoordbrief is, het is te erg om op te schrijven, wat ik tegen mijn moeder zei. Omwille van onze vriendschap hoop ik dat je het me wilt vergeven.
In ieder geval schaam ik me voor mezelf. En ik ben heel, heel moe. Het lijkt erop dat ik het juiste moment heb bereikt om te sterven. Het spijt me voor mijn moeder, maar zij heeft iemand in haar leven die belangrijker is dan ik, dus ik ben ervan overtuigd dat ze het wel overleeft. Sorry, maar ik denk ook niet om mijn vader en mijn broer. Ik ben er zeker van dat het voor jou, Toshi, heel moeilijk zal zijn om deze brief te krijgen en te weten dat ik dood ben. Maar jij bent een goed mens, met een sterke, eerlijke ziel, en ik weet dat je het wel zult redden. Maar ik niet – voor mij is het afgelopen. Ik wil iedereen gedag zeggen. Hmmm, dat

klinkt als iets van Dazai Osamu, vind je niet? Hoe zinloos was dat, om werkstukken te schrijven voor school? Dag. Ik ga op reis naar de echte wereld. Want binnen deze metarealiteit is dat écht – mijn dood. Hou je taai, oké. Tot later, dude.

Kazuko Terauchi

Dit was een zelfmoordbrief, dat stond vast. Ik had mijn hele leven nog nooit een zelfmoordbrief in handen gehad of gelezen. Ik bedacht dat dit Terauchi's laatste woorden waren, maar ik kwam er niet achter wat ze allemaal betekenden.

Uiteindelijk had ze de brief niet echt op de post gedaan. Hij stond dichtgeplakt en met mijn naam erop op haar bureau. Er zat ook geen postzegel op, dus wilde ze blijkbaar niet de moeite doen om er een te kopen. In plaats daarvan was ze van het dak van een naburige flat gesprongen. Ook al had ze zich er zo druk over gemaakt dat de brief eerder moest komen dan het bericht van haar dood. Hoe ongeduldig. Alleen al dat feit liet zien dat Terauchi enorm in de war was geweest. Ik wilde erom lachen, maar in plaats daarvan was mijn gezicht helemaal verwrongen van pijn. *Kom op, sukkel!* wilde ik zeggen. *Doe het nou eens goed!*

De dood van Worms moeder, de dood van Kirarin, de dood van die taxichauffeur, de verwondingen van Worm, de zelfmoord van Terauchi. Er waren te veel schokkende dingen achter elkaar gebeurd en de tranen wilden niet komen. Ik kon er niet te lang bij stilstaan. Als een lege huls maakte ik Terauchi's laatste brief open en ik was gedwongen hem te lezen terwijl Terauchi's ouders en mijn moeder over mijn schouder meekeken.

‘Wat schrijft ze?’

Terauchi’s moeder vroeg het zodra ik klaar was met lezen. In slechts een halve dag was haar gezicht dor en lusteloos geworden. Alle leven was eruit geweken. Ze wilde blijkbaar wanhopig graag weten waarom haar dochter zelfmoord had gepleegd. Alleen Terauchi’s vader huilde; haar moeder hield zich groot. Yukinari, haar broertje, had zich in zijn kamer opgesloten en weigerde eruit te komen.

Mijn moeder legde een hand op mijn schouder, alsof ze me wilde beschermen. Hij voelde zwaar aan. Terauchi’s moeder had ons gebeld en gezegd: ‘Er ligt hier een brief met Toshiko’s naam erop, dus ik wil graag dat ze komt en hem openmaakt.’ Zodra we dat hoorden, lieten we alles uit onze handen vallen en gingen er snel naartoe.

Het was nooit bij me opgekomen dat ik te horen zou kunnen krijgen dat Terauchi dood was, en het was allemaal zo plotseling en krankzinnig dat het bijna grappig was. Daarom kon ik niet huilen. Mijn hart voelde leeg. Om te beginnen hadden we die morgen het schokkende nieuws gehoord over de dood van Kirarin en dat was een enorme rel geworden, niet alleen bij mij thuis of in de buurt, maar ik werd ook gebeld door school.

De vrouwelijke rechercheur die me al eerder had ondervraagd, was degene die me vertelde dat Kirarin was omgekomen bij een ongeluk. En toen, een halve dag later, kwam het telefoontje dat Terauchi zelfmoord had gepleegd. Dus toen ik haar brief las, had ik geen idee wat er precies aan de hand was. Ik was totaal in de war en deed mijn best om rustig te blijven.

Zo is het allemaal gegaan:

Vroeg op de morgen van 10 augustus ging onze huistelefoon. Het moest een vertegenwoordiger zijn of een familielid. Andere mensen belden gewoon onze mobiele telefoons, zodat een telefoontje zo vroeg op de morgen des te onheilspellender was. Er was nog niemand anders op en ik telde het aantal keer dat het gerinkel door het stille huis galmde. Een, twee... Het was halfzeven volgens mijn wekker. Het moet slecht nieuws zijn, dacht ik en ik trok mijn deken tot onder mijn kin. Bij de vijfde keer leek het alsof pa beneden opnam. Nee. Nee! Toen ging het toestel in mijn kamer en hoorde ik pa's stem.

'Het is de politie. Ze willen met je praten.'

Ik was behoorlijk bang, want ik dacht dat ze Worm eindelijk hadden gepakt en erachter waren gekomen dat wij hem hadden geholpen om te vluchten. Maar misschien is bang niet het juiste woord. Het was meer zoiets als *verdomme!* Ik probeerde snel alle mogelijke excuses te bedenken en nam aarzelend de telefoon aan.

'Goedemorgen. Sorry dat ik zo vroeg bel.' Het was de vrouwelijke rechercheur van eerder, en ze was zo beleefd dat ik heel even nog meer in verwarring raakte.

'Toshiko? Neem me niet kwalijk als ik je wakker bel,' ging de vrouw verder. 'Maar er is iets verschrikkelijks gebeurd en ik vond dat je dat moest weten. Het zal een hele schok voor je zijn, maar probeer alsjeblieft rustig te blijven. Dit is een moeilijk telefoontje voor me. De politie van Nagano heeft ons gebeld en ons ervan op de hoogte gesteld dat een leerlinge van de middelbare school, juffrouw Kirari Higashiyama genaamd, even geleden in het ziekenhuis in Karuizawa is overleden. Ze was bij de jongen die naast je woont, en ik was heel verbaasd en vroeg me af hoe dat gebeurd was. Ze zit op dezelfde school als jij, is ze een vriendin van je? Ik vroeg me af of ze de buurjongen voor deze hele geschiedenis al eerder had ontmoet. Ik zou het waarderen als je me alles vertelt wat je weet.'

Kirarin was dood. Ik was helemaal overdonderd en was ervan overtuigd dat Worm haar had vermoord.

'Is Kirarin vermoord?'

'Met Kirarin bedoel je zeker juffrouw Higashiyama?' vroeg de rechercheur rustig. 'Ik heb niet alle details gehoord, maar we weten wel dat je buurjongen gisteravond laat een taxi heeft gekaapt. De taxi slingerde over de weg, is tegen een tegemoetkomende auto gebotst en is total loss. Juffrouw Higashiyama is door de voorruit geslingerd en op de weg terecht gekomen. Ze zeiden dat ze bewusteloos was. Ze had verwondingen over haar hele lichaam en is overleden. Het is onduidelijk waarom ze bij die jongeman was, maar ooggetuigen hebben verklaard dat ze een goede band leken te hebben. Vertel me alsjeblieft wat er aan de hand is.'

De rechercheur was net zo verbijsterd als ik en bijna in tranen. Er kwam een willekeurige gedachte bij me op, het beeld van de zwarte broche op haar blouse. Het feit dat Kirarin dood was, wilde gewoon niet tot me doordringen.

'Ik heb geen idee,' zei ik.

En dat was waar. Ik had echt geen idee. Ik wist misschien dat Kirarin bij Worm was, maar waarom was ze dood? Het sloeg nergens op. Het was alsof er een totaal verbijsterend iets uit de hemel was gevallen en er opeens chaos heerste in mijn wereld.

'Is dat zo? Nou, ik denk dat we er een andere keer nog eens verder over moeten praten.'

Ze klonk gelaten.

'Hoe weet u dat ze een taxi hebben gekaapt?' vroeg ik.

'De chauffeur had snijwonden en is doodgebloed. Blijkbaar was zijn keel doorgesneden. Ze moeten het vanaf de achterbank hebben gedaan. Dat heeft je buurjongen in het ziekenhuis gezegd.'

Verdomme. Dit was afschuwelijk. Hoe kon Worm Kirarin hebben meegenomen en zoiets hebben gedaan? Ik kon het niet geloven. Mijn knieën begonnen te trillen en ik kon niet meer overeind blijven. Ik liet me op het bed vallen. Iemand tikte me op mijn schouder. Ik keek op en daar stond pa, met een open krant in zijn hand. De kop luidde: 'Wegloper kaapt taxi en veroorzaakt ongeluk'. Het nieuws had de ochtendkrant gehaald. De namen van Worm en Kirarin werden niet gegeven, maar ze werd beschreven als 'de scholiere die bij hem was', zodat het leek alsof ze medeplichtig was.

'Hoe is het met Worm – ik bedoel de buurjongen?' vroeg ik aan de rechercheur.

'Hij heeft verwondingen aan zijn rechterarm en zijn hoofd en hij heeft wat ribben gebroken. Hij ligt in het ziekenhuis.' Misschien beeldde ik het me maar in, maar haar stem klonk kil. 'Ze denken dat er ook inwendige bloedingen zijn, maar daarna heb ik niets meer gehoord. We gaan erheen om te kijken hoe het erbij staat.'

Zodra ze had opgehangen, belde ik Kirarin, maar ik kreeg de voicemail. Wat was er met haar telefoon gebeurd? Ik zag voor me hoe haar roze telefoontje aan de kant van de weg lag, en dat deed pijn. Daarna belde ik haar huis, maar met hetzelfde resultaat – de voicemail.

Ik keek naar het gordijn. Ik voelde dat buiten de blauwe

ochtendhemel te zien was. Het zag ernaar uit dat het weer een warme zomerdag werd. Gebeurde dit allemaal echt? Ik kon het niet geloven en er heerste volslagen verwarring in mijn hoofd.

Mijn vader leek iets te zeggen, maar het drong niet tot me door. Opeens besefte ik dat ik Terauchi moest bellen. Ik sprong op om mijn telefoon te pakken, en toen hij dat zag, liep pa mijn kamer uit.

Als ik haar niet had gebeld, was Terauchi die dag misschien niet doodgegaan.

'Terauchi, Kirarin is dood.'

Ze zei niets.

'Hoor je me niet? Kirarin is dood.'

'Ik heb je wel gehoord.'

Haar stem was zo klein en zacht dat hij klonk alsof hij uit het middelpunt van de aarde omhoog kwam. Hoe kan ze in godsnaam zo rustig blijven? vroeg ik me af.

'Ik meen het echt. Ik ben net gebeld door de politie. Worm heeft een taxichauffeur overvallen en toen is er een ongeluk gebeurd. Kirarin was bewusteloos en is overleden. Worm heeft alleen wat botbreuken en heeft het overleefd. De chauffeur is ook dood. Ze zeggen dat zijn keel was doorgesneden. Ze hebben samen de chauffeur overvallen. Wat denk je dat er gebeurd is? Misschien wilden ze hem beroven. Wat moet ik doen? Wat moet je doen in een situatie als deze?'

Dit gooide ik er allemaal in één keer uit en toen merkte ik pas hoe stil Terauchi bleef.

'Wat is er, Terauchi? Heb je gehoord wat ik zei?'

Ze antwoordde traag en nonchalant. 'Dat is verschrikkelijk. Dat het zo heeft kunnen eindigen.'

'Natuurlijk is het verschrikkelijk,' zei ik. 'Maar ze zijn dood, en daar kunnen we niets meer aan doen. Ik was zo geschokt toen ik het hoorde. Het is allemaal mijn schuld. Wat vind jij?'

Ik was van streek en ervan overtuigd dat het allemaal mijn schuld was. Ik had de politie nooit verteld dat mijn fiets en telefoon waren gestolen. Ik had daarna meerdere keren contact gehad met Worm en had zelfs gehoopt dat hij zou ontsnappen. We waren allemaal idioten geweest. Misdadigers, zelfs. Terauchi probeerde me op te vrolijken.

'Je moet je niet zo overstuur maken, Toshi. Jij hebt niets slechts gedaan. Ik ben degene die slechte dingen heeft gedaan.'

'Hoe bedoel je?'

'Ik denk dat ik degene ben die het lot heeft veranderd.'

Die raadselachtige zin kwam er nogal binnensmonds uit. Toen hoorde ik een krakend geluid, alsof ze een stijve nek losmaakte.

'Wat is dat voor geluid?'

'Ik stel mijn wekker in.'

'Ga je weer slapen?'

Niet te geloven hoe stoïcijns die meid was. Ik kon me in de verste verte niet voorstellen wat zij hiervan vond, wat ze dacht. Ik kon er zelfs niet over nadenken. Ik kon alleen maar aan mezelf denken. Aan mezelf en dat de volwassenen mij de schuld zouden geven. Nu ik erop terugkijk, begrijp ik dat ze de wekker zette om zichzelf een tijdslimiet te stellen, dat ze vaststelde hoe lang ze nog te leven had.

'Precies. Ik ga weer slapen. Tot kijk, Toshi. Hou je taai.'

Hoe bedoel je, hou je taai? Ben ik de enige die zich taai

moet houden? Terauchi bleef zo koel dat het me ergerde en ik er boos om werd. Alsof ze alles wel best vond omdat ze zelf de hele tijd slechts een toeschouwer was geweest. Dus drukte ik fel het knopje op mijn telefoon in om het gesprek te beëindigen. Het gevoel bleef een tijdje in mijn duim aanwezig. Toen ik daarna Yuzan belde, gaf zij me juist meer moed, maar tegelijkertijd werd ik ook nog bozer van haar.

'Is Kirarin dood?' riep Yuzan, en ze barstte in tranen uit. 'Hoe kan dat nou? Ik... ik laat het hier niet bij zitten. Ik vermoord die Worm met mijn eigen handen!'

'Ja, oké, maar Yuzan...' zei ik, 'ik voel me verantwoordelijk voor Kirarins dood. Ik heb een grote fout gemaakt.'

'Maar ík ben degene die de meeste schuld draagt. Ik heb Worm die fiets gegeven en de telefoon, dus het is mijn schuld. Je moet jezelf niets kwalijk nemen, Toshi. Je moet eraan denken dat Kirarin zelf naar hem toe is gegaan, dus in zekere zin heeft ze het zichzelf aangedaan. We waren allemaal blij met zijn ontsnapping. Het is een schok dat Kirarin dood is, maar laat het je niet al te zeer aangrijpen. We zullen allemaal een deel van de verantwoordelijkheid nemen. Je hoeft die niet alleen te dragen.'

Terwijl ik naar Yuzan luisterde, besefte ik opeens dat het breken van glas in het buurhuis het begin van het eind van de wereld was geweest. Sinds die dag was alles geleidelijk veranderd en vandaag viel de laatste klap. Het kon met geen mogelijkheid nog erger worden. Ik dacht aan de stem van Terauchi, die had geklonken alsof hij van onder de grond kwam. Maar Kirarins dood was een te grote schok om lang ergens bij stil te kunnen staan. Ik liet me weer op mijn bed vallen. Kirarin, ben je echt dood? Ik zag haar voor me, hoe haar over elkaar staande tanden te zien waren als ze glimlachte, de levendige blik die ze altijd had als ze verrast was. Ik begon te huilen. Ze was echt dood. Ik kon niet geloven dat ik haar nooit meer zou zien.

'Toshi, is alles goed met je?'

Yuzans bezorgde stem riep naar me vanuit de telefoon die ik nog in mijn hand had. Ik knikte telkens weer, maar kon mijn tranen niet bedwingen. Opeens zag ik dat mijn deur open was en dat mijn moeder daar stond met een bleek gezicht.

'Vind je niet dat je naar het huis van juffrouw Higashiyama moet gaan?'

'Ik bel je terug,' zei ik tegen Yuzan, en ik hing op. Zij was ook in tranen en kon niets terugzeggen.

Ik belde Kirarins huis, maar kreeg alleen een vrouw die somber bleef herhalen dat ze van niets wist, dat de dag voor de begrafenis nog niet was vastgesteld. Ik wist niet wat ik moest doen en liep heen en weer in mijn kamer.

Rond tien uur begonnen de verslaggevers te bellen, en ik deed mijn gordijnen stijf dicht. Vervolgens kwam Worms vader langs. Hij zei dat hij van mij wilde horen wat er gaande was geweest tussen Worm en Kirarin voordat hij naar zijn zoon in het ziekenhuis van Nagano ging. Hij was mager, als een trieste oude man. Er was niets meer te bespeuren van de vroegere fat met zijn halsdoekje. Het arrogante gezicht dat hij altijd trok als hij langs ons huis liep, was totaal verdwenen.

'Wat voor relatie had mijn zoon met juffrouw Higashiyama?' vroeg hij.

'Ik zou het echt niet weten,' loog ik.

'Is dat zo,' mompelde hij, en toen viel hij opeens op zijn knieën op de vloer van onze vuile hal.

'Ik vind het zo erg dat we jullie zoveel problemen bezorgen. Ik weet niet hoe ik ook maar kan beginnen mijn verontschuldigingen te maken voor de dood van je vriendin. Vergeef ons alsjeblieft. Ik weet dat mijn zoon de rest van zijn leven zal moeten boeten voor wat hij jullie allemaal heeft aangedaan. Ik had hem strenger in het oog moeten houden, en omdat ik dat niet gedaan heb, heeft deze afschuwelijke tragedie plaatsgevonden, en nu kan ik mijn zoon alleen nog in handen geven van de rechtbank. Ik vind het zo erg dat ik niet meer wil leven.'

Die man van middelbare leeftijd verontschuldigde zich voor zijn zoon tegenover mij, een scholier. U hebt het mis, wilde ik tegen hem zeggen. Het was net een spelletje dat we met Worm speelden. En de moord op uw vrouw maakte daar deel van uit. Ik bleef zwijgend staan, had geen idee wat ik moest doen. Maar het betekende allemaal niet erg veel meer nadat ik had gehoord dat Terauchi dood was.

'Waarom eet je niet wat? Je hebt sinds vanmorgen niets meer aangeraakt.' Het was bijna avond toen mijn moeder bij me kwam kijken, terwijl ik op mijn bed lag te huilen. Net toen ik naar beneden wilde gaan, ging de telefoon. Ik gebaarde naar mijn moeder dat ik hem wel zou opnemen. Ik had zo'n voorgevoel dat het voor mij was. De telefoon bleef rinkelen, alsof hij wachtte tot ik beneden was.

'Toshiko? Ik vrees dat ik verschrikkelijk nieuws heb. Kazuko heeft net zelfmoord gepleegd. Ze heeft een brief achtergelaten die aan jou geadresseerd is. Kun je meteen hier komen om hem open te maken?'

Mijn hoofd werd helemaal leeg. Ik had mensen dat wel eens horen zeggen en het was precies wat er gebeurde. Een totale black-out. Ik was zo geschokt dat het was alsof ik was vergeten hoe ik mijn armen en benen moest bewegen.

De begrafenisondernemer zette met een pijnlijk gezicht het blad neer dat gebruikt werd om wierook te branden. Na een snelle lijkschouwing was Terauchi's lichaam weer thuis. En daar lag ze nu in haar kist. Haar gezicht was bedekt met een witte doek. Ik bleef maar naar haar vingers staren, naar de zwarte vingertoppen die op haar borst verstrengeld lagen. Toen ze viel, moest ze inwendige bloedingen hebben gekregen. Misschien lieten ze haar gezicht niet zien omdat ze gewond was. Haar mooie gezicht – wat was ermee gebeurd? Sukkel, om van een gebouw te springen! Nu kunnen we je niet zien. Hoe moet ik afscheid nemen als ik je gezicht niet kan zien?

'Wat stond er in de brief?' vroeg Terauchi's moeder nogmaals.

'Ze schreef dat ik hem aan niemand moest laten zien, dus ik vind dat ik dat ook niet moet doen,' kon ik eindelijk uitbrengen. Naast me bewoog mijn moeder even, alsof dit haar niet aanstond. Ik wist precies wat ze tegen me wilde zeggen. Je weet dat dat niet goed is, Toshiko. We hebben het hier over Terauchi's moeder. Laat die brief zien. Vertel haar wat ze wil weten.

'Dat begrijp ik wel. Maar ik ben haar ouder en ik wil graag weten wat ze geschreven heeft.'

De schouders van Terauchi's moeder gingen omlaag toen ze dit mompelde. Ik dacht dat het misschien niet zo erg zou zijn om haar de voornaamste punten in de brief te vertellen, dus liet ik mijn blik er nog eens overheen gaan, maar ik ben er heel slecht in om dingen samen te vatten en de inhoud bleef niet hangen. Als Terauchi een samenvatting had moeten maken, had ze dat fantastisch gedaan en alles uitgelegd door precies de nadruk te leggen op de punten die belangrijk waren. Maar weet je, Terauchi, wilde ik tegen haar zeggen, dit is echt heel slecht geschreven. Je bent altijd een belabberde schrijver geweest. Om dit echt te begrijpen, zou je het honderd keer moeten lezen. Ondanks dit alles probeerde ik uit te leggen wat er in de brief stond.

'Ze zegt voornamelijk dat ze een heel filosofisch iemand is en dat het leven haar uitputte. Er waren dingen die haar en de wereld onverenigbaar maakten. En ze zegt dat ik als haar vriendin de enige ben die dit kan begrijpen, en dat ik daarom de brief niet aan anderen moet laten lezen.'

'Kwam het door het studeren voor de toelatingsexamens?' vroeg Terauchi's moeder.

'Misschien. Dat weet ik niet echt.'

'Ik begrijp het. Dit moet voor jou ook een hele schok zijn, Toshiko. Je zult wel van streek zijn omdat ik dit van je vraag.'

Terauchi's moeder glimlachte even naar me. Ik kon me niet voostellen wat voor problemen Terauchi en zij hadden gehad, maar de glimlach vertelde me dat ze de gevoelens van haar dochter begreep.

'Kazuko heeft dit tegen me gezegd,' zei haar moeder. 'Toen ze hoorde over het ongeluk van juffrouw Higashiyama, zei ze: "Het is allemaal jouw schuld." Ik weet niet wat ze daarmee bedoelde.'

Ik zocht dat deel van Terauchi's brief op. *Het is te erg om op te schrijven.* Dus je schaamde je te veel om het zelfs aan mij te vertellen. Mijn moeder schudde even aan mijn schouder.

'Laat haar alsjeblieft de brief zien, Toshiko. Kazuko heeft je gevraagd dat niet te doen, maar haar ouders hebben het recht om hem te lezen. Hij is misschien aan jou geadresseerd, maar ik zie niet hoe je hem voor jezelf kunt houden.'

Het recht. Dat vraag ik me af. Hij is aan mij geadresseerd, dus betekent dat niet dat hij alleen voor mij is? Mijn hersenen werkten niet mee en ik stond daar maar terwijl mijn moeder aan mijn schouder schudde. Maar hoe ze ook schudde, ik hield Terauchi's brief stevig vast. Ze had dingen over haar moeder geschreven en dat ze dood wilde omdat ze Worm en Kirarin bij de politie had aangegeven. Het laatste wat ik wilde, is dat iemand dat te weten kwam. Vooral niet haar moeder.

'Het geeft niet,' kwam Terauchi's vader tussenbeide. 'Het is niet nodig jezelf te dwingen hem aan ons te laten zien. Als dat Kazuko's laatste wens was, moeten we daar respect voor hebben. Want ik denk dat ze nog steeds ergens is en ons in de gaten houdt.'

Hierop draaiden we ons allemaal om naar de withouten lijkkist. Ze ligt daar beslist te lachen, dacht ik, haar verbrijzelde gezicht moet grijnzen. Ik dacht aan haar mooie trekken. Toen ik bedacht dat ik die nooit meer zou zien, leek het heel onwerkelijk dat ik haar die ochtend nog gesproken had. De werkelijkheid leek te vervagen.

'Terauchi! Idioot dat je bent!'

Een roepende stem achter ons. Het was Yuzan, met vierkante schouders en gekleed in haar gewone T-shirt en werkbroek. Zodra ze de kist zag, zakte ze in tranen op de grond.

'Hoe heeft dit kunnen gebeuren? Zeg het me! Ze zeggen dat Kirarin ook dood is. Wat moet ik nu?'

Daar zeg je wat, dacht ik. En wat moet ík nu? Ik was nog nooit in mijn leven zo in de war geweest. Ik merkte dat Yuzan, die meestal over zichzelf sprak met het ruwe mannelijke *ore*, nu was overgeschakeld op het vrouwelijke *atashi*. Het was raar, maar een vreemd rustig deel van mij kon zoiets nog opmerken. Hierna moest ik naar Kirarins huis in Chōfu. Ik was er zeker van dat ik haar gezicht ook niet te zien zou krijgen. Ze waren allebei verpletterd. Volkomen weggevaagd, allebei. Waarom? Het kon er bij mij nog steeds niet in dat dit allemaal was gebeurd. Was het mijn schuld? Is het allemaal gebeurd omdat ik Worm niet heb aangegeven bij de politie? De gedachten bleven door mijn hoofd cirkelen. Worm had mijn telefoon gebruikt om ons alle drie te bellen, Yuzan had hem een fiets geleend, Kirarin had gedacht dat het leuk zou zijn hem op te zoeken en Terauchi had hem aangegeven bij de politie. Dit is krankzinnig. Was er niet een tekenfilm die ongeveer zo ging? *Rinbu/Rondo* of zoiets? Een tikkeltje ouderwets, denk ik. Ik werd een beetje duizelig, maar in tegenstelling tot de film raakte ik niet bewusteloos. Mijn hoofd was op een vreemde manier heel helder.

Alles aan het tweede trimester van mijn laatste jaar van de middelbare school voelde koud en ver weg. Ik had mijn klasgenoten sinds het begin van de zomervakantie niet meer gezien en ze hadden het allemaal te druk om er even voor te gaan zitten en te praten over de twee vriendinnen die waren overleden. Mijn klas was duidelijk opgedeeld in allerlei groepjes. De boekenwormen waren de grootste groep, daarna kwamen de sportievelingen, de feestvierders, de Barbie Girls, de nerds en andere groepjes, en de dood van deze twee meisjes – Kirarin en Terauchi, die behoorden tot het groepje dat het moeilijkst te doorgronden was – leek bij de anderen niet echt aan te slaan. De dood van Kirarin was behandeld in tijdschriften en talkshows, dus de meisjes die van zulke roddeltjes hielden, keken soms naar me alsof ze me ernaar wilden vragen, maar ik deed alsof ik van niets wist. In vergelijking met de geruchtmakende affaire van Worm en Kirarin had de zelfmoord van Terauchi niet veel stof doen opwaaien, hoewel er in een van die droge weekkranten wel een artikel had gestaan over een klasgenoot van Kirarin die haar gevolgd was in de dood door zichzelf van het leven te beroven.

'Toshi-chan, je bent zo mager als een lat.'

Haru, die haar haar nu in een bob had, stond pal voor me. Haar nieuwe vriendje had haar waarschijnlijk verteld dat hij de Barbie-stijl niet mooi vond, dus had ze zich een heel nieuw uiterlijk aangemeten. Maar door de hoeveelheden make-up die ze altijd gebruikt had, had ze niet veel over aan wenkbrauwen en wimpers, en deze nieuwe stijl paste niet bij haar.

'Echt?' Ik legde een hand tegen mijn wang. 'Daar heb ik niets van gemerkt.'

'Maar het is geen wonder. Toen ik het hoorde van Kirarin en Terauchi, was ik helemaal overdonderd. Daarom vond ik dat ik mijn uiterlijk moest veranderen en mijn haar moest laten afknippen. Mijn vriend heeft er niets mee te maken. Ik besloot gewoon zo'n onverzorgd iemand te worden waar ik vroeger altijd om gelachen had.'

‘Dus de wereld is veranderd voor jou?’ vroeg ik.

‘Inderdaad. Of in ieder geval het soort mannen dat me probeert te versieren.’ Haru trok haar dunne wenkbrauwen op en glimlachte. ‘Ik word constant aangesproken door mannen die me maar een vreemd wezen vinden. Op het bijlesinstituut is het een gekkenhuis. Maar het maakt niet uit. Geen van hen is een knip voor de neus waard. Toshi, jij bent helemaal niet meer naar bijles geweest. Heb je je ingeschreven voor het winterseizoen?’

Ik wist niet goed wat ik moest zeggen en staarde voor me uit. Bijlessen. Toelatingsexamens. Voordat dit allemaal was gebeurd, kon ik nergens anders over denken en maakte ik me voortdurend zorgen over de examens die voor de deur stonden. Maar nu leken ze zo ver weg.

‘Ik weet het nog niet,’ antwoordde ik.

‘Ja, dat begrijp ik. Je was zo goed bevriend met Kirarin en Terauchi, het moet wel een hele schok voor je geweest zijn. Weet je, ik heb Kirarin nooit zo gemogen, om je de waarheid te zeggen. Ze was nogal hypocriet. Ze ging voortdurend feesten, maar als ze bij jullie was, deed ze alsof ze heel serieus was. Ik weet dat ik dat niet zou moeten zeggen nu ze er niet meer is, maar haar dood deed me niet zoveel als die van Terauchi.’

Als mensen doodgaan, heeft dat echt een verschillende betekenis voor verschillende mensen. Iedereen was Worms moeder al zo’n beetje vergeten en de dood van Kirarin maakte me alleen maar verdrietig. Natuurlijk deed het pijn als ik eraan dacht dat ik haar nooit meer zou zien, als ik dacht aan alle keren dat ze aardig voor me was geweest of iets grappigs had gezegd. Het was een soort geconditioneerde reflex om haar te huilen. Maar de dood van Terauchi was iets heel anders. Haar zelfmoord had een enorm effect op mij; het maakte alles in mijn hart harder en zoog me leeg. Ik was verward en verbijsterd achtergebleven. En ik weet nog steeds niet hoe ik ermee moet omgaan. Het is triest, uiteraard, maar ik voel me niet helemaal leeg of zoiets, meer alsof mijn hersenen nog steeds proberen te achterhalen wat er gebeurd is en nergens anders aan kunnen denken. Het was alsof ik verdoofd werd door dat holle gevoel. De mensen keken me steeds zo vreemd aan en drongen me hun medeleven op.

'Wat is er met Yuzan gebeurd?' vroeg Haru.

Na Terauchi's begrafenis was Yuzan helemaal doorgeslagen. Ze belde me een keer vanuit een bar in 2-chōme in Shinjuku en zei dat ze een nieuwe vriendin had en voorlopig niet naar huis ging, en dat ik me geen zorgen moest maken als ik haar een tijdje niet zag. Ze was blijkbaar van plan zich op haar nieuwe vriendin te verlaten en op die manier over alles heen te komen. Yuzan had schijnbaar besloten uit de kast te komen. Na Terauchi's begrafenis werd duidelijk hoe het Yuzan had gekwetst om te horen dat Terauchi's laatste brief alleen aan mij geadresseerd was.

'Toshi, is het waar dat Terauchi een brief heeft achtergelaten?'

Meteen na de begrafenis kwam Yuzan naar me toe. Ze had de rok van haar schooluniform aan, wat ze anders nooit deed. Hij was een eindje ingekort. Ze keek verwilderd. Ik wist zeker dat Yuzan Terauchi erg graag had gemogen en het feit dat Terauchi was gestorven zonder iets tegen haar te zeggen, had haar duidelijk geschokt. Ik kon niet liegen. Je begrijpt wel waarom hè? Als ik loog, zou ik een plausibel verhaal moeten verzinnen en het laatste waar ik behoefte aan had, was nog een last op mijn schouders. Het was al moeilijk genoeg Terauchi's geheim te bewaren, en ik had het gevoel dat ik eraan onderdoor ging.

'Ja, dat is waar,' zei ik.

Ik keek naar de vloer van het zaaltje, waarin het felle licht van de kroonluchter boven ons werd weerspiegeld. Kirarins begrafenis was een besloten aangelegenheid geweest, maar bij die van Terauchi was iedereen welkom en hij werd gehouden in een gloednieuw rouwcentrum. We hadden met zijn allen – de familieleden en aangetrouwde familieleden van haar ouders, mensen van school en klasgenoten – op de binnenplaats gestaan, waar luidruchtig de schrille kreet van de cicaden klonk, om haar kist te zien vertrekken. Ik had een dame van middelbare leeftijd horen klagen dat de begrafenis van iemand die zelfmoord had gepleegd normaal gesproken een besloten en onopvallende aangelegenheid was, maar voor mij paste deze plechtigheid prima bij Terauchi. Een onverwacht einde. Als Terauchi erbij had kunnen zijn, had ze dat misschien gezegd en erbij gelachen.

'Wat schreef ze?' vroeg Yuzan.

Ik gaf haar snel hetzelfde oppervlakkige antwoord dat ik Terauchi's moeder had gegeven. Yuzan beet gefrustreerd op haar lip.

'Werkelijk. Dus ze schreef helemaal niets over mij?'

'Ze schreef niet over andere mensen. Alleen over haar eigen persoonlijkheid.'

'Waarom heeft ze hem dan aan jou geadresseerd? En niet aan haar moeder?'

Yuzan staarde voor zich uit. Ik schudde mijn hoofd.

'Ik heb geen idee. Niemand heeft ooit geweten wat er in Terauchi omging.'

'Dat vraag ik me af,' zei Yuzan, en toen zweeg ze.

Maar ik denk dat ík haar wel begreep, had Yuzan er waarschijnlijk aan toe willen voegen. Als Kirarin nog had geleefd, had ze misschien hetzelfde gezegd als Yuzan. Terauchi mocht dan geprobeerd hebben ons te misleiden, wij mochten haar tegendraadse instelling en perverse gevoel voor humor soms wel. En soms was het bijna pijnlijk te voelen dat wij die deelden.

'Ach, dit is zo... zo moeilijk. Man... iedereen is weg.'

Yuzan veegde met haar handpalm de tranen weg, zoals jongens doen. Ik ben er nog, wilde ik zeggen, maar ik kon het niet. Het was alsof Yuzan en ik afscheid namen, alsof we ons op tegenover elkaar gelegen oevers bevonden met Terauchi's brief tussen ons in.

'Ik voel me zo eenzaam,' zei ik.

'Dat moet je niet doen, Toshi. Je moet blij zijn, omdat jij nog steeds je hele familie hebt en alles.'

Ik had het gevoel dat ik nog verder van Yuzan werd weggeduwd. Was ik echt blij? vroeg ik me af. De persoon aan wie Terauchi haar laatste brief had toevertrouwd? Ze had geschreven dat ze de duisternis binnen in haar had ontdekt. Terauchi had ook mijn echte ik moeten ontdekken. Maar in plaats daarvan had ze afscheid genomen. Ik stond daar maar wat te staan, tot Yuzan me op de schouder tikte.

'Nog even over die mobiele telefoon, maak je daar geen zorgen over. Hij stond op mijn naam, dus jij hebt er niets mee te maken. Ik denk niet dat de politie jou er nog naar zal vragen.'

Het was wel een beetje vreemd. Volgens Worms vader, die we drie dagen na de dood van Terauchi en Kirarin hadden gesproken, had Worm als door een wonder slechts uitwendige verwondingen opgelopen, geen inwendige. Hij kon praten en werd verhoord door de politie. Maar ik had nog niets van ze gehoord.

'Nou, tot kijk.'

Yuzan waggelde weg. Het zomeruniform van school hing oncomfortabel om haar lichaam. Ze had haar gebruikelijke rugzak over haar schouder en toen ik haar nakeek werd mijn blik naar een sleutelhanger getrokken die aan de rits vastzat. In de sleutelhanger zat een *purikura*-foto die we van ons vieren hadden laten maken toen we in de meivakantie lol met elkaar aan het maken waren.

'Juffrouw Yamanaka, zou ik je misschien even kunnen spreken?'

In de schaduw naast de ingang van het rouwcentrum stond de vrouwelijke rechercheur me op te wachten. Een eindje verderop stond haar partner, een man van middelbare leeftijd. De vrouw had een witte hoed met een brede rand op en een sjaal om haar hals, misschien om te voorkomen dat ze verbrandde in de zon. Ze is net als Candy, dacht ik, en ik bleef op het oordeel staan wachten.

'Ik vind het zo erg dat je het ene na het andere schokkende gebeuren te verwerken krijgt. Neem me niet kwalijk dat ik je bij de begrafenis lastigval. Zullen we even hierheen gaan, waar het een beetje koeler is?'

Ze wenkten me naar een schaduwplek onder een paar bomen in het parkje naast het rouwcentrum. De mensen die Terauchi's begrafenis hadden bijgewoond, glipten met hangend hoofd langs ons heen.

'Ik kom er maar niet achter wat je buurjongen en juffrouw Higashiyama samen heeft gebracht. Haar ouders zeggen dat ze geen idee hebben en de vader van de jongen zegt hetzelfde. Op de adreslijst van juffrouw Higashiyama staat het telefoonnummer van je buurjongen helemaal niet vermeld.'

Ik schraapte genoeg moed bij elkaar om te vragen: 'Had de buurjongen geen mobiele telefoon?'

Nee, zei de rechercheur met een blik op haar aantekenboek. Mooi. Worm had hem weggegooid. Mooi. Ik kon wel dansen van blijdschap, maar schaamde me meteen omdat ik er alleen aan dacht mijn eigen hachje te redden.

'Ik ben even verbaasd als u,' zei ik. 'Misschien zijn ze elkaar toevallig tegengekomen.'

'Dat denk ik niet.'

De rechercheur keek op en er lag twijfel in haar blik. Nu deed de man zijn mond open.

'Dat heeft de jongen ook gezegd, maar jij en jufrouw Higashiyama waren vriendinnen en ik kan alleen maar concluderen dat jij ze samen hebt gebracht.'

'Ik weet er niets van af,' zei ik.

'Maar je hebt juffrouw Higashiyama op de dag voor haar overlijden nog over de telefoon gesproken,' zei de rechercheur.

Plotseling viel me in dat dit net zoiets was als iets dat ik al eerder had meegemaakt. Die opdringerige enquêteurs voor het station. Jongens met hun vragenlijsten, vrouwen met klemborden. Jonge meisjes die waarzeggers wilden worden. *Vertel een leugen.* Kom op, Ninna Hori, je kunt het! Toneelspelen is je sterke kant. Jij bent de enige die jezelf kan beschermen. Ik hoorde het Terauchi fluisteren.

'Ik moest haar alleen iets vragen. Ik had geen idee waar ze was. We hadden het over films en andere dingen, net zoals altijd, en toen heb ik opgehangen.'

Het koude zweet liep over mijn onderarmen. Ik probeerde zo goed mogelijk iets te verbergen, maar ik wist dat het niet alleen mijn eigen aandeel in deze zaak was.

'Is dat zo?' zei de vrouw met een teleurgesteld gezicht. 'Ik vraag me ook af of de zelfmoord van juffrouw Terauchi niet iets met deze zaak te maken heeft. We weten dat ze juffrouw Higashiyama gesproken heeft en ik kan alleen concluderen dat ze ruzie kregen over het feit dat ze zich bij die jongen bevond.'

'Zo iemand was Terauchi niet,' hield ik vol. 'Ik bedoel te zeggen, ze was niet iemand die zou sterven voor iemand anders. Ze was niet dom. Ze was juist heel slim, heel gevoelig, het soort meisje waarvan je niet goed wist of ze nu volkomen onaantrekkelijk was of juist het tegenovergestelde. Maar ze was niet iemand die om zoiets doms zelfmoord zou plegen.'

Ik begon te huilen terwijl ik dit allemaal zei. Het vreemde was dat dit de eerste keer was dat ik om Terauchi huilde. De vrouw fronste bezorgd.

'Het spijt me. We zullen hier een andere keer nog eens met je over praten. Maar het is allemaal heel raadselachtig,' zei ze, en ze wierp een blik op haar partner. De oudere man knikte en veegde een mug weg.

'We hebben gehoord dat juffrouw Terauchi een brief heeft nagelaten. Ik vraag me af wat erin stond. We hebben een telefoontje gehad dat ons naar die twee toe heeft geleid, en ik heb het gevoel dat dat telefoontje van juffrouw Terauchi kwam. Volgens mij zijn jullie allemaal goede vriendinnen en toen jullie erachter kwamen dat de buurjongen was gevlucht, hebben jullie hem samen geholpen. Ik denk dat juffrouw Terauchi hierachter is gekomen, boos werd en de politie heeft gebeld, en toen juffrouw Higashiyama omkwam bij dat ongeluk, voelde ze zich verantwoordelijk en pleegde ze zelfmoord.'

Ik was van mijn stuk gebracht. Het klonk zo stom als iemand anders het onder woorden bracht. En dat is precies waarom ik moest liegen. Niet zozeer om mezelf te beschermen, maar om de waarheid over hoe we ons allemaal voelden toen we voor het eerst over Worm hoorden te verbergen. Of om te verhullen wat Worm voelde op het moment dat hij zijn moeder vermoordde. Omdat het iets was dat niemand anders te weten mocht komen.

'Denkt u niet dat u een beetje te ver gaat?'

Ik veegde verbijsterd mijn tranen weg.

'Het is nogal wat, nietwaar?' zei ze. 'Ik geloof niet dat zelfs jullie zoiets stoms zouden doen.'

De toon van de rechercheur was sarcastisch, maar daar trok ik me niets van aan. Ik had gezien dat ze haar aantekenboek dichtsloeg, dus ik wist dat ze de zaak verder opgaf.

'Nou, we gaan de jongen ondervragen.'

En dat was de laatste keer dat de politie langskwam.

Ik stond daar maar wat voor me uit te staren en dacht aan alles wat er gebeurd was bij de begrafenis van Terauchi. Haru zwaaide met haar hand vlak voor mijn gezicht.

'Hé, is alles goed met je? Je lijkt mijlenver weg.'

'Met mij is alles prima. Er is alleen een heleboel gebeurd.'

'Als alles weer normaal is, kom je weer naar bijles, oké?'

Haru zei het vriendelijk terwijl ze haar afgezakte sokken optrok. 'Tot kijk,' zei ik, en ik besefte met een wrange glimlach dat dat het laatste was dat Terauchi had gezegd.

Toen ik thuiskwam, lag er een brief voor me op mijn bureau, van een knul die ik niet kende. Wat krijgen we nu? dacht ik. Ik ging aan mijn bureau zitten, vermande me en maakte de envelop open. Nu nog krijg ik de rillingen als ik een verzegelde brief zie.

Beste juffrouw Yamanaka,
U zult wel heel verbaasd zijn dat u zomaar een brief krijgt van iemand die u niet kent. Mijn naam is Wataru Sakatani en ik studeer aan de Waseda Universiteit. Ik heb vroeger verkering gehad met Kirari Higashiyama en heb uw adres van haar moeder gekregen. Ik had al heel lang niets van Kirari gehoord, en het verschrikkelijke ongeluk was een hele schok voor me. Ik kan zelfs nu nog niet geloven dat ze echt dood is. Het is zo triest.
Ik hoorde van haar overlijden toen de politie bij mij thuis kwam. Dat deden ze omdat ik de dag voordat ze was gestorven een telefoontje had gehad van de verdachte. En op de dag van haar dood maakte ik me zorgen om haar en belde ik haar mobiel. Het eerste telefoontje stond in de gegevens van het hotel en het telefoontje van mij op de dag dat ze stierf werd aangetroffen in het geheugen van haar mobiel.
Ik weet niet veel van wat er gebeurd is, maar op de een of andere manier voel ik me schuldig. Ik heb dit

tegen niemand anders kunnen zeggen (daarmee bedoel ik dat ik niet geloof dat ze het zouden begrijpen, niet dat ik probeer mijn fouten te verdoezelen), maar ik heb besloten u alles te vertellen. Om er meer in detail op in te gaan; ik kan me niet aan de indruk onttrekken dat Kirari door mijn telefoontje bij dat ongeluk betrokken is geraakt. Of dat dit misschien allemaal gebeurd is omdat onze verkering is uitgeraakt.

Ik belde haar alleen omdat ik bang was dat er iets met haar was gebeurd, en in het begin klonk ze opgewekt, maar aan het eind leek ze verdrietig. Ik wilde voorstellen weer met elkaar uit te gaan, maar door dat vreemde telefoontje van de dag tevoren was ik bang dat ze te veel veranderd was, dus zei ik er niets over. Ik had mijn twijfels over haar. Ik heb erover gedacht om haar nog eens te bellen, maar dat heb ik niet gedaan. Maar als ik haar wel een tweede keer had gebeld, als ik haar gevraagd had weer iets met me af te spreken, was ze misschien niet met die jongen meegegaan.

Ik geloof niet dat dit soort speculaties zinloos zijn. Ik ben er zeker van dat ik de rest van mijn leven aan haar zal blijven denken. Al dat 'maar als' en 'als ik niet'... iedereen die zegt dat ik niet meer over zulke dingen na moet denken, heeft zelf geen enkele last op zijn schouders. Of anders is het een persoon die nooit in zijn leven op een beslissend punt is aangekomen. Ik heb over allerlei dingen lopen piekeren en ik heb besloten dat ik de rest van mijn leven deze last zal moeten blijven dragen. Ik ben er zeker van dat er tijden zullen zijn dat dat gevoel heel sterk zal zijn en andere waarin dat niet zo is.

Toen ik van Kirari's moeder hoorde dat haar vriendin Terauchi op dezelfde dag zelfmoord had gepleegd, had ik diep medelijden met u, juffrouw Yamanaka. Ik stelde me voor dat u nog meer moest lijden en u moest afvragen 'wat als'. Als dat het geval is, voel ik oprecht met u mee. Zoals ik al eerder zei, kunnen we niet anders dan leren leven met de last op onze schouders (hoewel u er misschien geen heeft). Te leven en *te fantaseren.* Dat is de taak van degenen die overleven.

Misschien heb ik te veel gezegd. Maar het heeft me echt geholpen u te schrijven. Dank u dat u hebt willen lezen wat ik te zeggen had.

Met vriendelijke groet,

Wataru Sakatani

Ik haalde Terauchi's laatste brief uit mijn la en legde die naast die van Wataru. Er was iets wat die twee deelden, maar ik wist niet goed wat.

We zitten in hetzelfde schuitje. Wat ik bedoel, is dat jij verder zult moeten na mijn dood.

Ik ga al verder, zei ik tegen haar. Dag, Terauchi. Degenen die overleven – ik, Worm en Yuzan – zullen de rest van ons leven aan jou en Kirarin blijven denken. Wataru zal Kirarin nooit vergeten. En de buurman zal zijn vrouw nooit vergeten.

Toen viel me plotseling iets in. De volgende keer dat ik

naar een karaoke-hal ga, gebruik ik geen valse naam meer. Geen Ninna Hori meer. De tranen sprongen in mijn ogen en mijn naam, die Terauchi op de envelop had geschreven – *juffrouw Toshiko Yamanaka* – werd wazig.

Lees ook van Natsuo Kirino:

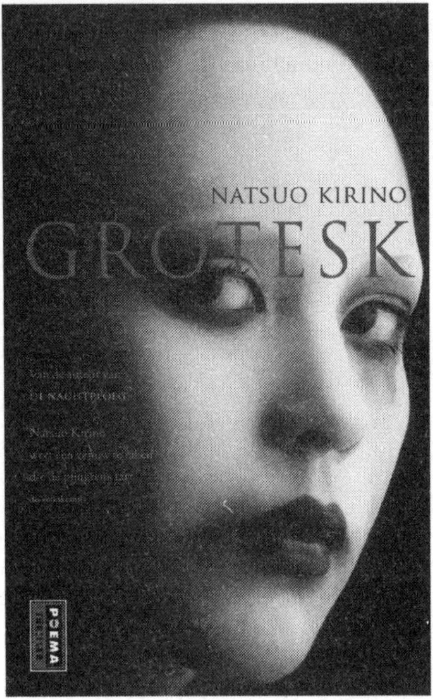

Twintig jaar geleden zaten Yuriko en Kazue op een eliteschool met het vooruitzicht op een schitterende toekomst. Maar beiden kwamen in Tokio in de prostitutie terecht. Nu zijn ze het slachtoffer van moord. Hoe is het mogelijk dat ze zo zijn afgezakt naar de grauwe onderkant van de samenleving?

In *Grotesk* dringen spanning en tragiek zich aan de lezer op. De extreme drang te slagen en het nietsontziende verlangen geaccepteerd te worden in de moderne maatschappij worden door de auteur op onthutsende wijze aan de kaak gesteld.